ウェストマーク戦記 2

ケストレルの戦争

ロイド・アリグザンダー 作

宮下嶺夫 訳

Westmark

評論社

ウェストマーク戦記②

ケストレルの戦争――目次

第三部 ケストレルの戦争

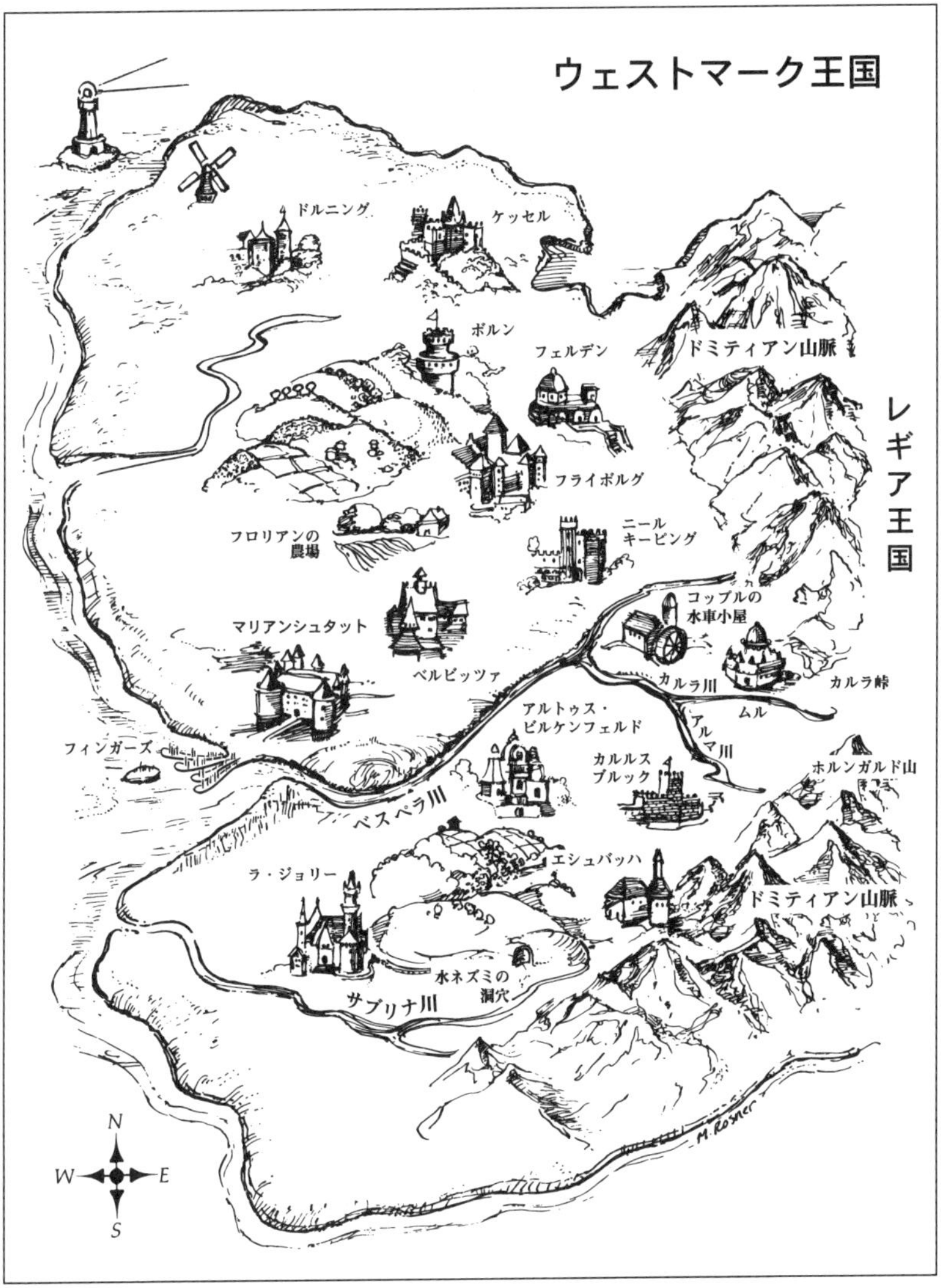

原図制作：メリル・ロスナー

〈主な登場人物〉

テオ……もと印刷屋の見習い工で、ミックル（アウグスタ女王）の婚約者《こんやくしゃ》。レギア軍侵攻《しんこう》後は、勇猛《ゆうもう》な指揮官ケストレル大佐《たいさ》として名をとどろかす。

ラス・ボンバス伯爵《はくしゃく》……旅の興行師。いくつもの名を持つイカサマ師だが、好人物。レギア軍侵攻後はミックルの軍事顧問《こもん》となる。

マスケット……ラス・ボンバスの従者。ひどく小柄《こがら》だが、御者《ぎょしゃ》としての腕前《うでまえ》は天下一品で、レギア軍との戦いでもめざましい働きをする。

アウグスタ女王（ミックル）……ウェストマーク王国女王。幼少時を浮浪児《ふろうじ》として過ごし、〈物乞《ものご》い女王〉の名でも知られる。戦争指揮に手腕《しゅわん》を発揮。

カロリーヌ皇太后《こうたいごう》……アウグスタの母。トレンスのよき理解者。

トレンス……ウェストマーク王国宰相《さいしょう》。もと王室医務官。君主制維持《いじ》に努める。

ウィッツ……もと騎兵《きへい》隊長。女王に心酔《しんすい》し、戦場で重要な役割を果たす。

フロリアン……レギアの侵略《しんりゃく》と戦う市民軍の最高司令官。別名、ペレグリン。

ザラ……市民軍の副司令官を務める赤毛の女性。別名、ファイアドレイク。

リナ……市民軍の情報収集係を務める金髪《きんぱつ》の女性。別名、ラップウイング。

ルーサー……市民軍幹部。連絡《れんらく》係。別名、レーブン。

ジャスティン……フロリアン配下の山岳《さんがく》ゲリラ隊司令官。別名、シュライク。

ストック……山岳ゲリラ隊副司令官。別名、フェニックス。詩人でもある。

モンキー……山岳ゲリラ隊員。機敏《きびん》で抜《ぬ》け目なく、軍隊生活のすべてに通じている。

コップル……水車小屋の主《あるじ》。フロリアンの協力者。

イェリネック……居酒屋の主《あるじ》。料理人としてフロリアンらの部隊に協力。

ケラー……人気コミック新聞の編集発行人。のちに兵士として戦闘《せんとう》に参加。

ウィーゼル……もと〈拾い屋〉。ケラーのもとで新聞記者見習いとなる。

スパロウ……もと〈拾い屋〉。ウィーゼルの姉。弟と同じく新聞記者見習いとなる。

マダム・バーサ……ケラーの面倒《めんどう》を見ている家政婦。口やかましいが親切。

コンスタンティン王……レギア王国の少年国王。戦争にあこがれをいだいている。

コンラッド大公……コンスタンティン王の叔父《おじ》。国王の座をねらっている。

エルズクール将軍……ウェストマーク軍の将軍だが、レギア王国と通じてアウグスタ女王らの打倒《だとう》を図る。

モンモラン男爵《だんしゃく》……ウェストマーク王国の貴族で大土地所有者。エルズクールとともに反アウグスタの陰謀《いんぼう》を主導。

カバルス……もとウェストマーク王国宰相。国外追放され、レギア王国に潜《ひそ》む。

スケイト……情報屋・殺し屋。カバルス追放後も国内にとどまり、悪事を働く。

THE KESTREL
by
Lloyd Alexander

Japanese translation published by arrangement
with Lloyd Alexander
c/o Brandt & Hochman Literary Agents, Inc., New York, U.S.A.
through Tuttle-Mori Agency, Inc., Tokyo

ウェストマーク戦記 2

ケストレルの戦争

どのような状況《じょうきょう》にあっても、最低限の人間らしさは
失うまいと努めている人たちへ。

装画／丹地陽子
装幀／川島　進（スタジオ・ギブ）

第一部　戦う女王

1 フロリアンの伝言

カルラ川渓谷《けいこく》の春は、天候が変わりやすい。午前中はうららかな日和《ひより》だったのに、夕方、テオがムルの町の小さな宿駅に到着《とうちゃく》したころには、あられまじりの雪が横なぐりに降っていた。

テオは、馬を居心地のよさそうな厩舎《きゅうしゃ》に入れてやると、わずかばかりの荷物を持って宿のラウンジに入った。暖炉《だんろ》の近くに一人の旅人がいた。椅子《いす》に腰《こし》を下ろして、念入りに靴《くつ》のよごれを落としている。日焼けした顔、白髪《しらが》の目立つ頭。どう見ても、年季《ねんき》の入った職人だ。職種はわからないが、堅実《けんじつ》で頼《たよ》りがいのある、仕事熱心な男のようだった。

テオは、ハッとして足を止めた。この堅実で頼りがいのありそうな職人は、テオがこの前見たときには、奪《うば》い取った騎兵《きへい》隊の馬にまたがり、引き裂《さ》かれた血みどろのシャツを着て、すさまじい勢いで広場を駆《か》けていたのだ。

テオは旅行かばんを置いた。「ルーサーだね？」

男も、すぐにテオとわかったらしい。立ちあがると、長い足でさっさっと近寄り、いかにも懐《なつ》かしそうに、上から下までながめまわした。

「マリアンシュタットじゃ、最近、こういう身なりが流行《はや》っているのかい？」ルーサーは、テオのよごれた外套《がいとう》とすり減った靴を見て、そう言った。

「さあ、どうかな」テオはにやりと笑って、「なにしろあそこを出てから――もう半年だからね」

「一人なのかい？　ウェストマークの未来の王族が、お供も連れずに旅をするのかね？」

「一人、付いて来たのはいた」テオは言った。「えらく熱心だった。ああでもないこうでもないとぼくの行動に文句をつけることには、ね。それ以外のことは何もしなかった。それで結局、宮《きゅう》廷《てい》に帰ってもらったんだ」

「ぐうたら人間には宮廷が向いているのさ。ところで、きみ、なんだって、またムルに来たんだね？」

「カルラ峠《とうげ》に行くとちゅうなんだ。山地を見たくてね。とりわけホルンガルド山を見てみたい。きみはどうなの？　きみが景色をながめるためにここにいるとは思えないけど」

「そりゃあそうさ」

「じゃ、何なんだ」

「仕事さ」

それ以上説明を求めるのは、野暮《やぼ》というものだ。テオは話題を変えた。「フロリアンはどうしてる?」

「いつもと同じさ。フロリアンらしくやっている」

テオはうなずいた。思い出がよみがえった。フロリアンがニールキーピングの武器庫を襲撃《しゅうげき》したとき、みんながそこにいたのだった。ミックル——彼は決していまも、彼女をアウグスタ王女として考えることはできない——。ラス・ボンバス伯爵《はくしゃく》とマスケット。そして赤毛の女神ザラ。声をかぎりにさけんでいた詩人のストック。フロリアンの同志たち。彼らは、フロリアンのためならどこまでもついて行っただろう。フロリアンは、彼らのことを「わたしの仲間たち」と呼んでいた。そして、ピストルを構えたあの朝の自分。そして、もう一人のフロリアンの仲間。彼は、片方の頰《ほお》を切り裂《さ》かれていた……。

テオは一瞬《いっしゅん》ためらい、それからたずねた。「ジャスティンはどうなった?」

「フロリアンといっしょにいる。よくなった。とてもよくなったよ」

ラウンジは、雪に追われた旅人で混《こ》んできた。ルーサーは、首をぐいと動かした。「おれの部屋で話そう」

テオは、かばんを肩《かた》にかついで、ルーサーにつづいた。階段の下で立ち止まり、宿の主人に、マリアンシュタットから自分あてに何か包みがとどいていないか、とたずねた。前掛《まえか》けをかけた主人は、カウンターの後ろで、仲間とトランプをしていた。遊びながら客の注文に応じようというわけだ。テオの言葉を聞いて、ひょいと奥《おく》に引っこんだが、すぐ出てきて、何もとどいていない、と答えた。

ルーサーは、テオのいまの言葉を耳にしていた。「きみは、宮殿《きゅうでん》から多くのニュースを得ているのかい？」

「ぼくがほしいと思うほどではない。ミックルー――アウグスタ王女や、宰相《さいしょう》トレンスが手紙を書いてくれるのだけれど、彼らには、ぼくがどこにいるかよくわからない。ぼくは、旅のとちゅうで郵便集配人に会うたびに、手紙を託《たく》している。それは、いずれ先方にとどく。その手紙に、だいたい、いつごろ、どこそこの町に着く予定と書いておくと、その町の宿駅にぼくあての手紙を送ってくれるのさ。だから、向こうの送ったものがぼくの手にとどくまでに、何週間もかかることがある」

「金《かね》は？」

「じゅうぶんある。国庫支払《しはら》い命令書を持っている。アウグスティン王自身の署名があるやつだ。各地の役所で金が請求《せいきゅう》できる。きみ、何か入り用なものは？」

ルーサーはウインクした。「あとで夕食をおごってもらおうか」

ルーサーは、階段をのぼり終えたところにあるドアを開けた。部屋は小さかった。垂木《たるき》つきの天井《てんじょう》が斜《なな》めにかぶさっているせいで、よけい狭苦《せまくる》しく見えた。片すみに鞍袋《くらぶくろ》が二つあるほかは、人間が住んでいるというしるしがまったくない。テーブルには何も載《の》ってないし、藁《わら》のマットレスは使われたようすがない。暖炉《だんろ》の火はほとんど燃えつきていた。

「おやじのやつ、これがいちばんいい部屋だって言うんだ」ルーサーは、使い残りのろうそくに火をともした。暖炉の前にしゃがんで、燃えさしをフーフー吹いた。「嘘《うそ》をついてるに決まっている。さて、きみの大旅行の話を聞こうか」

「大旅行というほどじゃない」テオは言った。「しかし、ぼくにはこういうやり方のほうが向いている。一人で歩くほうが、ものがよく見えるんだ」

それから苦笑を浮《う》かべて、「ときどき、わからなくなるんだよ。アウグスティン王は、ぼくにこの国の実情を勉強させたいのか、それとも、ただぼくにジュリアナ宮殿《きゅうでん》の外に出ていてほしいだけなのか。いや——こういう言い方はフェアじゃないな。彼に悪意はない。ぼくは、とどまることだってできた。自分で同意して旅に出たんだからね。

それにしても、いろいろ気になることはある。ミックルは、彼女が王女でありぼくが平民であるなんてこと、まったく気にしていない。しかし、カロリーヌ王妃《おうひ》にとっては、ぼくが印刷屋の見習い工であったことは、相当に怪《け》しからんことだ。ぼくがフロリアンとかかわりがあったことは、さらに怪しからんことだ。宮廷《きゅうてい》のスズメたちはすでにそのことを騒《さわ》ぎ立てている」

「それできみは、騒ぎが静まるまで、観光旅行に出されたってわけか」

「ぼくは観光以上のことをしてきたよ」テオは上着から紙の束《たば》をとりだした。びっしりと文字が書きこまれ、紐《ひも》で結わえられている。「日記をつけてるんだ。見たこと、やったこと、土地管理人、財産管理人や小作人と話し合ったことを書きとめている。あちこちの町の古文書館も見たし、可能な場合は貴族の所有地の記録も見た。すべての数字を書き取った。貴族の土地からどれだけの収穫《しゅうかく》があるか、それにくらべて自作農の土地からの収穫はどうか。もう、問題にならない。はっきりしてるんだ」

「貴族の土地の収穫は、段違《だんちが》いに低いんだろう？」ルーサーが口をはさんだ。「貴族制はもうどうにもならないところまで来ている。未来の王族としては、当惑《とうわく》せざるを得ない発見だね」

「そういう数字を書き写して、トレンスと王に送った。彼らは、自分の目で見て、自分の頭で考えることができるわけだ」

ルーサーは、くすくす笑った。「なかなかやるじゃないか。きみは、われわれの陣営《じんえい》にとどまるべきだったよ」

「いや、こういう問題を正すのには、別のやり方があるはずだ。ただ、君主制を打倒《だとう》すればいいってものではないと思う。農村には恐《おそ》ろしい貧困がある。都市部だって同様だ。それを公正に解決することが重要だ。それができれば、みんながよりよい生活が送れるようになる。それが常識だ」

「君主制を完全に終わらせることこそ常識だよ。一エーカーに何ブッシェルのトウモロコシを産出するか、なんてことを考えていても始まらない。まず、君主制を廃止《はいし》することから取りかかるんだ」

「それは、きみの考え方でしかない」

「わたしの考え方であり、多くの人々の考え方だ」

テオは、紙をポケットにもどした。議論しても意味がない。ルーサーは、フロリアンと同様ひとつの道を突《つ》き進んでいて、ほかの道を見ようとはしない。しかし、どうなのだろう？　もしかすると彼らは、この国の現実を、ぼくよりも正確に理解しているのではないだろうか。

テオは、ふと思いついて、旅行かばんの中に手を入れた。心がはずんでいた。「ぼく、こういうこともやったんだぜ」

テオはスケッチブックをとりだして、テーブルの上でそれを開いた。マリアンシュタットを離《はな》れてこのかた、彼は絵を描《か》く習慣をつけていた。最初は、ただの時間つぶしだった。しかし最近では、単なる楽しみ以上のものになっていた。一枚もスケッチせずに一日が過ぎたりすると、物足りない、うつろな気分に襲《おそ》われた。

ルーサーはスケッチブックをめくった。時おり手を止めて、しげしげと見つめる。貧農の女とその子ども、浮浪児《ふろうじ》の群れ、魚売りの女、板にカンナをかけている大工《だいく》――。「これこそウェストマークだ。書類や古文書だけじゃ民衆の暮らしはわかりゃしないよ」

テオは、暖炉《だんろ》で手をあたためた。ふと思い出した。さっきラウンジでルーサーを見たとき、頭をかすめたことがあったのだ。ルーサーは、絵をながめることに熱中しているようだった。

テオはしばらくして向き直り、「きみ、ぼくがここに来ることを知っていたね。きみは待っていたんだ」

「そうだよ」ルーサーは目を上げた。「フロリアンから、きみにあいさつを伝えてくれと言われたんだ」

「ほかには何が？　率直に言ってくれ」

「エルズクール将軍のことだ。彼はこの地域、カルラ軍管区の司令官だ」

「知っている。いい軍人だと聞いているが、彼がどうしたの？」

「エルズクールは交替《こうたい》させられるべきだというのが、フロリアンの意見だ。きみが、宰相《さいしょう》トレンスにそうするようたのめば、トレンスも注意を払《はら》うだろう。同志の言葉には耳をかたむけるだろうからね」

「ぼくは彼の同志じゃない。だれの同志でもない」

ルーサーは両手を上げて、自分をかばう真似をした。「そんなにカリカリするなよ。そんなつもりで言ったのじゃない」

「どんなつもりで言ったにしろ、エルズクールなんて、ぼくとは関係ない。いったいフロリアンは何を考えてるんだろう。彼とぼくは友だちだけれど、政治的意見は食い違《ちが》っている。彼もそれは知っている。それなのに、どうしてぼくに、そんなことをたのむのだろう？」

「彼は、事態を自分とは逆の方向から見ているのさ」

「フロリアンが君主制に恩恵《おんけい》をほどこすのかい？　なぜ？」

ルーサーは肩《かた》をすくめた。「そんなことは、どうだっていいじゃないか？」スケッチブックを閉じて、「恩恵《おんけい》とでも何とでも思いたまえ。ただ、間違《まちが》いなくエルズクールを解任すること。退《たい》役《えき》させるなり何なりするのだ。彼の指揮下に軍隊がいなくなりさえすればいい。国王は改革を行なおうとしている。その点は彼を信用しよう。しかし、一部の貴族や軍人は、その改革というのが我慢《がまん》ならないのだ。そういう連中がどれだけの人数いるかはわからない。しかし、やつらは、何かよからぬことをたくらんでいる。エルズクールが彼らの仲間であることは、ほとんど間違いない」

「証拠《しょうこ》はあるのか？」テオは冷静であろうとした。彼がマリアンシュタットを発《た》つ前でさえ、いろいろな情報が飛びかっていた。不満をいだく廷臣《ていしん》たちによる陰謀《いんぼう》、策動、襲撃《しゅうげき》計画……。しかし、幸運にも、それらはみな、誇張《こちょう》されたゴシップなのだった。「エルズクールがかかわっているという証拠はあるのかい？」

「まだ、ない。ただフロリアンの推測では――」

「ただの推測か？」テオはさえぎった。「ルーサー、王はそれ以上のものを求めるだろう。法律は疑問の余地のない証拠を要求する。カバルスが宰相《さいしょう》だったとき、誠実な人たちが、推測だけでもって逮捕投獄《たいほとうごく》され、絞首刑《こうしゅけい》にさえなった。アウグスティンはそのたぐいのことを二度とくり返したくないのだ。われわれのだれもが、そんなことはごめんのはずだ」

「いやはや、まことに見上げた心がけだ」ルーサーは言った。「きみは、エルズクールやら、やつの仲間やらが、法律のこまごました条文を守るとでも思うのかい？　バカなことを言ってはいけない。フロリアンは、きみたちに警告をあたえているんだ。それを聞くか、無視するかだ」

　テオは答えなかった。下のラウンジで何かが起きていた。人々の声が高まっている。しかし、口論や下品な冗談《じょうだん》によるものとは違《ちが》うようだ。はげしくざわめいたり、しずみこんだり、ともかく心を落ち着かなくさせる騒音《そうおん》だった。ルーサーも気づいていた。ドアに歩み寄り、耳をすました。テオにここにいろと身振《みぶ》りで告げると、急ぎ足で階下におりていった。テオはしばらく待ったが、騒《さわ》ぎがつづくので、部屋を出た。

　ルーサーがもどってきて、階段の降り口でテオに出会い、彼を部屋に引っぱりこんだ。「アウグスティンが死んだぞ。さっき、ある羊毛業者がカルルスブルックからやってきたんだ。この男が二日前に聞いたそうだ。死んだのは先週らしい」

　テオは息を呑《の》んだ。ミックルは、いちばん最近の手紙の中で、父親が病気だとかんたんにだけ触《ふ》れていた。冬のさなかに受け取った手紙だった。彼女がそのあと便りを書いたとしても、それはまだとどいていない。テオは、ルーサーを見つめた。いずれその日が来るのだと自分に言い聞かせてはいたものの、本気でそう思ったことは一度もなかったのだ。

「すると――ミックルがウェストマークの女王か」

「女王陛下万歳《ばんざい》」ルーサーは言った。嫌味《いやみ》な感じはなかったが、しかし、つづく彼の言葉には皮《ひ》肉《にく》っぽさがにじんでいた。「そしてきみは女王のご亭主《ていしゅ》だ。好むと好まざるとにかかわらず、きみはだれにもまして君主制主義者というわけだ」

「さっきのエルズクールやその他の連中の話だけど——彼らはこの件に関係していると思うかい？」

「わからないね。国王だって死ぬときは死ぬんだから」

「ぼくはマリアンシュタットに行く」テオは、旅行かばんの留め金をとめはじめた。「宿の主人に新しい馬を用意してもらおう」

「今夜はここで泊《と》まれ」ルーサーは言った。「この時間に出かけても意味はない。宮廷《きゅうてい》の連中だって待ってくれるよ」

「宮廷の人たちなんてどうでもいい。ぼくが気にしているのは、ミックルだ。ぼくがいっしょにいてやらなくては。彼女、なぜ、ぼくがすでにそこにいないのか、不思議に思ってるだろう。今夜のうちに出発すれば、一日節約できる。フロリアンに伝えてくれ。エルズクールの件は調べてみるとね。もしあの話が事実なら、フロリアンはミックルを助けてくれたわけだ。彼に礼を言うよ」

「王族の一人と仲良くするのは、あまり気が進まないが」ルーサーは言った。「少しの道のりだけ送っていこう」

「いや、けっこうだ。一人で行ったほうが早いから」

「そうかもしれないな。では、ここで別れよう」ルーサーはテオの腕《うで》を取った。「どうしたんだい？　恋人《こいびと》に会いに行く勇者って感じがしないじゃないか。ましてや、女王に再会する婚約者《こんやくしゃ》さまって感じがまったくないぞ」

「いや――何でもない」テオは顔をそむけて、かばんを拾いあげた。「あまりに急なことだったので、動転してるんだ」

彼は、将来の希望にあふれた若者であるはずだった。しかし、いま、彼は、ひどくおびえていた。そのことをだれにも認めたくはなかった。

ムルの町を出て三十分後、馬の蹄鉄《ていてつ》がひとつはずれた。テオは道ばたに馬を停め、地面に降り立った。蹄鉄はしっかり付けてありますぜと胸を張ってみせた宿の主人と、急いでいたとはいえそれをたしかめなかった自分とを、どなりつけたい気分だった。外套《がいとう》の襟《えり》を立て、顔を包んだ。これから宿駅まで、冷たい夜の道を歩いて引き返さなければならない。

少なくとも雪はやんでいた。明るい、するどくとがった月が出ていた。見下ろすと、岩だらけの土手に沿って、氷の張ったカルラ川が光っていた。足を引きずる馬の先に立ち、向かい風に頭を下げて、とぼとぼと歩いた。

ひづめの音を聞いて、足を止めた。町の方角から、一騎《き》、威勢《いせい》のいい足取りで近づいてくる。鞍《くら》の上にうずくまるずんぐりした男。テオを見ると、馬を停めて、大声をあげた。

自分の名が呼ばれたことにはおどろいたが、しかし知り合いなら、助けになってくれるはず。

テオは喜んで、駆《か》け寄った。男はすばやく馬から降りていた。小柄《こがら》で、ずんぐりして、引きずるような外套《がいとう》を着ている。指を一本、帽子《ぼうし》のつばに当てて、お辞儀《じぎ》をした。

「あんただろうと思ったけどね。しかし確認しても害はない。そうでしょう？」

忘れることのできない声だった。小男の顔はいま影《かげ》になっているが、テオの記憶《きおく》の中では、はっきりと見ることができる。ふくらんだ頰《ほお》、じっとりと湿《しめ》り、ピンク色に縁《ふち》どられた目。思わず名前が口をついて出た。

「スケイト」

男は、頭をひょいと動かした。「覚えていてくれたね。普通一般《ふつういっぱん》の場合は忘れてもらったほうがありがたいんだが、あんたの場合は、まあ礼を言っておこう。わたしはしばらく、あんたを見失っていた。ムルでもまた、はぐれてしまうところだった」それからうれしそうな声で、「宿駅の主人から、あんたによく似た若者が、マリアンシュタットに向けて大急ぎで出発したと聞いて、ははん、おれの勘《かん》は正しかったな、と思ったんだ」

「ぼくを付けていたのか？　きみは、ご主人カバルスのあとにくっついていったほうが、よかったんじゃないのかい。彼がどこにいるかは知らないけれど」

「わたしも、生活の糧《かて》をかせがなければならないのさ」

「人を付けまわしてかい？　情報を売ってかい？　浅ましい生き方だね」

スケイトは、むっとした顔でテオを見た。「えらくきつい言い方をするじゃないか。わたしはわたしの仕事をしてるだけ。あんたに何の恨《うら》みも持ってはいない」

「そして、何のかかわりも持たないはず」

「それはちょっと違《ちが》うんだな」スケイトは、外套の中に手を突《つ》っこんだ。「わかってもらいたい。悪気があってするわけじゃない。もともと、こんなことはやりたくないんだ」

スケイトのまるまるとした手は、それがあらわれたとき、ピストルをにぎっていた。

専門家の手際《てぎわ》のよさで、彼はピストルの撃鉄《げきてつ》を起こし、正確に狙《ねら》いをつけ、発砲《はっぽう》した。

2 宮殿《きゅうでん》からの脱出《だっしゅつ》

少しでいいのだけれど、泥《どろ》やほこりがほしかった。でも、ぜんぜん見当たらなかった。自分の部屋に、いかにそういうものがないかということを、ミックル女王は、今夜はじめて気づいたのだった。彼女の部屋は、いつものように徹底的《てっていてき》に掃除《そうじ》され、塵《ちり》ひとつ落ちていなかった。

彼女は、夕方になってとつぜん、泥やほこりがほしくなったのだ。

話は、その日の朝にさかのぼる。朝、宰相《さいしょう》であるトレンス博士が出仕して、テオの消息がまだつかめないことを報告したとき、ミックルの忍耐《にんたい》はすでに限界に達していた。

「わたしが求めているのは」ミックルは、精いっぱい理性的な声音《こわね》で言った。「単純な質問にたいする単純な答えだけ。――彼はどこにいるの？」

トレンスは首を振《ふ》った。「新しい情報はとどいていません、陛下。すでに判明している以外にはいかなる消息もないのです」

「つまり、さっぱりわからないってことね」ミックルは謁見室《えっけん》を歩きまわった。両手を乗馬ズボンのポケットの中でにぎりしめている。彼女は、儀式《ぎしき》のときに着させられる大げさなスカートよりも、乗馬ズボンのほうが好きなのだった。

「政府の車輪はゆっくりと回りますからな」トレンスは言った。

「まるで、油の代わりに糖蜜《とうみつ》を差されているみたいね」ミックルはするどい声で言った。

テオの最後の手紙は、カルラ溪谷《けいこく》から来たものだった。当然、この地域全体の警察からの報告が求められ、調査されたが、何の助けにもならなかった。ミックルが注目したのは、ムルという町の宿駅の主人の証言だった。彼は、テオに似た若者に一頭の馬を売ったことをぼんやりと覚えていた。しかし、若者と馬がその後どうなったかについては、何も知らなかった。この手掛《てが》かりも、結局、袋小路《ふくろこうじ》に突《つ》き当たっただけだった。ミックルがマリアンシュタットから派遣《はけん》した調査官たちは、それ以上のことを探り出せなかったのだ。

「エルズクールから連絡《れんらく》はあった？」彼女はたずねた。

「将軍は、ありとあらゆる方法でお役に立ちたいと言ってきています。陛下から具体的な情報を提示していただければ、ただちに軍隊を出動させて、溪谷一帯の捜索《そうさく》に当たらせると申しています」

「言いかえれば」ミックルは答えた。「わたしが彼にテオの居場所を教える、そうすれば彼が行ってテオを見つけ出すということね」

トレンス博士は、彼女を心配そうに見守った。きゃしゃな体つき、腰《こし》も細く、肩《かた》の骨がとびだしている。宮廷《きゅうてい》で羽ばたく鷲《わし》というよりも、路地裏を飛びまわるスズメという感じだ。母親と違《ちが》って、新しい女王は、ひと目見ただけで心を惹《ひ》かれるような美しさは持ち合わせていない。しかし、その薄青《うすあお》い瞳《ひとみ》が、えもいわれぬ魅力《みりょく》をたたえてかがやくことがある。その気になれば、彼女は、元首らしい威厳《いげん》と存在感をしめすことができる。頭の回転が早く、すべてのことをたちどころに吸収《きゅうしゅう》してしまう。この王統の中で最強の君主になりさえするかもしれない。

しかし、彼女にはまだまだ学ぶべきことがある。苛酷《かこく》な試練がいま彼女の前にある。――トレンスは、痛ましい思いで女王を見つめた。

「どうか、個人的配慮《はいりょ》はわきにお置きになるように。打つべき手は打ってあるのです。元首は、自分の心の問題のゆえに国家の問題をおろそかにしてはなりません。君主制は長くつづいていくものであり、一方、人間の心は――」

「あなた、何を言っているの？」ミックルはさけんだ。「わたしは女王になって、何とか仕事をつづけている。いつだって仕事、仕事。テオの行方不明だって仕事の――」

「それこそ、わたしがあなたに申しあげようとしていることです」トレンスは無遠慮《ぶえんりょ》にさえぎった。「あなたを失ったと思ったとき、お父さまは悲しみの中に自分を失ってしまわれた。そして王国を、ほとんどカバルスに奪《うば》われるところでした。あなたの個人的な心配はあなた自身のものであり、あくまで、そういうものとして抑制《よくせい》しておかなければなりません。あなたは、何よりもまず、第一番に、この国の女王なのですから」声をやわらげて、「仕事に専念すれば、待つ苦しみも軽くなるものですよ」

ミックルが答えなかったので、白髪《はくはつ》の宰相《さいしょう》は、ひと束《たば》の書類を彼女の机の上に置いた。「最初に、モンモラン男爵《だんしゃく》の所有地の問題が処理されねばなりません」

「ぜんぜん問題はないと思う」ミックルは言った。「モンモラン家の先祖は、だれもが放牧地または耕地として使うことを許されていた共有地を奪い、それを私的な所有地の一部にしてしまった。テオはその件について手紙を書いてきたわね。町の古文書館を調べていて証拠《しょうこ》を見つけたって。記録を見れば、それが、あからさまな窃盗行為《せっとうこうい》だったことは明白だって」

「完全な共有地でした」トレンスは言った。「しかし、二世代前に、ラ・ジョリーの男爵家の荘《しょう》園《えん》に組みこまれました」

「どんなに大規模であろうが、どんなに古かろうが、窃盗は窃盗でしょう？　モンモランはすでに、だれも見当がつかないくらい広大な土地を持っている。全部合わせると、彼はたぶんウェストマークの半分を所有しているのかも。ともかく、この分は、彼の高貴なご先祖のだれがそれを盗《ぬす》んだにせよ、小作人たちに返すべきよ」

「うたがいもなく、それはなされねばなりません」トレンスは言った。「しかし、急いではなりません。いまはその時ではない。どうか、最大限の熟慮《じゅくりょ》をもって行動なさるように」

「つまり、遅《おく》らせろってことね」ミックルは言った。「もしこれが古くからの訴訟沙汰《そしょうざた》なら、できるだけ早く正さなければならない理由があるわけだわ」

「それはお勧《すす》めできません」トレンスは答えた。「貴族階級全体が脅《おびや》かされたと感じ、あなたに背を向けるでしょう。王国じゅうの土地を持たない者も持つ者も同様に、そのような所有地のすべてについて、調査を要求するでしょう。ある者たちは正当に、他の者たちはただ、ぼろ儲《もう》けしたいがために。そうなると、ただもう無秩序《むちつじょ》におちいるしかありません。お父さまのご逝去《せいきょ》以後、君主制はあまりにも微妙《びみょう》な均衡《きんこう》の中にあります。非常にあやうい状態です。その均衡を破るようないかなる動きもしてはなりません。あなたの立場がもっと強化されたとき、実行すればよいのです。それまでは、慎重《しんちょう》の上にも慎重になさってください」

「要するに何もするなってことね」ミックルは言い返した。「よりによってあなたが、そういうことを言うの？　あなたは、カバルスと対決して自分の命を危険にさらしたわ。あなたはあのとき、ぜんぜん慎重ではなかった。いまあなたは、事《こと》なかれ主義の役人みたいなことを言っている」

トレンスの体がこわばり、頰《ほお》が赤く染まった。「わたしは事なかれ主義者ではありませんし、そうなるつもりもありません。わたしはあなたに、自分の最良の判断を提供します。それがこの国のためであり、あなたご自身のためでもあると信じるからです。もしそれがお気に召《め》さないのであれば、どうか別の宰相《さいしょう》をお選びください」

「まあ、トレンス。わたしの気持ちはわかっているでしょうに」ミックルはさけんで、宰相に近寄った。トレンス博士は彼女の最強の後ろ盾《だて》だった。頼《たよ》りがいのある、誠実な男を、彼女はいま心ならずも傷つけてしまった。

一瞬《いっしゅん》が過ぎ、トレンスはいつもの落ち着きを取りもどした。しかし、そのあとすぐ退室した。モンモラン問題は未解決のままだった。

しばらくして母親と会ったとき、ミックルはいまにも泣き出しそうだった。こんなふうになったのは、テオの消息がとだえてから初めてのことだ。「わからないわ。なぜ、彼のこと、見つけられないのかしら」

カロリーヌ皇太后《こうたいごう》は娘《むすめ》の髪《かみ》をなでた。「そうね、いろいろ考えられるわね。いろんなことを覚《かく》悟《ご》しておかなくてはね」

「事故にあったかもしれないっていうの？　あるいはもう生きていないとか？」ミックルは言った。「そんなこと、考えたくもない」

「そうじゃなくて」カロリーヌは言った。「彼が見つからないのは、彼が見つけられたくないからかも」

謎《なぞ》めいた言葉にミックルは眉《まゆ》をひそめたが、母親はつづけて、「若い人の暮らしの中で、六ヵ月は長いものよ。ある日誓《ちか》った愛は、次の日には忘れられてしまう。あなたのテオもそうなのかもしれない。でも、そんなことで嘆《なげ》いていては、だめ。恋心《こいごころ》なんて移ろいやすいものなの。若者はすぐに新しい恋人《こいびと》を見つけるのよ」

「彼、そんな人じゃないわ」ミックルは言い返した。「よくまあ、そんなこと、考えつくわね」

お母さまの言った言葉など、わたし、ただのひと言も信じない、とミックルは思った。でも、もしかして、それがほんとうだったら……。


そのあとも、あまり楽しいとは言えない時間がつづいたが、午後になって、心の晴れる出来事があった。勲章《くんしょう》を胸いっぱいに飾《かざ》った、腹の出っぱった男が出しぬけに入りこんできて、おどろきの声をあげる女官を横に押《お》しやった。ミックルは、その男を見たとたん、飛びあがって駆《か》け寄り、精いっぱい両手を伸《の》ばしてその巨体《きょたい》に抱《だ》きついた。バカでかい三角帽《ぼう》を小わきにはさんだ赤毛の小男も、部屋に入ってきた。

「ラス・ボンバス伯爵《はくしゃく》！」ミックルはさけんだ。「マスケット！　あなたたち、お金儲《もう》けの旅に出ているのじゃなかったの！」

「娘《むすめ》っ子くんよ――いや、女王さまよ、だな」太った伯爵は答えた。「それについては言わぬが花さ」軍服はきらびやかだったが、ラス・ボンバスにいつもほどの陽気さはなかった。口ひげも垂れ下がり、頰《ほお》もたるんでいる。「ほんの数日前に、旅からもどってきて、あのニュースを聞いたんだ。つつしんでごあいさつ申しあげる。いま我輩《わがはい》にできるのは、言葉によって弔意《ちょうい》と敬意を表明することだけ。経済的にはまったく手も足も出ない状態なのでして」

「ふところにあるのはいまや、一ペニーだけ」マスケットがぼやいた。「その一ペニーは、おいらから借りたもの。もちろん、返してもらえるなんて思っちゃいません」

「そんなことはない」ラス・ボンバスは抗議《こうぎ》した。「我輩はただ、何と言うか、一時的な財政的枯渇《こかつ》を経験しているだけなのだ」

「あなたの万能薬エリクシルは、どうなったの？」ミックルは聞いた。「あなたの若返りの妙薬《みょうやく》は？」

「いつもどおり、すばらしい」伯爵は答えた。「ただ、客の入りがあまりすばらしいとは言えなくて……」

「こういう状態がつづくと」マスケットは言った。「彼は、まっとうな生き方をするほかなくなるかも」

「それだけは、何としても避《さ》けたいんだ」伯爵は言った。「我輩はすでに、まっ正直な道を歩むことをめざしたこともある。そして、美徳だけがその報酬《ほうしゅう》だということを知っている。じっさい、唯一《ゆいいつ》の報酬だ。まことにけっこうで満足すべきことだが、しかし、いささかわびしいことでもある。食べ物、飲み物も、思う存分味わうことができなくなる。だから、まっとうな生き方というのは、少し離《はな》れたところから賛美しているのにかぎるのさ」

ミックルは、伯爵の性癖《せいへき》をよく知っていたから、すでに、二人の客に食べ物を出すよう女官に言いつけていた。食べ物がとどくやいなや、ラス・ボンバスは食らいついた。財産はなくしたかもしれないが、食欲はなくすどころではなく、ますます旺盛《おうせい》だった。マスケットは、背丈《せたけ》こそ主人の半分だが、胃袋《いぶくろ》の大きさは同じくらいあるようだった。

「あらゆるものをやってみたんだ」ラス・ボンバスは頬《ほお》ばりながらつづけた。「我輩のいちばん得意とする出し物——催眠術《さいみんじゅつ》、運勢占《うらな》い、奇術《きじゅつ》なんかを次々とね。しかし、さっぱり受けないんだ。拍手喝采《はくしゅかっさい》なんて夢のまた夢だ。ああ、娘《むすめ》っ子くん、あの黄金の日々が懐《なつ》かしいよ。——お金がばんばん儲《もう》かったという意味でも、ほんとうに黄金の日々だった。われわれがみないっしょだったあの日々。あんたは、何というすばらしい〈口寄せ姫《ひめ》〉だったことか！　そして、テオ。もし我輩《わがはい》のところにいたならば、彼は一流のイカサマ師として花開いていたことだろう。彼にはその才能があったからね。ところで、彼はいま、どこにいるので？　うたがいもなく、王族としての義務に追いまくられているんだろうね。彼は、そのたぐいの仕事にムキになって取り組む人間だからね。将来有望なんだが、それだけが欠点だ。しかし、生まれつきなんだからどうしようもない。彼を呼んでくれないかな。あの若者に早く会いたいよ」

「わたしも早く会いたいのよ」ミックルは言った。「彼は消えたの。まったくの行方知れず」

彼女はラス・ボンバスに、テオが旅に出て、その後、消息がとだえてしまったいきさつを、かいつまんで話した。

「あり得ないことだ。人間がどこへともなく消えてしまうなんて。カバルスの時代ならともかく、いまはもう、そういうことはない。どこかにいるに違《ちが》いない」

「それはわかっているの」ミックルは言った。「彼を探しているおバカさんたちにそのことを言ってほしいわ。すべてが遅《おそ》くて、ぐずぐずしてて、何も決まらなくて、行き違いがあって、もう、歯が痛くなるほどなの。――あなた、わたしのお願いを聞いてくれない？」

彼女はつづけた。ラス・ボンバスが到着《とうちゃく》して以来、心の片すみで考えていたことがある。それをいま口にしていた。「お礼は、相当な額になると思う」

「友人から金を受け取る？　ぜったいにだめだ！」ラス・ボンバスは高らかに言った。「それはもちろん」急いで付け加え、「見知らぬ人間から受け取るよりはよいだろうがね。ねえミックル。我輩は、報酬《ほうしゅう》のことなどいっさい考えずにあんたに奉仕《ほうし》することを、喜ぶべきだろう。しかしながら、あんたがそれを考えついた以上、それをむげに拒否《きょひ》するほど、我輩は無神経ではない」

「あなた、まだ幌《ほろ》馬車を持ってるの？　フリスカもいるの？」

「どちらもすばらしい状態さ。幌馬車は食い物を必要としないし、フリスカは慎《つつ》ましやかにも干し草を食べて満足している。我輩自身、そんなふうに暮らせればいいのだが。――はい、ともかくそんな次第で、われわれ全員、女王陛下のご命令に応じられるわけで」

「まず、カルラ渓谷《けいこく》のムルの町に行ってほしいの」ミックルは言った。「テオは、すがたを消す直前、そこにいた可能性がある。彼がどこにいようと見つけてちょうだい。あなたとマスケットなら、それができる。兵隊や警察官や調査員なんかをいっしょにしたよりも、手際《てぎわ》よく、迅速《じんそく》に見つけると思う。お金は、ほしいだけ持っていってちょうだい。あなたにいま現金でわたすよう、財務大臣に命令するわ」

「すばらしい！」ラス・ボンバスは立ちあがった。「彼を女王陛下のもとにお連れしましょう。かならず、やってみせます。ただちに出発します」

「いいえ」ミックルは言った。「今夜までは、だめ。昼間、宮殿《きゅうでん》って、それは人目がうるさいの。他人の事柄《ことがら》に首を突《つ》っこみたがる人たちが、うようよしているの」

「だからと言って、われわれには関係ないと思うが――」

「関係あるの」ミックルは言った。「わたしがあなたたちといっしょに行くからよ」

伯爵《はくしゃく》は、彼女を見つめた。「ウェストマーク国の女王が？　じきじきに？　話のほかだ！　それは――それは、ふさわしくない。王室の尊厳に反することだ」

「王室の尊厳なんて何さ」ミックルは言った。「それにわたしは、自分がどこかの女王だなどと言うつもりはない。そんなことをしたら、だれからも真実を聞き出せないもの。あなた、わたしたちが何者であるかを適当に考え出してよ。トレンスは、しばらくはわたしがいなくてもやっていけるわ。母にはメモを残しておく。母が見つけるのに時間のかかるところ、あとで読んで、あとを追わせてももう間に合わないころになって見つかる場所にね」

「あんた、ほんとにそれはだめだよ。旅ってつらいものなんだよ」

「あら、わたしたち、もっとつらい旅だってしたじゃない」ミックルは言った。「わたし、彼の身に何か起きたんじゃないかと心配なの。母は、彼が心変わりして、もうわたしと結婚《けっこん》したくないのだと、だれか好きな人ができたのだと、そう思っている。わたしはそんなこと、信じない。

でも、もしそれがほんとうでも、わたしは、彼から直接言ってもらいたい。面と向かって、はっきりそう言ってほしいのよ」

「そういうことではないと思うよ」伯爵は言った。「たとえそうであったとしても——ともかく、こまったな。あんたに、安全で安楽な旅をしてもらう保証をすることは、我輩《わがはい》にはできそうもない」

「自分の安全は、自分で責任を持つわよ。もちろん、あなたがわたしを連れていきたくないのなら、無理強《じ》いはしないわ」

ラス・ボンバスは安堵《あんど》のため息をついた。「ずいぶん聞き分けがよくなったね」

ミックルはにこりと笑い、「わたし一人で行くわ」

伯爵があわてて抗議《こうぎ》すると、ミックルは付け加えた。「その場合は当然、あなたへの支払《しはら》いはなくなるわけ」

「あんたの安全がかかわるかぎり、金銭はいささかも我輩に影響《えいきょう》をあたえることはできない。すべては理性的判断の問題、良心の問題だ」伯爵は頰《ほお》をふくらませ、片手で額《ひたい》をさっとこすった。「そう、まったく問題はない。あんたは、われわれといっしょのほうがよい状態で過ごせるのだから。けっこうだとも。承知した。それは我輩の愛国的義務だ」

ラス・ボンバスが良心と義務への忠誠を誓《ちか》ったので、ミックルは、彼に出発の準備をすべてまかせた。仕事の速度をはやめるためと、とつぜんの変心を防ぐために、ミックルは、財務省の手形を切り、それを信頼《しんらい》のおけるマスケットの手にゆだねた。それからマスケットに、その晩、幌《ほろ》馬車を宮殿《きゅうでん》に近いある地点に待たせておくように、と告げた。

こういうわけで、ミックル女王は、〈ジュリアナの鐘《かね》〉が真夜中を打ったとき、急に泥《どろ》やほこりが必要になったのだ。

半年前まで、ミックルは、人生のほとんどを街の浮浪児《ふろうじ》として過ごしてきた。だから、ふたたび浮浪児のすがたになることは、彼女にとって、ひどくたやすく、ひどく楽しいことだった。心の落ち着くことでもあった。

彼女はまた、かつて、ウェストマーク切っての大泥棒《おおどろぼう》の下で修業し、よその家に入りこんだり抜《ぬ》け出したりの技を熱心に学んだことがある。そんな彼女から見ても、ジュリアナ宮殿をこっそり抜け出すことは、なかなかむずかしそうだった。宮殿内の廊下《ろうか》にも、中庭にも、そして門という門に、警備の兵隊が立って目を光らせている。女王が出ていこうとしたら、たちまち引き止められてしまう。たとえ抜け出せたとしても、こんなきちんとした身なりでは、すぐに目立って怪《あや》しまれてしまう。浮浪児に変装することは、ラス・ボンバスのもとに無事たどりつくうえでどうしても必要だ。ウェストマークの女王は、大きな権力は持っているが、自由は少しも持っていないのだ。

彼女は、乗馬ズボンとシャツを引き裂《さ》いて、もみくしゃにし、浮浪児にふさわしいおんぼろ状態にした。髪《かみ》はひっつめにし、靴《くつ》はすり減らした。しかし、顔立ちまでは、みすぼらしくならなかった。顔をよごすものが必要だった。

ところが、彼女の居室は、胸くそが悪くなるほどに清潔だったのだ。ミックルは暖炉《だんろ》に行ってみた。しかし、その日はあたたかな日で、暖炉の火はたかれていなかった。灰はすっかり取りのぞかれていた。煙突《えんとつ》に手を突《つ》っこんで、ようやく目的を達した。必要なだけ煤《すす》を掻《か》きとった。これを顔と手に塗《ぬ》りつけ、衣類にもこすりつけた。

これで浮浪児らしくなった。ミックルは満足し、窓を開け、横桟《よこさん》の上に出た。ひらりと飛びついて屋根によじのぼった。屋根の先端《せんたん》の少し手前までのぼって、いったん停止。そこから、ぺったりと身を伏《ふ》せたまま、影《かげ》のように押《お》し黙《だま》って、宮殿の壁《かべ》の方角にじりじりと進んだ。やがて、ある位置まで来た。ここから降りれば、中庭のあまり大きな部分を横切らなくてすむ。

歩哨《ほしょう》が下を歩いている。ミックルは、いちばん近い縦樋《たてどい》をするするとすべりおり、地面の少し上で停止した。あとの道は、その男が向こうを向いた隙《すき》に進むつもりだった。しかし、その歩哨は、腹立たしいほどにのろのろしていた。パトロールをつづけようとせず、足を止めた。マスケット銃《じゅう》（一八世紀初めから一九世紀中ごろまで使われた歩兵銃《ほへいじゅう》）を建物の壁にもたせかけて、のんびりとあくびした。どう見ても、しばらくはこうやってぐずぐずしている気配だ。

この怠《なま》け者め、とひそかにしかりつけながら、ミックルは、これ以上は待てないと心に決めた。彼女はかつて、ラス・ボンバスから、自分の知る物真似師・腹話術師の中で最高の技を持っている一人だと言われたことがある。そういう能力にたのみをかけて、息を深く吸《す》いこんだ。

次の瞬間《しゅんかん》、近くの壁の向こうから、怒《いか》り狂《くる》った猫《ねこ》の声が聞こえてきた。ニャオン、ニャオン、シャーッ。つづいて、犬のうなり声、吠《ほ》え声、鳴き声。ウーッ、ワンワン、キャンキャン。兵隊はマスケット銃《じゅう》をつかんですっ飛んでいった。こんなにものすごい猫《ねこ》と犬のけんかは、聞いたことがない。早くやめさせなくては、というわけだ。

ミックルは、満足の笑《え》みをもらした。かつての技能のどれも失っていなかった。彼女は敷石《しきいし》に飛び降りた。中庭を突《つ》っきって走った。両足をはげしく動かして全速力で壁《かべ》に到着《とうちゃく》し、はずみの力で、壁を半分ほど駆《か》けのぼった。裂《さ》け目や亀裂《きれつ》の中のごくわずかな手掛《てが》かりに、しっかりとしがみつく。体を引きあげ、壁のてっぺんに達すると、ひらりと飛び越《こ》え、軽く街路に降り立った。足元を乱すこともなかった。

ミックルは一瞬《いっしゅん》、暗闇《くらやみ》の中にうずくまった。彼女の物真似は犬たちを目覚めさせていた。宮殿《きゅうでん》のあちこちにある犬小屋から、けたたましい鳴き声があがり、それにいらだった管理人たちが犬をしかりつける声も聞こえた。

ミックルは影《かげ》の中に消えた。

3 陰謀者《いんぼうしゃ》たち

すばらしい雄羊《おひつじ》だった。人間の前腕《ぜんわん》のように太い角が、毛むくじゃらの額《ひたい》の上で湾曲《わんきょく》している。厚い胸は、長く白い毛でおおわれている。わき腹を下にして、岩に寄り添《そ》った形で横たわっている。まだ完全に死んではいない。

狩猟《しゅりょう》服を着た三人の男は、銃運搬人《じゅううんぱんにん》たちと地元の案内人たちをしたがえて、石の多い地面を機敏《きびん》な足取りで歩いた。午後の陽光が、青く白い峰々《みねみね》の上でかがやいている。高い山並みがウェストマークの東の国境となっているドミティアン山脈。ここは、その国境を十数マイル越《こ》えて、となりのレギア王国の領内にかなり入りこんだ地点である。

「やりましたな、将軍！」レギアのコンラッド大公は、両手をぴしゃりと打ち合わせた。赤ら顔のずんぐりした男だ。「さすがです！　このけだものはふつう、逃《に》げ足が速くて、めったにすがたを見せないのですが。これはよい前兆です。ご訪問の成果は上々でしょう。実にめでたいことです」

「殿下《でんか》がよい場所に案内してくださったからです」エルズクール将軍は肥満気味だった。大きくてぽってりした顔、高い頬骨《ほおぼね》、目はやけに明るく、するどい。くちびるを少しすぼめるくせがある。まるで、何か快いものを味わおうとしているかのようだ。「おかげさまで、よい成果に恵《めぐ》まれつづけています」

「たしかにそうですな――狩猟《しゅりょう》に関しては」モンモラン男爵《だんしゃく》が言った。彼は、三人の中でもっとも背が高い。最年長ではあったが、きりりと引きしまった顔立ちで、まったく年齢《ねんれい》を感じさせない。内心、狩猟には飽《あ》き飽きしていたが、慇懃《いんぎん》でいかにも楽しそうな表情を浮《う》かべて歩いていた。

「ほかの件に関しても、よい成果に恵まれますよ」コンラッドは言った。「われわれはすでに、基本線で合意しています。細かな点は、急速かつ円満に解決できるはずです」

狩人《かりゅうど》たちは、雄羊《おひつじ》から数歩のところで足を止めた。雄羊は、彼らを見つめていた。懸命《けんめい》に頭を上げ、角をぐんと突《つ》き出した。

コンラッド大公はエルズクールに向かって、「地元の人間は、この動物を岩羊《いわひつじ》と呼びます。もっと適切な名前はドミティアン羊です。これを仕留められたのは今回が最初ですか？　すばらしい！　将軍、ひとつ、われわれレギア人の風習どおりになさってみてくださいませんか」

彼は、案内人のかしらに合図を送った。案内人は、狩猟ナイフを引き出して雄羊に歩み寄り、羊の喉《のど》を切り裂《さ》いた。コンラッド大公は膝《ひざ》をつき、指先を血に浸《ひた》した。

「将軍、お許しを。これは非常に古い風習です。これを守らないと、このへんの山の民はひどく腹を立てるのです」大公はエルズクールの額《ひたい》と両頬に手を触《ふ》れて、緋色《ひいろ》の花のような跡《あと》を残した。

「やあ、エルズクール」モンモラン男爵は言った。「まるで野蛮人《やばんじん》みたいに見えるよ」

「戦士はすべからく野蛮人であるべきです」大公はそう応じて、指をハンカチでぬぐい、それを投げ捨てた。それから、くだけた口調で、「ときどき思うのですがね、わが国の軍隊も、先住民の例にならって顔を赤く塗《ぬ》るべきではないでしょうか。敵は恐《おそ》れおののいて、すぐ逃《に》げ出すでしょうよ」

「わが国の宮廷《きゅうてい》の女性の中には、すでにそれを実践《じっせん》している者もいますよ」モンモランがふたたび会話に加わった。「しわくちゃの顔に紅《べに》おしろいを塗りたくって、男を恐れおののかせている人たちがね」

コンラッドは、男爵の冗談にけらけら笑いながら、案内人たちに羊の死骸《しがい》を片づけるよう命じ、二人の客の先に立って斜面《しゃめん》をくだった。三人は上機嫌《じょうきげん》だった。やがて、森林の中の少し開けた場所に出た。そこでは、馬番たちが馬といっしょに待っていた。

コンスタンティン国王のすがたは見えなかった。彼は、ここで三人と合流することになっていたのである。馬番の一人が、陛下はさっきまでおられたのですが、一頭の雄鹿《おじか》を見かけ、それを追って山に入ってしまわれたのです、と言った。

「彼を待つ必要はありませんな」コンラッドは客たちに告げた。「わたしの甥《おい》はときどき、論理ではなく、衝動《しょうどう》によって行動します。彼は、われわれとどこで会えるかを知っています。彼の不在のときには、わたしが代わって発言することになっています」

「陛下の安全のほうは、だいじょうぶなのでしょうな」とエルズクールは言った。

「心配ご無用」大公は答えた。「彼はすばらしい狩人《かりゅうど》です」彼は軽く付け加えた。「ともあれ、万一何か不運なことが起きた場合、王位は、その血縁《けつえん》のうち最年長の者に引き継《つ》がれます。そしてそうなれば、あなた方は、ただわたしだけを交渉《こうしょう》相手とすればよろしいのです。それは、あなた方とあなた方のお仲間にとって、不愉快《ふゆかい》なことではありますまい？　もちろん、あくまで仮定の話です。ともかく、あなた方の計画は何の影響《えいきょう》も受けることはない。われわれレギア人は、いったん方針を確定すれば、断固としてそれを守ります」モンモランを思わせぶりに見やって、「それにひきかえ、あなた方の現在の君主はあまり頼《たよ》りになりそうもない。不運なことです。聞くところによると、男爵《だんしゃく》、彼女は〈物乞《ものご》い女王〉と呼ばれているとか」

「そのとおりです」モンモランは答えた。「わたしに言わせれば、彼女は、ウェストマークの女王ではなくて、物乞いどもの女王です。わが国の町角には物乞いがあふれています。このうえ、王座の上にまで物乞いは要《い》らないのですがね」

大公と客たちは、馬を威勢《いせい》よく進ませて、王家専用ロッジにもどった。メインルームの壁《かべ》は、枝角《えだづの》や動物の首など狩猟《しゅりょう》のトロフィーでおおわれている。テーブルには軽食が用意されていた。コンラッドは、召使《めしつか》いたちに合図をして引き下がらせた。男爵は銃架《じゅうか》に近寄り、銀づくりのピストルをしげしげとながめていた。

「すてきな武器ですな」モンモランが言った。「死がほとんど魅力的《みりょくてき》に感じられてしまいます」

「そう、ほとんど。しかし、まったく、ではない」コンラッドは笑った。「それをお持ちになってください、男爵。わたしの見るところ、あなたは鑑定家《かんていか》でいらっしゃる。死、という言葉が出たので申しますが、率直に言って、あなた方の国王の死によって、われわれの仕事はいっそう容易になりましたな。あなた方の〈物乞い女王〉は王座についたばかり。どうやら、彼女は大臣たち、軍隊、あるいは臣民たちのあいだにさえ、大きな支持をかちえていない。いまが絶好の機会です。この機会を逃《のが》さず、急速に行動しなければなりません」

「そのつもりです」モンモランはテーブルに近寄りながら言った。「最初に動くのは、大公殿下《でんか》、あなたの側です」

「わがほうの行動計画は単純です」コンラッドは言った。「エルズクール将軍は、すでにわが軍の幹部将校たちと連絡《れんらく》をとっています。次の点で合意が成り立っています。レギアの軍隊は、カルラ峠《とうげ》を越《こ》えてウェストマーク国内に進撃《しんげき》する。形ばかりの抵抗《ていこう》のあと、エルズクール将軍は降《こう》伏《ふく》する。そしてウェストマーク軍の全部隊に降伏を命令する。わが軍は、カルラ溪谷《けいこく》を通って前進し、マリアンシュタットめざして突《つ》き進み、いずれそこを確保する。これは明白です。わがほうは寛大《かんだい》な条件を提示します。求めるのは、ただ女王の退位のみ。彼女はこれを拒否《きょひ》するような立場にはない。

ですから、お二方《ふたかた》、何もむずかしいことはありません。しかし、一応外聞《がいぶん》もありますから、将軍、あなたには一時的に捕虜《ほりょ》となっていただく。そのほうが賢明《けんめい》でしょう。もちろん、勇敢《ゆうかん》な敵対者にたいするすべての尊敬をもって処遇《しょぐう》されます。それから男爵《だんしゃく》閣下、あなたは、ご自身の所有地に帰るのではなくて、われわれのところにとどまっていただきたい。もちろん、人質ではなく、名誉《めいよ》ある賓客《ひんきゃく》としてです。善意と信頼《しんらい》のささやかなあかしとしてです。わが国王はこれを評価するでしょう」

モンモランはお辞儀《じぎ》をした。「ありがたいお言葉です。喜んでそうさせていただきます。わたしの善意と信頼が目に見える形でしめされなければならないとは、想像もしませんでしたがね」

エルズクールはこのやりとりを聞きながら、しだいに心配そうになってきた。「軍人はみな、国家にたいして忠誠の誓約《せいやく》を行なっています。これは、軽い気持ちで誓《ちか》ったものではありません」しばらくためらってから、「そして、軽い気持ちで破れるものではありません」

コンラッドは眉《まゆ》をひそめた。「心変わりですか？　この期《ご》におよんで？」

「エルズクール将軍は、よき軍人です」モンモランは言った。「もし彼が良心の呵責《かしゃく》を感じているのだとしたら、わたしは、それゆえにこそ、彼を理解し彼を賞賛します」エルズクールに向かって、「あなたは軍人としての誓いを破るのではない。最高の意味において、それを守ろうとしているのだ。あなたは、わたしもそうだが、祖国を裏切ろうとしているのではない。われわれは祖国を護持しようとしているのだ。貴族階級は王国の根幹だ。貴族階級以外のだれが王国をまとめていけようか？　農民や靴直《くつ》しか？　商店の主《あるじ》か？　いわゆる教養階級などという連中もただ口が達者《たっしゃ》なだけだ。やっと綴《つづ》りを覚えたばかりのバカ者どもと変わりはない。貴族階級だけが、強欲《ごうよく》やら私利私欲を超《こ》えて純粋《じゅんすい》に王国を守るのだ。あなたの義務は、われわれ貴族階級とともにある」

「わたしは、自分の義務に疑問をいだいてはいません」エルズクールは言った。「わたしが求めるのは、カルラ峠《とうげ》におけるわたしの抗戦《こうせん》についての明白な合意です。わたしの部下は、本格的に戦ったあとでなければ武器をおくことはできません。当然、死傷者が出ます。レギア側はそういうことも受け入れるのですか？」

「もちろんです」コンラッドは答えた。「わが軍の侵攻《しんこう》は、だれが見ても納得のいく形をとらなければなりません。同時に、誇張《こちょう》されたものであってもなりません。初期段階の戦闘《せんとう》で、われわれは、そう、百人は犠牲《ぎせい》にするつもりです。で、あなたのほうは？　あなたが降伏《こうふく》を正確な軍事的決定と判断する前に、どのくらいの将兵を犠牲にしますか？」

「三百人というところですな」エルズクールは言った。「それ以下だと不名誉な降伏ということになります」

コンラッド大公はうなずいた。「いいでしょう。それだけの犠牲を払《はら》えば、あなたの名誉が傷つくことはない。そのうえ、双方《そうほう》の側に過度のしこりが残る数字でもない。ひと月とたたないうちにコンスタンティン王はマリアンシュタットに入城し、ウェストマークの王冠《おうかん》を受け取るでしょう」

「われわれは、彼を歓迎《かんげい》するでしょう」モンモランは言った。「レギア人の国王のほうが〈物乞《ものご》い女王〉よりも好ましい。レギアとウェストマークのあいだのいかなる境界線も撤廃《てっぱい》しましょう。そんなもの、地理学者たちや通行料金徴収人《ちょうしゅうにん》たちのためだけにある、つまらぬものです。もともと両国は、基本的には同じ言語を話しているのですからね。もちろん、わずかなアクセントの相違《そうい》はありますし、レギアの田舎《いなか》の方言の中には、ウェストマークの方言のいくつかと同様、理解できないものもあります。わたし自身の小作人の中にも、トレビゾニア語をしゃべっているとしか思えない連中もいます。

　しかしながら、わが階級――貴族階級の者たちは、ドミティアン山脈の両側において、意思の疎通《そつう》にこまることは、まったくない。コンスタンティン王は当然ながら、ウェストマークにおいて、統治評議会による補佐《ほさ》と助言を受けることになります。その評議会を構成するのは、わたし自身と、エルズクール将軍、そして上級貴族の何人かです」

「もちろん、陛下はそのような助言者たちを歓迎し、感謝することでしょう」コンラッドは答えた。「しかし、男爵《だんしゃく》、その評議会に関して、ひとつ申しあげたいことがあります。それほど以前のことではありませんが、あなたの同国人の一人が、わが国に亡命を求めてきました。彼の知識はわれわれにとってきわめて貴重なものでした。彼は、貴国政府部内の政治手続きの諸問題、大臣たちのじっさいの働きぶり、その他たいへん興味深い情報の数々をくわしく知っていて、それをわれわれに教えてくれました。彼は現在、レギアにおいて、回想録の執筆《しっぴつ》に没頭《ぼっとう》して静かに暮らしています」

「おもしろい読み物になるでしょうな」モンモランは言った。「自伝執筆は彼に最適の仕事です。嘘《うそ》の最高の形態と言いますからね」

「説得のしかたによっては、彼は文学的努力をわきに置き、あなたの評議会の一員となることに同意するかもしれません」コンラッドは言った。「彼は、長年にわたる政治生活から得た知恵《ちえ》を提供してくれます。これは望ましいことです。われわれの立場から見ると、そのド・ブリュザック卿《きょう》という人物は――」

「かつてはカバルスという名で知られていた」モンモランはさえぎった。「わが国の前宰相《さいしょう》が亡命先にレギアを選んだことは、知っていました。しかし、彼が新しい名前をも選んだことは知りませんでした」

「さしあたり、新しい名前のほうが気に入っているようです」

「それはそうでしょうな。で、卿という称号《しょうごう》はどうして……？」

「わが国が授けたのです」コンラッドは認めた。「わが国にたいする彼の大きな支援《しえん》にくらべれば、ごくささやかな栄誉《えいよ》です。ウェストマークの国王と言っていいほどだった人物に、〃卿〃という呼び名は過度のものではありません」

「いまの呼び名が何であれ、カバルスを受け入れるわけにはいきません」モンモランは言った。「どんなことがあろうと、彼は評議会に加わることはないでしょう。あの男は、家系はそのへんの野良犬《のらいぬ》なみ、感受性ときたら豚《ぶた》なみです。評議会の名をけがすばかりか、厄介《やっかい》ごとの種になります。とほうもない圧制者なのですから」

コンラッドは肩《かた》をすくめた。「まあまあ、そうむずかしく考えなくても。さあ、このへんで乾《かん》杯《ぱい》といきましょう」


大公がグラスを上げたとき、ドアがバンと開いて、明るい髪《かみ》のほっそりした若者が駆《か》けこんできた。狩猟《しゅりょう》服をやや乱雑に着ている。客たちに向かってにっこりとほほえみ、客たちはさっと立ちあがった。若者の顔は、山の空気のせいでまだバラ色に染まっている。産毛《うぶげ》のようにやわらかい口ひげを生やしはじめていたが、その雄姿《ゆうし》を金貨に刻まれている彼の先祖たちのような骨格にまでは成長しきっていない。国王コンスタンティン九世は十六歳《さい》だったのだ。

「雄鹿《おじか》を仕留めたよ」コンスタンティンは言った。「エルズクールは雄羊《おひつじ》をやっつけたらしいね」

将軍の顔の上の血の跡《あと》に気づいて、言った。「おめでとう。もう顔を洗っていいと思うよ。いつまでも血みどろの顔でいる必要はない。……何か聞き逃《のが》したことは？」

「重要なものは何も」コンラッドは言った。

叔父《おじ》のしかめ面《つら》を無視して、コンスタンティンはカウチに身を投げ、足を伸《の》ばした。「じゃ、いよいよ戦争だね？　よーし。わたしにとっては初めての戦争だ。直接指揮をとるぞ」

「もうしばらく待つのだね」コンラッドは言った。「もっと経験を積んだら機会が生まれるよ」

「経験を積むには、やってみるしかないじゃないですか？」

「陛下」エルズクールは言った。「今回のは短期間の戦闘《せんとう》です。演習とたいして変わらないほどのものです」

「じゃ、ますます参加したっていいじゃないか」コンスタンティンは言った。「そうですとも叔父さん、わたしは万事が終わるまで、ブレスリン宮殿《きゅうでん》で手をこまねいている気はありません。自分の目でいろいろなものを見てみたいんです」

「その件はあとで話そう」大公は言った。

「もうひとつ話し合っておきたいことがあります」モンモランは言った。「レギアの軍隊は、厳格な統制下に置かれること。不必要な破壊《はかい》、略奪《りゃくだつ》、等々はあってはなりません」

「略奪するのは軍隊の常です」コンラッド大公は答えた。「兵隊たちにとって伝統的な楽しみなんです」

「たとえそうでも、度を越《こ》してはなりません。前線指揮官たちには、そのことをじゅうぶん周知させねばなりません。もし、わが国の国民と貴国の軍隊のあいだに悪感情が生まれれば、それはわれわれすべてにとっての不利益となります」

「モンモランの言うとおりだ」コンスタンティンはそう言って、体を起こした。「われわれは、ほんとうは敵同士ではないのだものね」

「それはよくわかっているんだよ、コニー」大公は、いらいらしながら言った。「さあ、これ以上話し合うべきことがないのなら——ああそうだ、忘れるところだった。あの若い男、何という名前だったかな——ド・ブリュザック卿《きょう》が排除《はいじょ》するようにと言って教えてくれた男。ド・ブリュザック卿から名前を聞いていますね、エルズクール将軍？　排除の実行者も推薦《すいせん》してくれていましたが。あの件はすみましたか？」

「ええ。問題があったとは聞いていないので、すでに処理ずみだと思います」

コンスタンティンはそのあいだに立ちあがり、モンモランのそばに歩み寄っていた。「わたしは、みんなから何と言われようと気にしない。戦争はすばらしい出来事だから、ぜひ自分で参加したいんだよ。それで、あなた方の女王のことだけど、なぜ、あなた方が彼女を取りのぞきたがっているかはわかる。でも、いまの話みたいに、だれかを送って彼女を排除してしまえば、そのほうがずっとかんたんなんじゃないかな」

モンモランは咎《とが》めるようなまなざしで王を見た。「陛下、われわれは野蛮人《やばんじん》ではありません」

4 コップルの水車小屋

肋骨《ろっこつ》がはげしく痛んだ。痛みを感じるということは、まだ生きていることの証拠《しょうこ》だろうと思った。が、目を開いてみて、それがうたがわしくなった。痩《や》せこけた、白い縞《しま》の入った顔が上からのぞきこんでいる。幽霊《ゆうれい》なのだろうか。やがてそれは、くちびるに指を当て、背を向け、消えてしまった。心が錯乱《さくらん》しているのか、それとも、霊魂《れいこん》の棲《す》む黄泉《よみ》の国に入りこんでしまったのか。そうだ、正面から撃《う》たれたのだった。死んでいないはずがない。

テオは、用心深く体を起こした。幾重《いくえ》にも巻かれた包帯の下で、傷がずきずきした。淡《あわ》い日光が漆喰《しっくい》の壁《かべ》を照らしている。窓の向こうから、ザーザー、パシャパシャという水の音、ゴトンゴトンというにぶい音が途切《とぎ》れることなく聞こえてくる。ここがどこで、自分がどうやってここに来たのか。それも気になったが、ともかく早く出発しなければ、という気持ちがふいに襲《おそ》いかかってきた。衣類は脱《ぬ》がされていた。しかし、近くのベンチの上に衣類がまとめて置いてあるのが見えた。寝台《しんだい》から体を落とし、ぎこちなく服を着はじめた。

幽霊《ゆうれい》が帰ってきた。一枚の皿を持っている。皿に盛られているのは、間違《まちが》いなく現実の食べ物だ。テオに食べろという身振《みぶ》りをした。この男が幽霊のように見えたのは、粉のせいだった。顔が、髪《かみ》が、衣服が、全体に真っ白く、永遠に消えない雪のように、粉をかぶっているのだ。

この男、生身《なまみ》の人間ではあったが、墓のように押《お》し黙《だま》っていた。テオが質問の矢を次々と放っても、ただ憂鬱《ゆううつ》そうに見返すだけで、口を開こうとはしなかった。

「起きたくなったのかい？　そいつはよい徴候《ちょうこう》だ」

フロリアンが部屋に入ってきた。色あせた青い軍用外套《がいとう》を肩《かた》にはおっている。あばたの散らばった、優雅《ゆうが》に引きしまった顔は、日焼けして、細いしわが刻まれている。帽子《ぼうし》はかぶらず、長い髪がやや乱れている。両方の親指をベルトに突《つ》っこみ、灰色の目で、テオのおどろきをおもしろそうにながめている。

「こちらは粉屋のコップルだ。よい友人なんだ」フロリアンがそう言うと、痩《や》せた男がこくりとうなずいた。「気づいていると思うが、おしゃべりが嫌《きら》いだ。だから信用できる。さあ、朝食を食べたまえ。いまは、ゆっくりとね。きみはこの一週間、ちゃんとした食事をとっていないんだから」

テオは彼を見つめた。「そんなに長くここにいたのかい？」

「どこにどれだけ長くいようとも、きみは強運の人なんだ」フロリアンは、テーブルからひとつの包みを取った。テオの日記だった。紙面の真ん中あたり、全ページを貫《つらぬ》いて、小さく黒い穴があいている。

「きみの上着の中に、これがあったのだ」フロリアンは言った。「これが弾丸《だんがん》を食い止めた、というか、ともあれ速度をゆるめさせたのだ。それがきみの命を救った。もうひとつ、きみの大事なもの」――テオのスケッチブックを持ちあげて――「きみは出発したとき、これをムルに置き忘れた。ルーサーはそれを返そうとして、きみのあとを追った。そして、銃声《じゅうせい》を聞いた。すぐ駆《か》けつけたが、だれがやったのかを知ることはできなかった。カルラ川にほうりこまれていたきみを救い出すのが精いっぱいだった。彼は、きみをここへ連れてくるのが賢明《けんめい》だと考えた。ムル周辺の同志たちが彼を手伝った。きみは、自分の知らないうちにたいへんな旅をしたんだよ。……きみはもうすぐ治るよ」

「ぼくは、いますぐ出かけたいんだ。ミックルのそばにいてやらなくては。ここは、どこなんだい？」

「それはどうでもいい。きみは旅ができる状態ではない。たとえきみが――」

「ぼくは行く。行かなくちゃならない」テオはさえぎった。「ミックルは、ぼくからぜんぜん手紙を受け取っていない。彼女は、何が起きたかを知らないし、なぜぼくが彼女のそばにいないかも知らない」

「それでいいじゃないか。しかし、どうしても気になるのなら、わたしが連絡《れんらく》をとって、きみが生きていることを伝えよう。彼女が知りたいのは、ただただ、そのことなのだろうからね。ただし、その知らせは彼女のものだけにしておいてもらう」

「というと、きみは、ぼくを行かせないつもりなのかい？　ぼくは囚人《しゅうじん》じゃないぞ」フロリアンの顔をちらりと見て、「それとも囚人なのかい？」

「もちろん囚人じゃない。これは、きみ自身の安全のためだ。いいかい、きみ。だれかが、きみを亡《な》き者にしようとして躍起《やっき》になっていたんだよ」

「わかっている。ぼくはそれを、だれよりもよく知っているつもりだ。スケイトという男で、カバルスの手先だった」

「たぶんまだ手先なのだ」フロリアンは言った。「彼は、だれかの命令を受けて動いている。賭《か》けてもいいが、ああいう連中は、自分の個人的恨《うら》みを晴らすということには関心がない。彼らなりの原理原則があるんだ。町の絞首刑執行人《こうしゅけいしっこうにん》と同じで、ただ報酬《ほうしゅう》のために人を殺す。うたがいもなく、彼は自分がきみを殺したと確信している。もしそうでなかったと知ったら、ふたたび殺そうとするだろう。きみは、しばらく死んでいるほうが安全なんだよ」

「この先ずっと死んでいるわけにはいかないよ」

「それはそうだ。ところで、ルーサーは状 況《じょうきょう》を探るために出かけている。何事かが起きつつあるのだ。それはわかっているのだが、まだ、それが何であるかがわからない。さまざまな人間の名前が取りざたされているが、はっきりだれと特定することができない。カバルスの旦那《だんな》がその中にいるのかどうか、それもわからない。カバルスは、エルズクールその他の連中と手を組んでいるのか？　そうかもしれない。しかし、どうやって？」

フロリアンはしゃべりながら、部屋を歩きまわっている。

「なぜきみは、エルズクールの解任を求めたのだい？」テオは聞いた。

「ルーサーから聞いただろう。あの勇敢《ゆうかん》な将軍は、貴族たちと語らって何やらたくらんでいる。ひどくこっそりと動いているので、わたしにはそれがとらえられないんだ」

「ぼくにとらえられないのは、きみがどうして、そういう動きのことを気にするのかってことだ。軍人、貴族たち——やつらが何をたくらもうと、かまうことないじゃないか？　君主制が面倒《めんどう》なことに巻きこまれれば巻きこまれるほど、きみは喜ぶべきじゃないか」

フロリアンは足を止め、テオをじっと見つめた。「それがわれわれの大義を助けるものであるなら、そう、喜ぶだろう。しかし、軍部と貴族階級は、王国政府内でのいっそうの権力増大を求めている。それがプンプンにおってるんだ。もしそれに成功したら、彼らは、わたしの仕事をよりいっそう困難にするだろう。これはこまる。自分の敵をより強力なものにさせるとしたら、わたしはバカだろう」

「じゃ、すべては、きみにとって有利かどうかにかかっているんだね」テオは、ほろ苦い思いで言った。「ミックルを、トレンスを、あるいはぼくを、助けるためではなくて。以前、きみはぼくに、すべての人間は兄弟だと言った。それが自然の法則だと言った。すべての人間の中に、ミックルやぼくはふくまれないのかい？」

フロリアンは、しばらく黙《だま》っていたあと、「きみは、ニールキーピングでもほとんど同じことを聞いたね」と言った。「あれ以来、わたしはそのことをずっと考えてきた。きみはわたしに軟《なん》骨《こつ》のかけらをくれて、わたしはそれをずっと噛《か》んでいるというわけだ。しかし、軟骨でもって何ができる？」

「飲みこむんだね」テオは言った。「あるいは吐《は》き出すんだ」

「そうか」フロリアンは言った。「しかし、ともかくわたしは噛みつづけるよ」

「でも、まだ、きみの心は変わっていないんだね」

「わたしは、必要とされることをするのだ」フロリアンの顔が曇《くも》った。それから、半ばひとり言のように、「ときどき、わたしは自分に質問する。何度も質問する。なかなか答えられない」とつぜんほほえんで、「まあ、あまりに注意深く考えるのは危険なことなのかもしれない。幸運にも、ジャスティンはそういうこととは無縁《むえん》だ」

「ルーサーの話だと、ジャスティンはきみといっしょだったそうだね」

「そうだ。しかし、いまはいない。数日中にもどるはず。きみに会えて喜ぶだろう」

「そうかな？　彼はあの日、ぼくのせいであやうく殺されるところだった。彼に恨《うら》まれても、ぼくは彼を責める気はない」

「彼は、そのことについて何も言っていない。ジャスティンが何を考えているか。わたしはいつも彼の心がわかっているわけではない。ジャスティンはいろんなことを考えて、それを次々と心の中から消し去っているように見える。わたしの雛鳥《ひなどり》たちは、たくましく羽ばたこうとしているんだ。わたしは、ジャスティンが鷲《わし》になるものと思っていたんだが、どうも復讐《ふくしゅう》の天使になりつつあるらしい。ともあれ、ジャスティンのまわりには、復讐の天使としての彼を賛美する信奉《しんぽう》者《しゃ》のグループが生まれている。わたしは、その能力のゆえに彼を頼《たよ》りにしている。多くのすばらしい才能を持っているからね。それらのうちのひとつは、すごく有用でもあり、すごく危険でもある。これは、多くの人たちにとってもそうだし、彼自身にとってもそうなんだ」

テオのいぶかしげな表情を見て、フロリアンは言った。「魅力《みりょく》と呼んでいいかもしれないな。ジャスティンにはそれがあるんだ」

きみは囚人《しゅうじん》ではない、フロリアンはそう告げたし、それを信じない理由もなかった。にもかかわらず、体力を回復し、足もしっかりしてきて屋外を歩けるようになったとき、テオは、めったに一人にしてもらえないことに気づいた。たえず、だれかがそばにいるのだ。水車小屋の庭で日向《ひなた》ぼっこをしていると、あるいは水車を回す流れのそばに腰《こし》を下ろしていると、コップルがいつも近くでうろうろしていた。厩舎《きゅうしゃ》でも穀物倉でも、歩きまわる先々に、テオの知らないフロリアンの部下が数人いて、何か仕事をしているのだった。

フロリアンの警告にもかかわらず、テオはすでに、マリアンシュタットに向けて出発すると心に決めていた。空気は冷たさを失い、若葉の新しい緑が靄《もや》のように周囲の森林をおおっていた。小耳にはさんだ会話のはしばしから、この水車小屋は渓谷《けいこく》の西のはずれにあるのだろう、と見当をつけた。天候は彼に有利だった。しかし、歩いていくのでは時間がかかりすぎる。彼は、厩《きゅう》舎《しゃ》のそばでこれまで以上に時間を過ごすようになった。スケッチブックを手に馬を描《か》いた。それが楽しくてたまらないようだった。

そんなある午後、フロリアン自身がやってきて、立ち止まり、のぞきこんだ。

「うまいものだね。宮廷《きゅうてい》の役人たちや大臣たちが、絵を描く王族のことをどう言うかは、わたしは知らないが。それから、もうひとつ——」ほほえみながらフロリアンは付け加えた。「きみは、きみがわたしに信じさせようと思っているほど君主制支持者ではない。きみが、日記——というか、日記の残骸《ざんがい》——に書いていることを読むと、それがわかるよ」

「あれはプライベートなものだ」テオは顔を赤らめた。「きみには読む権利など——」

「そのとおり、読む権利はない。しかし、抵抗《ていこう》しがたい誘惑《ゆうわく》に身をゆだねるのは、ときとして許されるものだよ」フロリアンは、にやりと笑った。「きみは現在の制度について、あれこれの批判的意見を書き記している。ひかえめに言って、かなりきびしい内容だ。何とも皮肉《ひにく》なことだな、ウェストマークの女王と結婚《けっこん》することになっている若者が、こういうことを書くとは」

「ぼくが結婚するのはウェストマークの女王じゃない。ミックルだ。そして——そう、貴族制というものは基本的には間違《まちが》っていると、ぼくは思う。貴族制の生み出す不公正はほんとうによくない。しかし、それはもう機能しなくなっているんだ。

印刷屋の見習い工だったとき、ぼくは、ある古い書物を読んだ。ヨハネス・ヤコブスという人の書いたものだった。彼は言っていた。貴族、町民、農民がひとつの大きな評議会に加わり、そこではだれもが平等に発言権を持つ。それが当たり前のことなのだ、常識なのだ、と。国王は評議会の同意によって統治する。評議会には、ただ一人の指導者というものはいない。三人の指導者が選ばれて、これらは執政官《しっせいかん》と呼ばれる。だれも、他の人々の犠牲《ぎせい》の上に権力を保有することはない」

フロリアンは笑って首を振《ふ》った。「わたしも、きみぐらいの年齢《ねんれい》のときにそれを読んだよ。すばらしい思想だと思った。しかしそれは、無私と善意に頼《たよ》りすぎている。その二つさえあれば、何もかもうまくいくと考えている。かわいそうなヤコブス老人。彼は決して理解しなかったのだ。――権力は常に、だれかを犠牲にして成り立つのだということを。ときどきは、それをもっともよく行使しようとする人々を犠牲にして成り立っているのだということを。彼のすてきな軟膏《なんこう》の中に蠅《はえ》が何匹《びき》も入っていることを、わたしはすぐに気づいたんだ」

「人間は生まれつき善なのである、と彼は書いている」テオは言った。「悪い環境《かんきょう》が、一部の人間を悪に変えるのだ。チャンスをあたえれば、彼らは不公正よりも公正を選ぶ。人間は残忍《ざんにん》であるよりも、むしろ親切なものだ。教育によって悪い人間をなくすことができるのだ。彼はそう言っていた」

「きみはそれを信じるのかい？」

「もちろんだ。もともと、そんなふうに感じていたんだもの。そんなふうに考えていたといっても、ぼくはほかのだれとも変わってはいない」

「きみの慎《つつ》ましさは、きみの無邪気《むじゃき》さと同様に喜ばしいことだ。きみは、ヤコブスに何が起きたか知ってるのかい？　彼は迫害《はくがい》されてあちこち転々とし、結局、屋根裏部屋で死んだ。彼の著書は発禁処分となり、町の広場で焼かれたんだ」

「ひどい裁判官だな」

「裁判官じゃない。フライボルグ大学の彼自身の同僚《どうりょう》たちだ。彼らが彼の本を焼いたのだ。そして、彼自身をも同じ処分にできなかったことを残念がったのだ」

フロリアンは口を閉ざした。部下の一人が彼を呼んでいた。

フロリアンは立ち去った。残されたテオは、よい答えを求めて思いをめぐらせたが、すぐにはひとつも見つからなかった。結局、スケッチブックと計画にもどった。絵を描《か》きながら脱出《だっしゅつ》の方法を考えたのだ。友人の馬を盗《ぬす》んで、しかも自分を泥棒《どろぼう》と思わないようにするにはどうしたらいいか。良心とうまく折り合いをつけなければならない。

翌朝、中庭を横切っているとき、ジャスティンが厩舎《きゅうしゃ》から出てくるのを見た。毛布の巻いたのを肩《かた》に乗せ、ベルトに一挺《ちょう》ピストルをぶちこんでいる。テオが覚えているよりも、痩《や》せて、背が高い。フロリアン風に長くてやや乱れた黄色い髪《かみ》は、以前より色が淡《あわ》くなっているが、一方、顔は日焼けして濃《こ》い金色だ。額《ひたい》から頬《ほお》にかけて、傷痕《きずあと》が、ゆがんだ白い溝《みぞ》となって走っている。

ジャスティンのすみれ色の目は大きく見開かれた。足を止め、しばらく一心に見つめていた。それから、とつぜん少年のような微笑《びしょう》を浮《う》かべて駆《か》け寄り、テオの手をにぎった。質問の雨を降らせたが、答えを聞いてはいないようだった。

「フロリアンに報告しなきゃならないんだ」ジャスティンは、せかせかと言った。「あとで話そう。しかし――しかし、うれしいな！　ずいぶん会わなかったものな！　ニールキーピング以来だよな！」ますますにこにこしながら、「あれは、ほんとうに栄光的な日だったよな？　おれはぜったいに忘れないぞ。おれの生まれて初めての戦闘《せんとう》だった。まさに銃火《じゅうか》の洗礼だった。きみだって同じだよな。おれたちはみな、押《お》され気味だった」ジャスティンは、まるで秘密を話すかのように声を低めた。「いいかい、おれはあのとき、実はかなりやばいと思ったんだ。勝つも負けるも紙一重《かみひとえ》だとね。運がよかったよ、きみのそばにいて、きみをあの士官から救えたのは」

ジャスティンはテオの肩を軽くたたいて、家に入っていった。

テオは首をひねった。ジャスティンの言葉の意味がわからなかった。ニールキーピングで、じっさいには、守備隊の一士官がサーベルを振《ふ》りかぶってジャスティンに襲《おそ》いかかった。テオ自身がジャスティンをわきに引き離《はな》したが、その士官はふたたびサーベルを振りかざした。テオは彼をピストルで狙《ねら》い、発射しようとした。悪夢の中で、テオはいまでもジャスティンを見る。血まみれの仮面のような顔。そいつを殺せという絶叫《ぜっきょう》。ほんの一瞬《いっしゅん》、テオは立ちすくんだのだった。しかし、それはジャスティンの命に値《あたい》したかもしれない一瞬だった。マスケット銃《じゅう》の一発でその士官を倒《たお》したのは、フロリアンだった。この一瞬間は、以来、テオに付きまとった。自分をためらわせたのが良心なのか卑怯《ひきょう》さなのか、彼はどうしても決めることができなかった。結局、ミックルが手を貸してくれて、ジャスティンを安全な場所まで引っぱっていった。あの日は栄光的な日などではなかった。

ジャスティンは、どういうわけか記憶《きおく》をとりちがえ、自分にヒーローの役割をあたえている。確信に満ちて、好ましい熱意をこめて話すので、テオは、そのゆがんだ物語を心から信じてしまうところだった。ふっと思い当たった。フロリアンが言っていたジャスティンの「魅力《みりょく》」とは、人を容易に信じさせる、こういう才能を言うのではないだろうか。

しばらくしてテオが水車小屋にもどると、そこでは、ジャスティンとフロリアンが一枚の地図にしげしげと見入っていた。あまりに熱中していてテオに気づかない。遠慮《えんりょ》して立ち去ろうとしたとき、庭に駆《か》けこんでくるひづめの音が聞こえた。つづいて、甲高《かんだか》くかわされる人声がした。

次の瞬間、ルーサーがドアを開けて入ってきた。騎馬《きば》の旅に疲《つか》れているようすで、顔は黒ずみ、外套《がいとう》には泥《どろ》が一面にこびりついていた。コップルと、フロリアンの部下二人がついてきた。テオを見てこくりとうなずくと、ルーサーはまっすぐフロリアンに近寄った。

「カルラ峠《とうげ》で戦闘《せんとう》だ。レギア軍が昨日、夜明け前に攻撃《こうげき》してきた。始まったとき、わたしは現場にいた。いまごろは、渓谷内《けいこく》にレギア軍が二個連隊入りこんでいるはずだ」

フロリアンは冷静だった。おどろいたとしても、それをいっさい表に出していない。一瞬考えこみ、それから聞いた。「きみはどう見る、ルーサー？　彼らは何か、ほかのことをたくらんでいるのかな？　峠を通って侵入《しんにゅう》してくるなんて、まるでバカのすることじゃないか。あそこなら、エルズクールは一個小隊で彼らを撃退《げきたい》できるだろう」

「エルズクールは降伏《こうふく》した」ルーサーはあっさりと言った。「彼は、ウェストマーク軍の全部隊に武器を置くようにと命令している。『先方は圧倒的《あっとうてき》に優勢である。兵士の命を救い流血を避《さ》けるため、望みなき戦闘は停止せよ』――それが、その日の彼の最後の命令だった。レギア軍は彼を捕虜《ほりょ》にした」

テオは、頭がくらくらしてきた。思わず口をはさんだ。「なぜ彼は降伏したのだ？　もし敵を撃退できるのなら、なぜそうしなかったのだ？」

「それははっきりしている。彼にその意思がなかったのだ」フロリアンが言った。「きみに警告しただろう、何かが起こっているって」

「まだある」ルーサーは言った。「エルズクールは降伏した。士官のほとんども降伏した。しかし、兵隊たちはしなかった。彼らは上官に裏切られたことを知っている。それで、まだ戦っているんだ。命令に服従せずに、精いっぱいたくみに戦っている。それを反乱と呼びたければ呼ぶがいい。ともかく、あそこはスズメバチの巣のような騒《さわ》ぎだ」

「ブラボー、反乱者たち!」フロリアンは椅子《いす》からさっと立ちあがり、パチリと両手を打ち鳴らした。「われらの勇敢《ゆうかん》な将軍もそこは読み違《ちが》えたな」

ルーサーは首を振《ふ》った。「レギア軍は、彼らに深刻な打撃《だげき》をあたえつつある。彼らは後退せざるを得なかった。指揮官がいないから混乱状態なんだ。ある中隊が踏《ふ》みとどまって決死の抵抗《ていこう》を試みたが、木っ端《こっぱ》みじんにやられてしまった」

「フロリアン」テオが口をはさんだ。「ぼくは待てない。すぐマリアンシュタットに行かねばならない」

「きみが通過できる道はない」ルーサーが言った。「こうなってしまっては、もう無理だ。溪谷《けいこく》はレギアの兵隊だらけだ。それがわからないのかい?」

「ルーサーの言うとおりだ」フロリアンが言った。「きみはもうしばらく、われわれと付き合うしかないんだ」にやりと笑って、「ここ数日きみが考えていたことについて言えば、われわれの馬のうちの一頭といっしょに出発したって、だめだよ。それとも、きみは二頭連れていくことを考えていたのかな?」

「きみは、ぼくを止めるつもりだったのかい?」テオは聞いた。秘密の計画をあっさり見破られていたことに当惑《とうわく》していた。

「止めは、しなかったろうね」フロリアンは言った。「しかし、いまは止める。もしスケイトがきみを撃《う》たなくても、うたがいもなく、レギア兵が撃つだろう」

「きみはどうするつもりなんだ？」

「どうするつもり？　きみ、わたしは何かをするよう期待されているのかね。たしかに、ひどい出来事だ。しかし、それはウェストマークとレギアのあいだのこと。わたしの出る幕ではない。きみは忘れているようだが、われわれは、危険なお尋《たず》ね者の一味なんだよ」

「それは違う」テオは言い返した。「アウグスティン国王はきみを特赦《とくしゃ》した」

「そうだ」フロリアンはほほえみながら言った。「しかし、わたしは彼を特赦しなかった」

「きみは以前、われわれを助けようとしたじゃないか」テオは言いつのった。「あのときのきみの理由が何であったか、そんなことはぼくは気にしない。いまだって、きみの仲間たちにできることが、何かあるに違いない」

「わたしは、きみたちに進んで警告をあたえた」フロリアンは答えた。「きみがすぐ指摘《してき》したように、自分の利益のためだった。しかし、それは一応、別のことだ。警告したところで、わたしは何も犠牲《ぎせい》にするわけではなかった。きみはわたしに、わたしの仲間を戦闘《せんとう》に参加させよと言っているのか？　どういう資格で参加するのだ？　正規軍とは別の市民軍としてか？　ゲリラ部隊としてか？　それは警告なんかとはまったく異なったものだ。はるかに高くつくものだ。多くの犠牲をもたらすものだ。よりによってきみがそういうことを求めるとは、……おどろいているよ」

「おれは乗り気だよ」ジャスティンが口をはさんだ。「おれは兵士と馬を週末までに用意できる。

やろうよ、フロリアン。すばらしいチャンスじゃないか。ニールキーピングを上回る、絶好の実地訓練だ。どれだけ多くのことを学べるか、考えてくれよ」

「高くつく学校だな」フロリアンはしばらく何も言わず、部屋を歩きまわっていたが、やがて、ルーサーに向かって、「きみはどう思う？」

「市民軍として戦うのか？　早すぎるな。われわれは、まだ準備ができていないんじゃないかな」

「わたしが望むほどには準備できていない」フロリアンは言った。「しかし、ジャスティンの意見には一理ある。これは、われわれの腕前《うでまえ》を試す機会になるかもしれない。もし正規軍が混乱状態にあるなら、兵士の中には、われわれに参加する者もいるだろう。ことによると、かなりの数かもしれない。戦闘《せんとう》が終わったとき、われわれの勢力は強化されているだろう」

「あるいは、ずたずたになっているだろう」ルーサーは言った。「それでも――見逃《みのが》すには惜《お》しいチャンスだよ」

「もうひとつある」フロリアンはするどくテオを見た。「これは、きみが政治技術の第一の奥義《おうぎ》を学ぶときなんだよ、未来の王族さん。つまり、政治は取引だということを。もしわれわれが戦えば、われわれは見返りとして何ものかを求める。とりあえずは一通の文書だ」

フロリアンはつづけた。「わたしは、われわれの自由が法律の中に詳述《しょうじゅつ》されることを求める。ウェストマークにおけるすべての男性女性の平等を求める。両性は法律の前に平等でなければならず、法律は両性の前に平等でなければならない。わたしが受け入れる唯一《ゆいいつ》の特権――いや権利は、われわれすべてがまともな生活を送るということの保証、つまり、憲法だ。わたしは同志たちに、これ以下のことのために死ねなどと言うことはできない」

「ぼくなら、たのまれなくても、きみにそれをあたえるさ」テオは言った。「でも、それはぼくの決めることじゃない。ぼくは、ミックルやトレンス博士に代わって発言することはできない」

「それはそうだ。しかしきみは、われわれに代わって発言することはできる。わたしはきみに約束してほしいんだ。どんなことがあろうと、きみがわれわれの大義を支持すること、貴族制度に反対すること、君主制に反対すること、もし必要なら、女王自身に反対することを。約束してくれるかな？」

フロリアンの灰色の目が、テオを見すえていた。ジャスティンとルーサーが見つめているのも感じられた。しばらくして、テオはうなずいた。「ああ、約束する」

「よし決まった。……ルーサー、きみはいまの仕事をつづけてくれ。きみにしかできないのだからね」フロリアンは言った。「ザラをわたしのところで働かせてほしい。ストックもだ。仲間の全員で取りかからなくてはならない」

5 アルマ川の戦闘《せんとう》

その同じ朝、大きな幌《ほろ》馬車が、アルマ川にかかる木の橋をガタガタゴトゴトとわたっていた。橋は、アルマ川がより大きなカルラ川との合流をめざして北に曲がる地点にある。御者《ぎょしゃ》は太く短い足、大きな三角帽《ぼう》をあみだにかぶり、陶《とう》製パイプをくわえ、灰色の雌馬《めすうま》を勢いよく走らせている。カルルスブルックからムルまでの長い道のりを、夜になるまでに走りきるつもりである。幌馬車の中におさまっているのは、ナポリータ出身の青年紳士シニョール・ミケロと彼の家庭教師ロンバッソ教授だ。

ラス・ボンバス伯爵《はくしゃく》は、最初、旅行作家のふりをしようかと考えたのだった。しかし、最終的に、よりお上品な職業に決めた。

「これは田舎者《いなかもの》たちには受けるだろうよ」彼はミックルに告げた。「あちこち漫遊《まんゆう》して土地のうわさ話を聞き、おかしな出来事のことをたずねるのは、観光客の常だ。それは、若い紳士の人生勉強にもなるんだからね。それに、金《かね》を使う旅行者は、いつでもどこでも歓迎《かんげい》される」

ミックルの即製《そくせい》の浮浪児《ふろうじ》衣装は、あの夜、彼女がマリアンシュタットの路地を目立たずに走りぬけ、待っている幌馬車にすべりこむのに役立った。ラス・ボンバスはそのあいだに、彼らの新しい役柄《やくがら》に見合った衣類を手に入れていた。ミックルには、名門のまじめな若い学生にふさわしい上等の衣類。自分には、地味な教授風のローブと眼鏡《めがね》。彼は、わざわざ指をインクでよごし、卵のしみをシャツの胸につけていた。少しだらしない感じのほうが学者らしいというわけだ。

伯爵の読みは当たって、彼らはどこでもあたたかく迎《むか》えられた。マリアンシュタットを離《はな》れたあと、彼らは、渓谷《けいこく》に向かう街道に沿った宿駅や宿屋に、こまめに泊《と》まった。情報を懸命《けんめい》に探し求めていることなど素振《そぶ》りにも見せず、耳に入ってきた断片的な話をつなぎ合わせて、テオの動きを大まかながらつかむことができた。こうして、ミックルは推定することができた。——彼女の父親の死を聞いたとき、テオはどうやらムルにいた。もしそのときに引き返しはじめたとするならば、彼は、ムルとカルルスブルックのあいだのどこかですがたを消したのだ。

カロリーヌは間違《まちが》っていた。テオは意図的に行方をくらましたのではなかった。その点はほっとしたものの、別の不安がミックルを襲《おそ》った。テオは、何かの事故にあったのじゃないかしら。早くムルに行って、宿駅の主人に話を聞きたかった。

「マスケットのことだ。夕食までにはそこへ連れていってくれるよ」伯爵は彼女に請《う》け合った。

「ひどい雷雨《らいう》でも来て立ち往生《おうじょう》すれば、話は別だが。……そう言えば、ひとつ来そうだな」

ミックルも気づいていた。頭上の空は雲ひとつなく晴れているのだが、遠くで、重く低い音がしている。ムルの方角に灰色の小さな翳《かげ》りが見えたが、それが急速に黒味を増して高く立ちのぼり、東のほうへ、カルラ川の上流のほうへと、たなびいていく。

それからまもなく、マスケットが手綱《たづな》を引き、道の中央で幌《ほろ》馬車を停めた。伯爵《はくしゃく》は窓から顔を突《つ》き出した。いったい、どうしたんだ……。前方から、軍服を着た男たちの大群がやってきたのだ。歩いている者、馬に乗った者。道幅《はば》いっぱいに広がっていて、馬車が通りぬけられるどころではない。

「地元の守備隊の野外演習だ」ラス・ボンバスが説明した。「こいつはまずいな。指揮官はどうしてるんだ。通過するのを待つしかなさそうだぞ」

ミックルは、幌馬車から降りて自分の目でたしかめた。兵隊であることは間違《まちが》いない。が、隊列も組まず、てんでんばらばらに歩いている。何が起きたかわからないうちに、気がつくと、よごれた顔と汗《あせ》くさい体の渦《うず》の中で押《お》し流されそうになっていた。男たちは、多くがマスケット銃《じゅう》を肩《かた》に掛《か》けていたが、武器を持たない者もかなりいた。数人のしおたれた騎兵《きへい》が、泡汗《あわあせ》だらけの馬に鞭《むち》打って、兵隊と荷車の密集の中を突破《とっぱ》しようとしていた。

ラス・ボンバスは、急いでミックルのそばに来た。兵士の一人がフリスカの手綱をつかんで、馬と幌馬車を反対方向に向けようとしている。そいつに向かって怒鳴《どな》った。「いったい何事だ？　恥《はじ》知らずな！　隊列を組め！　指揮官はどこなのだ？」

あたりの兵士たちは、げらげら笑い出した。血だらけのぼろきれを頭に巻いた軍曹《ぐんそう》が、群れを掻《か》き分けて幌馬車にやってきた。「もと来たところに帰れ。レギア軍がムルに入ったんだ」

ほかに五、六人、同じことを同時にさけんだ者がいたので、ミックルは、何が起きたのか理解するのに、ちょっと時間がかかった。ラス・ボンバスもようやく理解した。レギア軍は、ムルの町を占領《せんりょう》しただけでなく、すでにカルラ川沿いに前進しつつあるのだ。

「この男の言うとおりにしたほうがいい」伯爵は、ミックルの腕《うで》をつかんでさけんだ。「この騒《さわ》ぎにかかずらわっていてはいけない。脱出《だっしゅつ》するんだ。早ければ早いほどいい。なぜこんなことが始まったのかはさっぱりわからんが、いま気にしてもどうしようもない。いったんあんたがマリアンシュタットに行けば――」

「戦争は、マリアンシュタットではなくて、ここで起きてるの」ミックルはきっぱりと言った。「わたしはここにとどまる。彼らはわたしの兵士でしょう?」

「彼らは、この時点では何者でもない。彼らを兵士と呼ぶのかね? なんてこった、ミックル。野良犬《のらいぬ》どもの群れだって、もっと統率がとれてるよ。ここでは、だれもが自分のことしか考えていない。指揮官だっていないんだから」

「指揮官はいるわ」

ミックルは伯爵から離《はな》れて、帽子《ぼうし》と上着を脱《ぬ》ぎ捨て、馬車の屋根によじのぼった。指を二本、口に入れ、ピューッと、耳もつんざくばかりの口笛を吹《ふ》いた。兵隊たちはおどろいた。なんだ、娘《むすめ》っ子じゃないか。ほっそりした娘が、冷静な視線で彼らを見下ろし、口笛を吹《ふ》いたのだ。兵士のほとんどは、ぴたりと動きを止めた。

伯爵《はくしゃく》は、ミックルを止めるいかなる方法も見いだせないまま、それを最大限に利用することにした。御者台《ぎょしゃだい》にのぼってマスケットのわきに立ち、声をかぎりにさけんだ。「気をつけ！　捧《ささ》げ銃《つつ》！　このお方をどなただと思う？　ウェストマークの女王陛下であらせられるぞ！」

彼の号令は、何の効果ももたらさなかった。兵隊たちはまったく本気にせず、げらげら笑い、勝手なおしゃべりをするだけだった。

一人の兵士がさけんだ。「あんたが女王なのかい、あまっちょ？　もしあんたが女王なら、あんたの王冠《おうかん》はどこにあるんだ？」

ミックルは、その兵士が軽騎兵《けいきへい》の制服を着ているのを見て、にっこりとほほえみ、「もしあんたが騎兵なら、あんたの馬はどこにいるんだい？」

この言葉が兵士たちを喜ばせた。彼らは拍手喝采《はくしゅかっさい》してミックルの頓智《とんち》をたたえ、仲間内でそのジョークをくり返した。そのとき、泥《どろ》とほこりにまみれた士官の制服を着た、無帽《むぼう》の男が群集を押《お》し分けてやってきた。

「陛下！」とさけんで敬礼した。「報告いたします。ウィッツ大尉《たいい》、ご命令にしたがいます！」

伯爵は士官を見つめた。砂色の髪《かみ》の若い男。騎兵隊風の大きな口ひげ。それはいま、その持ち主同様、うすぎたなくしおたれている。「きさま！　しょうのないやつ！　きさまは、ニールキーピングのあの事件のあとで、われわれを逮捕《たいほ》しようとしたバカ者だな！」

「報告します。そのとおりであります」士官は答えた。「わたしはあのとき、わからなかったのであります。あなたがアウグスタ女王――当時はアウグスタ王女でしたが――といっしょにおられるとは。ともかく、わたしは彼女の顔を覚えています。まさしく、女王陛下その人です。それについては何の疑問もありません」

さっきの軍曹《ぐんそう》も、ミックルの顔を見つめていたが、しだいにおどろきの表情を濃《こ》くしていった。彼は、ひしめきうごめく兵士たちに向かって、さけんだ。「列にもどれ。情けないバカ者どもめ！　大尉の言うとおりだ。おれは宮殿《きゅうでん》警護についているとき、彼女を見た。新しい女王だ。まさに本物だ」

その後さまざまなことが起きたが、ミックルはあまりはっきり覚えていない。兵隊たちもそうだった。彼らは、あとから来た者たちに、自分たちの経験を自慢《じまん》して話したのだが、細かいことはほとんど忘れてしまっていた。いずれにせよ、ほかの兵隊たちがやってきたときには、はじめミックルの周囲にいた者たちは、自分たちのことを「女王親衛隊」と名づけ、次のことを決めていた。女王は、まず第一に、われわれのものだ。われわれが女王の警護に責任を持つ。ほかの何者も同じ名前を名乗る権利はない……。

「おまえにも見せたかったよ」彼らの一人は言った。「ほんの小娘《こむすめ》のくせに、おれたちといっしょにぺちゃくちゃおしゃべりしてさ。チャボの雄鶏《おんどり》みたいにずうずうしいんだ。それに頭がめっぽう冴《さ》えてる。たいしたもんだよ」

もう一人がうなずいた。「彼女のことを〈物乞《ものご》い女王〉と呼ぶやつもいるが、カルラ峠《とうげ》にあんな物乞いが大勢いたら、おれたち、負けやしなかったぜ」

その当時、ミックルはこうした事柄《ことがら》にほとんど気づいていなかった。震《ふる》えている彼女に、だれかが、騎兵《きへい》隊用の外套《がいとう》を掛《か》けてくれていた。ようやく降りてきた彼女を、ラス・ボンバスが、大急ぎで、比較的《ひかくてき》静かな幌《ほろ》馬車の中に引っぱりこんだ。そうしなかったら、兵士たちはいつまでも彼女を取り巻き、喝采《かっさい》しつづけていたことだろう。彼女は、軍曹《ぐんそう》とウィッツに、いっしょに来るようにと合図した。

その軍曹を、ミックルはその場で大尉《たいい》に昇進《しょうしん》させた。そして、あなた、自分で何人か役に立つ部下を選び、その人たちを使って、兵隊たちに規律と秩序《ちつじょ》を取りもどさせなさい、と命令した。新任の大尉が出ていくと、今度はラス・ボンバスに向かって、「あなたはわたしの軍事顧問《こもん》よ。あなた、こういう事柄《ことがら》にはくわしいんでしょう。テオから聞いたんだけど、以前、サラマンカ槍《そう》騎兵《きへい》団にいたのよね？」

「ああ――そう。だいぶ前のことだった」伯爵《はくしゃく》は答えた。「軍隊も最近はだいぶやり方が違《ちが》っているからね。しかし、もしあんたが我輩《わがはい》の助言を求めるなら、それはまさに前と同じだ。『すぐ脱出《だっしゅつ》を』だ」

「報告いたします」ウィッツが口をはさんだ。「わたしは、閣下と同意見であります。われわれは、いまの状態ではレギア軍の進撃《しんげき》を食い止めることはできません。軍律の無視は言うにおよばず、混乱状態は目をおおうばかりです。再編成のための時間が必要です。しかし、レギア軍はその時間をわれわれにあたえそうもありません」

「レギア軍があたえないなら、われわれが奪《うば》うしかないわ」ミックルは言った。「さあ、ウィッツ大尉――」

「陛下」ウィッツは顔を赤くしてさえぎった。「状況《じょうきょう》の切迫《せっぱく》の中で、忘れていました。わたしはもはや、その階級に属していません。わたしの指揮官が降伏《こうふく》したとき、彼はわたしに、おまえも降伏せよと命令しました。わたしは――わたしはしたがいませんでした。自分の軍人生活において初めて、わたしは命令を実行することを拒否《きょひ》したのです。軍律により、わたしは降格されるべきです――銃殺《じゅうさつ》されてしかるべきでさえあります。しかし陛下、実に実にひどい話なのです」

ウィッツは、ほとんど涙声《なみだごえ》になっていた。「わが軍は敵を食い止められたはずです。降伏する理由はまったくありませんでした。上官たちにたいしてじゅうぶん敬意を払《はら》いつつも、言わなければなりません。――彼らは軽蔑《けいべつ》すべき臆病者《おくびょうもの》です。しかし、軍律に照らしてみれば、わたしの有罪はまったく明白です。わたしは命令に違反《いはん》し、義務を放棄《ほうき》し、士官らしからざる行動をとったのです」

「よくやったわ」ミックルは言った。「もう、あなたは大尉でない。いまや大佐《たいさ》よ。わたしに助言する将校団に加わってちょうだい——そういうものが、できしだいにね」

「しかし、それは問題外です」ウィッツは頑固《がんこ》に抗議《こうぎ》した。「軍規によって、士官の昇進《しょうしん》は、その上官たる将軍の同意を必要とします。わたしの場合、それはエルズクール将軍です。そして彼は捕虜《ほりょ》になっています」

「わたしは軍規を変えたところなの」ミックルは言った。「あなたは大佐《たいさ》。さあ、大佐らしく行動してちょうだい」

ウィッツは、呆気《あっけ》にとられて彼女を見つめた。ウェストマークの女王であろうとだれであろうと、軍隊の規律にこれほどとらわれない人がいるとは……。彼は、少年のように頬《ほお》を染めた。賛嘆《さんたん》の思いが高まり、口ひげがぴりぴりと震《ふる》えた。

軍人としての規律は、女王にたいする彼の忠誠と服従を要求する。彼が彼女に恋《こい》してしまうことなど要求はしない。しかし、彼は恋してしまった。その時その場で、自分では気づかずに——。そして、全生涯《しょうがい》を通して彼女を恋しつづけることになる。


次の半時間のあいだに、ミックルは、頼《たよ》りになりそうな兵士をさらに十数人、士官に昇進させ、新しく編成された中隊それぞれの指揮を彼らにまかせた。マスケットには、食糧《しょくりょう》の配給を担当させた。兵隊たちの一部だけがかかえこんでいた食糧を全部提供させて、それを全員に公平に分配する。この仕事を、マスケットは、兵隊たちを動かしてみごとにやってのけた。

ミックルは、まだ騎兵隊《きへい》の外套《がいとう》にくるまり、ウィッツをすぐあとにしたがえて、兵士たちのあいだを歩きまわった。武器のようすを点検し、質問し、冗談《じょうだん》を言い、いかにも楽しそうだった。しびれを切らしたラス・ボンバスは、もうこれ以上は延ばせない、さあ出発しよう、とすがりつくようにして懇願《こんがん》した。彼が大いに安堵《あんど》したことに、ミックルはようやくうなずいた。マスケットは、伯爵《はくしゃく》の身の回り品からへこんだラッパをとりだし、撤退《てったい》を命ずる曲を高らかに吹《ふ》き鳴らした。

ウィッツ大佐は、使い古されてしわくちゃになった地図をどこからか持ってきた。幌《ほろ》馬車がカルルスブルックへの道を引き返すあいだ、ミックルはそれをしげしげとながめた。ウィッツが進言した。――もし、しかるべき時間にカルルスブルックに到着《とうちゃく》できれば、われわれはそこを防衛できるかもしれません。少なくとも、近くの町の守備隊が支援《しえん》に駆《か》けつけてくるまで持ちこたえられるかもしれません。

「橋は、どう？」ミックルは聞いた。「今朝わたしたちがわたってきた橋なんだけど。レギア軍がそこに着く前に、わたしたちがそれを取り壊《こわ》すか、焼き払《はら》ったら、どうかしら？　しばらくは敵を足止めさせられるわね」

「わたしもそれを考えました」ウィッツは答えた。「戦術的観点から見て、きわめて望ましいことだと思いますが、ちょっとお待ちを」と言って、紙に数字を書きつけはじめている。

「この男、軍事オタクだな」ラス・ボンバスはつぶやいた。「みんなが生き延びようとして目の色変えているときに、算数なんかやって楽しんでいる」

「報告します」しばらくして、ウィッツは言った。「進撃《しんげき》の速度を計算しました。一人の歩兵が一定の距離《きょり》を進むのに要する時間、わが軍とレギア軍先発隊との現在の距離、これらを基礎《きそ》として——」

「つぎにあんたは、月の位相《いそう》だの気温の変化などまで計算に入れるこったろう！」ラス・ボンバスはさけんだ。「要点を言えよ！」

「司令部付き士官の仕事はこういうものです」ウィッツは傷ついた表情で答えた。「しかし、それはなされねばなりません。わたしの義務の一部です。ええ、それでですね、わたしの計算によれば、レギア軍がわれわれに追いつく前に、橋をわたり、しかるのちにそれを破壊《はかい》することは可能と思われます。しかしながら、いくつかの歩兵中隊が右岸、つまりレギア軍側の岸にとどまらなければなりますまい。なにしろ、時間がないのです」

「彼らを見捨てるの？」ミックルが聞いた。「そんなことできない。全員やられてしまう」

「たぶん、そうでしょう」ウィッツはふたたび数字を一行ほど書きつけて、「予想される死傷者数の比率は——そう、たしかに、ほとんど全面的な損害をこうむるでしょう。しかし、この状《じょう》況《きょう》のもとでは、まったく受け入れ可能な損害です」

「受け入れ可能なんてことない」ミックルは言い返した。「もっといい数字を見つけてよ、大佐《たいさ》。わたしは、兵士全員に橋をわたってほしいの」

頭を掻《か》き、口ひげを嚙《か》みながら、ウィッツはまた計算を始めた。彼がまだそれに取り組んでいるうちに、幌《ほろ》馬車は問題の橋に到着《とうちゃく》した。マスケットがフリスカに、さあわたるぞと声をかけているのを聞いて、ミックルは、馬車の屋根をドンドンたたいて停止するよう合図した。マスケットが馬を停めたときには、ミックルはすでにドアを押《お》し開けて飛び降りていた。カルラス・ボンバスはさけんだ。「もどりなさい、ともかく、カルルスブルックに早く行かなくちゃ。ここはウィッツにまかせればいい」

「橋が落ちたら行くわ」ミックルは肩越《かたご》しにさけんだ。「その前には行かない」

駆《か》け出した彼女を、ラス・ボンバスは抗議《こうぎ》しながら追いかけた。彼女が橋の真ん中まで行ったとき、あとから来た騎兵《きへい》の一隊が橋をわたりはじめたが、ミックルを見ると、わっと歓声《かんせい》をあげた。一人は馬を降りて、彼女を自分の鞍《くら》に乗せた。騎兵たちは馬をあやつって、彼女の前後左右をとりかこむ隊形を組み、みずから女王の警護隊をかたちづくった。以来、彼らは、戦いのつづく日々、ずっとこの任務を引き受けたのである。

ウィッツは計算に絶望し、ついに紙を投げ捨てて馬車の外に出ると、みずから数学的には不可能だと証明したばかりのことを、やりはじめた。兵隊たちは次々とやってきていた。ウィッツは彼らに矢継《やつ》ぎ早《ばや》に命令を発し、後方の部隊に向けて伝令を送った。歩兵たちがあらわれると、大至急枯《か》れ枝を集め、それらを橋の両端《はし》に積みあげるよう命じた。

マスケットは、自分の身長とほぼ同じ長さのサーベルを手に入れていた。これを振《ふ》りまわしながら、橋の欄干《らんかん》を綱《つな》わたり芸人のように前へ後ろへと突《つ》っ走り、兵隊たちに向かって、急げ急げとわめきたてた。迫《せま》りくるレギア軍以上に、この小男と大きな刃《やいば》の異様なながめにせきたてられるようにして、兵士たちは仕事を急いだのだった。

カルルスブルックへ急ごうと警告してやまなかったラス・ボンバスさえも、いつの間にか、焚《た》き木集めの兵隊たちの中に加わっていた。慣れない仕事のせいで、学者風ローブは泥《どろ》まみれ、ふくらんだ頬《ほお》は真っ赤になって汗《あせ》みずくだった。

ウィッツは、あちらこちら駆《か》けずりまわっての大活躍《だいかつやく》だった。中心部隊が橋を通過しているとき、彼は、マスケット銃《じゅう》の一中隊を川岸に沿って配置し、もう一中隊を橋のたもとに置いた。

「報告します」彼はうれしそうにさけんだ。「やってのけられるかもしれません！」そしてふたたび駆けていき、すでにわたり終えた兵士たちに、いま橋をわたっている戦友たちのために、場所をあけてやるようにさけんだ。

しかし、まもなく、アルマ川の対岸の森林地帯から、マスケット銃の銃声《じゅうせい》が聞こえてきた。こちらの部隊の最後尾《さいこうび》にレギア軍が追いつき、さかんに銃撃《じゅうげき》を加えているらしい。

最後尾が橋にたどりついたとき、レギア軍はそのすぐ後ろに迫っていた。ウィッツが配置した二つの銃撃部隊は、レギア歩兵の灰緑色の隊列に向けて、発砲《はっぽう》しはじめた。彼らの接近をさまたげ、こちらの兵隊に橋をわたって撤退《てったい》してもらわなければならない。

ウィッツはそのあいだ、二台の荷車を用意していた。それぞれに火薬の樽《たる》がいくつも積んである。これを橋の真ん中に持っていき、火をつけるのだ。たいまつを持った兵士たちが荷車を押《お》して行く。まだ欄干の上に突《つ》っ立っていたマスケットは、今度は、その仕事の指揮官を引き受けた。

味方の兵隊の最後の集団が橋をわたり終えたとき、ミックルの勝利のさけびは当惑《とうわく》のうめきとなった。レギア軍は、もはや餌食《えじき》を全部仕留められないと見ると、マスケット銃の銃口《じゅうこう》を、川岸に踏《ふ》みとどまって戦友たちの撤退を援護《えんご》していたウェストマークの銃撃隊に向けたのだ。不運な兵隊たちの上に、圧倒的《あっとうてき》に優勢なレギア軍の弾雨《だんう》が降り注いだ。彼らは橋のたもとから岸辺へとしりぞいたが、レギア軍の銃撃はすさまじさを増すばかり。もはや逃《のが》れられないと悟《さと》った兵士の一部は、手を上げて降伏《こうふく》しようとしたが、川岸でただ敵弾《てきだん》になぎ倒《たお》されただけだった。ほかの者たちは、背嚢《はいのう》を脱《ぬ》ぎ捨ててアルマ川に飛びこんだところを殺された。川の流れは、彼らの死体をとらえて回転させながら運んでいき、橋杭《はしぐい》にぶつけた。橋杭のあたりの水がピンク色に染まっていた。

ミックルは、警護隊から離《はな》れると、馬を降りてラス・ボンバスに駆け寄った。彼に体を投げかけて、子どものようにすすり泣いた。「あれをやめさせて！　あれをやめさせて！」

伯爵《はくしゃく》は一瞬《いっしゅん》、彼女を抱《だ》きしめた。それから、あえて荒々《あらあら》しく、肩《かた》をつかんで揺《ゆ》さぶった。「あんた、前線指揮官になりたかったんだろう？　だったら耐《た》えるんだ！　あんたはこれから、もっともっとひどい場面に出会うんだ。この程度でくじけていてはいけないんだよ」

ミックルは涙《なみだ》をふりはらい、伯爵《はくしゃく》から自分を引き離《はな》すと、橋に向かって駆《か》けた。

「気をつけて！」兵士たちが、いっせいにさけんでいた。

マスケットの指揮する点火部隊が、枯《か》れ枝にたいまつで火を点《つ》け、安全な場所に駆けもどっていた。橋の上は火の海になるはずだった。が、火は、いったんめらめらと燃えあがったものの、すぐにおとろえ、火薬の樽《たる》を爆発《ばくはつ》させるどころではなかった。前進をはばむ恐《おそ》るべき炎《ほのお》かと後退したレギア軍は、だらしなくちょろちょろ燃えているのを見て、いまこそ急襲《きゅうしゅう》によって橋を奪取《だっしゅ》しようと勢いづいた。

ウィッツは、即座《そくざ》に状況《じょうきょう》を認識した。おれがやるしかない。一本のたいまつを手にすると、手前の荷車に向かって全力疾走《しっそう》した。敵陣《てきじん》からのマスケット銃《じゅう》の弾丸《だんがん》が周囲をヒュンヒュンと飛んでいく。荷車にたいまつを投げこんだ。燃える枯れ枝のあいだを駆けぬけ、欄干《らんかん》を飛び越《こ》し、まっさかさまにアルマ川に飛びこんだ。

彼の後ろで、荷車は爆発した。目もくらむような火花の中で、荷車は木っ端《こっぱ》みじんに吹《ふ》き飛んだ。つづいて二台目の車が爆発した。橋は大きく震動《しんどう》し、がくりとかたむいたかと思うと、見る見るうちに水中に没《ぼっ》した。

ミックルは、歩兵たちにまじって川岸に駆け下りた。ウィッツのすがたはどこにも見えない。が、次の瞬間《しゅんかん》、頭がひょいと浮《う》かんだ。周囲の水面に敵弾《てきだん》がピシャッ、ピシャッと飛びこんでいる。それを無視して、彼は静かに整然と泳いで岸に向かった。いくつもの手が差し伸《の》べられて彼を引きあげた。

髪《かみ》を頭にぺったりくっつけ、口ひげから水滴《すいてき》をしたたらせ、水草に巻きつかれて、彼はウォータースパニエルのように体を震《ふる》わせた。ミックルを見ると、びしょ濡《ぬ》れのまま気を付けをした。

「陛下」ウィッツは、まるで自分の発言のみがそれを公認の事実とするかのように、さけんだ。

「報告いたします。橋は落ちました」

6 作戦会議

最初にやってきたのはザラとストックだった。かつて婦人服の仕立て屋で、フロリアンが親しさをこめて「赤毛の女神」と呼ぶザラは、豊かな赤褐色《せきかっしょく》の髪《かみ》を断ち切っていて、農婦の粗末《そまつ》な服装をしていた。テオにかんたんなあいさつをし、緑色の目でちらりと値踏《ねぶ》みするような視線を投げると、さっさとフロリアンに会いに行った。

体格のいい詩人は、乗ってきた馬の鞍《くら》を時間かけて下ろしたあと、テオの手をにぎってはげしく振《ふ》った。「すばらしいニュースがある！　きみに話すのが待ちきれないくらいだったよ」

ひどく興奮して頰《ほお》を真っ赤にしている。もしかすると戦争がとつぜんに終わったのだろうか、とテオは思った。しかしストックは、どんな質問も、口に出す前から振りはらい、受け付けようとはしない。やがて、大きな頭を反《そ》り返らせ、片手を上着の胸の部分に突《つ》っこみ、朗々と述べはじめた。「わたしは名誉《めいよ》と喜びを持って次のことを言明する。わたしはこのほど、発表されざる詩人であることをやめることになった。わたしの幻想《げんそう》の生み出した子どもたちは、ついに暗い陰《いん》影《えい》の世界を脱《だっ》して、印刷という日光のもとにあらわれ出たのだ」

テオは、本人と同じくらいうれしかった。それはいつの話なんだ、だれが出版してくれたんだ、と息をはずませて聞いた。ストックはくちびるを閉ざし、額《ひたい》の上のわずかな髪の毛を引っぱった。テオとそれほど年の開きはないのに、もう禿《は》げはじめている。これは、ストックにとっては触《ふ》れられたくない弱点だった。彼は、詩の才能と髪の毛のあいだに神秘的な関連を感じている。自分は、そのうちのひとつは豊かであり、もうひとつのほうは乏《とぼ》しい。そういう矛盾《むじゅん》する条件の中で生きる人間なのだと、つねづね思っているのである。

「ああ――出版したのはわたし自身さ」ストックは答えた。「つまり、ウェストマーク・フェニックス。きみがフライボルグでわれわれのためにつくってくれた印刷機だよ。ザラは、あれをずいぶんうまく扱《あつか》えるようになったんだ。彼女が活字を組んだ。きつい仕事はわたしがやった」

「するとあんたは、印刷機の動かし方を覚えたんだね、そいつは二重におめでとうだ」

「いや、わたしがきつい仕事と言ったのは、ゲラを校正したことさ」ストックは一冊の小さな本をとりだし、テオの手に押《お》しつけた。「さあ、きみのためにサインしておいた。全体をいますぐ読む必要はない。もちろん、どうしても読みたければ別だがね」

テオは、最初の数ページをざっと見て、「やあストック、とてもすてきじゃないか」

「すてきなんてもんじゃない！　最高だ！――いいかい、これなんだが――」

ストックは薄《うす》い詩集をパラパラめくっている。どうやら、恋愛《れんあい》の詩ばかりのようだった。特定の女性のことを念頭に置いて書いたのかい、とたずねると、詩人は大きく両手を広げて、「詩をつかさどるミューズの神自身さ。それ以外にない！　すばらしい女性だよ！　ときに移り気かもしれないが、わたしは彼女に、献身的愛情《けんしんてきあいじょう》をこめてこのささやかな貢物《みつぎもの》をささげる。真の詩人は生身《なまみ》のモデルを必要としない。そういうものは気を散らすだけだ。ところで、献身といえば、おどろくべき献身的行為《こうい》がもうすぐやってくるよ」

ザラが水車小屋から手招《てまね》きしていた。ストックは話をやめて、そちらに行ってしまった。まもなくテオは、詩人の最後の言葉の意味を知った。一台の荷車が中庭に入ってきた。御者《ぎょしゃ》はイェリネックだった。フライボルグの酒場の主人だ。がっしりして、赤ら顔で、相変わらずにこにこしている。となりにいる白い肌《はだ》の金髪《きんぱつ》の娘《むすめ》は、「金髪の女神」リナだ。

この二人が来るとはフロリアンも予期していなかったようだ。おどろいた顔で出てきた彼に、イェリネックは言った。「ルーサーの話だと、何かがおっぱじまったらしい。おれも、自分のできることで協力しようと思ったのさ。腹が減っては戦《いく》さはできぬ。あんたたちには食事提供者が必要だ。ほっぺたの落ちるような旨《うま》いものを食わせる、とは言わない。ただ、あんた方を飢《う》えさせないことだけは約束する」

「きみ、ぼくたちにまたあのひどい料理を食わせようとして、追っかけてきてくれたんだね」フロリアンは笑いながら、イェリネックの背中をたたいて、「フライボルグでぼくらは、きみの料理に耐《た》えて生き延びた。今度も耐えぬいてみせるよ。ここに食糧《しょくりょう》がどのくらいたくわえてあるかは、コップルが教えてくれるだろう」

フロリアンは、リナには、あまりうれしそうな顔を見せなかった。「きみの任務は、フライボルグにとどまることだったろう？　だれかがあそこにいて、状況《じょうきょう》をつかんでいないと……」

「ほかの人が大勢いるわ」リナは抗議《こうぎ》した。「わたし、ここで、みんなの役に立ちたいの」

「きみがいちばんみんなの役に立つのは、回れ右をしてフライボルグにもどることだ」フロリアンは言った。「きみを必要とするときが来たら、かならず呼びにやるよ」

娘の青い目はフロリアンを見ていなかった。彼女が見つめているのはジャスティンだった。ジャスティンが、ちょうどいま水車小屋から出てきたのだ。テオは思い出した。フライボルグで、ザラとリナは二人とも、明らかにフロリアンに恋《こい》していた。ザラはその気持ちをいまも変えていないようだ。かつてと同じように、するどくはげしく、フロリアンを愛しているらしい。しかしいま、リナは、うっとりと夢見るようなまなざしで、ひたすらジャスティンに見とれている。

「いいじゃないか、ここにいさせれば」ジャスティンが言った。リナの視線をいくらか意識しているらしい。「彼女は、おれのグループに入ればいい。ただ一人の女性ってわけじゃない。ほかにも五、六人、女性がいるから」

「彼女、馬に慣れてないから、一時間で鞍《くら》ズレができてしまうわ」ザラが口をはさんだ。「リナ、ここにあんたの仕事はないと思う。邪魔《じゃま》になるだけよ」

口げんかが始まる前に、フロリアンが手を軽く上げた。「ああ、そうだ。わが金髪《きんぱつ》の女神の仕事があるかもしれない。彼女の専門を生かせる任務を思いついたよ」

「わたし、洗濯《せんたく》だけやらされるなんてごめんだわ」リナは言った。「そんなことをするために来たんじゃない」

「たしかに洗濯に関係しているかもしれない。しかし、きみが思っているような仕事ではない」フロリアンはそう言うと、みんなに、小屋の内部に入るように身振《みぶ》りで指示し、それからテオに向かって、「きみにも作戦会議に加わってもらおうか。われわれは、未来の王族だからといって、はずしたりはしない。ところで、きみの願い、近く、かないそうだよ。ルーサーが週の終わりまでには帰ってくる。情勢がどう動いているか、くわしい話が聞けるはずだ。そのうえで、いずれにせよ、われわれはきみをマリアンシュタットに送り出す。きみは、われわれが何をやろうとしているかを、女王に説明できるってわけだ」

まもなく出発できると知って、テオは、安堵《あんど》の思いとともに小屋の中に入り、テーブルの、ストックのとなりの席に着いた。フロリアンが全員に静粛《せいしゅく》を呼びかけた。軽い、ほとんどおどけたような口調で、彼は仲間たちへの歓迎《かんげい》の言葉を述べた。一瞬《いっしゅん》、テオは、フロリアンが彼らを、ある複雑でおもしろいゲームに参加させるために招《まね》いたのではないかという気さえした。

しかし、フロリアンの態度は、急速にもっと真剣《しんけん》なものに変わった。作戦について静かに話しながら、灰色の目で全員の顔を次々に見つめていく。それは、テオが以前見たことのあるフロリアンではなかった。ニールキーピングのときの彼とさえ同じではなかった。新しい、これまでとは異なった権威《けんい》のオーラが生まれ、それが、聞いている者一人一人をとらえていた。もしフロリアン自身が、かつて彼がテオに認めたように疑念や躊躇《ちゅうちょ》を持っていたとしても、彼は、そんな気配をまったく見せなかった。たえず茶々を入れることで有名なストックでさえ、沈黙《ちんもく》を守っていた。

テオが予期したように、フロリアンが司令官になり、ザラが副司令官になった。この二人は、イエリネックといっしょに水車小屋を離《はな》れ、西方、ベルビッツァ方面に向けて移動し、ベルビッツァ到着《とうちゃく》後、そこに司令部を設け、フロリアン支持勢力および同地のウェストマーク軍と連絡《れんらく》をとる。

「ルーサーは、ベルビッツァからもどってくるとちゅうだ」フロリアンは言った。「彼はよいニュースをもたらすはずだ。うまくいくと、われわれは、正規軍に協力する部隊以上のものになるかもしれない。独立した、われわれ自身の軍隊を持つことになるかもしれない。

ルーサーは今後とも、われわれの連絡係だ。われわれがそれぞれ離れた場所で行動しても、彼がそれぞれに情報を伝えてくれる。きみたちはこれから、わたしよりも彼に会うことが多くなると思う。しかし、彼のくだす命令はいずれも、わたしの命令だと思って、かならずしたがってもらいたい」

この最後の言葉は、ジャスティンに向けたものだった。ジャスティンは、部隊をひきいて、カルラ川南岸のドミティアン山脈に向かい、そこの山岳《さんがく》地帯で作戦を行なうことになっていた。

「レギア軍は前進してくるだろう」フロリアンは言った。「そうさせておけ。彼らが前進すればするほど、補給線は細く長くなる。彼らを絶え間なく攻撃《こうげき》し、責めさいなみ、息つく時間をあたえるな。しかし、正面切っての会戦を戦ってはならない。そんなことをしたら、きみたちは木《こ》っ端《ぱ》みじんにやられてしまう。きみたちはオオカミの群れだ。竜騎兵《りゅうきへい》の一連隊ではないのだ」

ジャスティンはうなずいて同意をしめしたが、どこか不満そうな顔だった。フロリアンはストックを、ジャスティンの副司令官に指名した。それから、注意をリナに向けた。

「わが金髪《きんぱつ》の女神の武器は、石鹸《せっけん》と洗濯板《せんたく》だ。しかし、これを特別の方法で使ってもらう。彼女は、ジャスティンの担当地域に近い、レギア軍占領《せんりょう》地区に潜入《せんにゅう》する。そして、レギア兵のための洗濯仕事を引き受けるのだ。よく見て、よく聞いて、敵の作戦計画や戦力の推移について、できるだけ情報を集める。それが任務だ。洗濯係の女性をだれが怪《あや》しんだりするだろう、ましてやこんなに魅力的《みりょくてき》な女性を？　知り得た情報を味方に伝える方法は、頭のいい彼女のことだ、きっといい方法を考え出してくれるだろう」

リナは、にっこり笑って頰《ほお》を染めた。ジャスティンの役に立つと知って、天にものぼる心地のようだ。

作戦の概略《がいりゃく》を説明し終えると、仲間の一人一人とはあとで個別に話すことを約束して、フロリアンは会議を終えた。「さあ、そろそろイェリネックが、お別れの宴《うたげ》を用意してくれているはずだ。この次みんなが顔を合わせるときは、勝利の晩餐会《ばんさんかい》ってわけだな」

ストックが立ちあがった。「名前はどうするんだ？　全員が戦争用の名前を持つべきだ。むかしからそういう仕来《しきた》りがあるんだから」

「ロマンチックな詩人さんの言いそうなことだね」フロリアンは言った。「好きなように名乗るがいい。わが勇敢《ゆうかん》なる詩人さん、きみが任務を果たしてくれるかぎり、わたしの口出しすることじゃない。ただし、きみ以外の人たちはそんなこと――」

「ちょっと待って。ストックはいま、めずらしく、まともなことを言ったのかもしれない」ザラが口をはさんだ。「わたしたちのほんとうの名前は知られないほうが賢明《けんめい》なんじゃないかしら」

フロリアンは一瞬《いっしゅん》考えた。「そうだね、それは言えるかもしれない。いいだろう、詩人さんにおまかせしようか」

「まず」ストックは言った。「フロリアンには、鷹《たか》のうちのもっとも高貴なもの、ペレグリン（ハヤブサ」の意）を進呈《しんてい》する」ザラにお辞儀《じぎ》して、「そしてわれわれの赤毛の女神には、あの不《ふ》屈《くつ》の火を吹《ふ》く竜、ファイアドレイク（火竜）だ。ルーサーにあたえる名として、智恵《ちえ》の鳥であり神々への便りを持つあの鳥以上にふさわしいものがあるだろうか？　レーブン（ワタリガラス）だ。リナはもちろんラップウイング（タゲリ）、負傷をよそおって敵をだます鳥だ。ジャスティンには、猛々《たけだけ》しい食肉鳥、シュライク（モズ）を進呈しよう。そしてわたし自身には、それ自身の灰の中から飛び立つという伝説の鳥、そしてまた、わたしの処女詩集の表紙の紋章《もんしょう》となって、待ちこがれる読者のもとに飛び立つ鳥、フェニックスの名を選ぼう」

大演説のせいで顔を真っ赤にして、ストックは腰《こし》を下ろした。大いに満足しているらしい。みんな拍手喝采《はくしゅかっさい》した。あのイェリネックの酒場でのにぎやかな集まりみたいだな、とテオは思った。作戦会議の重々しい雰囲気《ふんいき》はどこにもない。

ふと、取り残されたような孤立感《こりつかん》を覚えた。フロリアンの仲間と呼ばれたいと思ったあの当時味わったのと同じ、孤立感だった。子どもじみたことだ、それもやはり、どうでもいいことだとはわかっている。でも、もしストックが、ぼくにも名前をつけていてくれたら、どんなにうれしいだろう。いや、そんなこと、どうでもいいことだ、とテオは自分に言い聞かせた。

しかし、やはり、どうでもいいことではなかった。


次の数日のあいだ、テオは、少しもフロリアンのすがたを見なかった。ルーサーはまだもどってこなかった。何の義務もあたえられぬまま、テオはスケッチをして時間をつぶした。ストックは、ときどきやってきて肩越《かたご》しにのぞきこみ、やあすばらしいじゃないか、と声をかけてくれた。ストックは、彼自身のミューズ——詩——を最高のものとして崇《あが》め、ほかのすべての芸術を見下していたのだが、テオにかなりの才能があることは認めていた。それに、テオはストックの詩を手放しで褒《ほ》めていたから、ストックとしても、同じ芸術家として、テオのことを冷たくあしらうことはできなかったのだ。

ジャスティンは、十数人の兵士は来るだろうと言っていたが、それ以上の成果を得た。その週が過ぎる前に、二十数人の男たちがコップルの水車小屋に到着《とうちゃく》していた。イェリネックは、彼ら全員に食事をあたえるために、大いそがしだった。コップルの水車小屋には、そんなに大勢を泊《と》まらせることはできなかった。新しく来た者たちは、森のはずれの小川の近くにキャンプを張った。

テオに見覚えのある、フライボルグのかつての学生たちもいたが、ほかの者たちは、まだ少年と言っていいほどで、どう見てもこれまで銃《じゅう》など扱《あつか》ったことはなさそうだ。全員、ジャスティンに心服していた。彼らの顔を見ればそれがわかった。

ジャスティンは、時間のほとんどを新しい兵士たちのキャンプで過ごした。彼らのあいだを歩きまわり、一人一人を名前で呼び、マスケット銃の装塡《そうてん》のしかたや、サーベルによる攻撃《こうげき》方法を教えた。新しい兵士が到着するたびに彼は明るくなった。自分の部隊が、三人か四人の女性もふくめて増えていくにつれて、彼はほとんど光りかがやいた。テオは彼の肖像《しょうぞう》を描《えが》こうとしたが、なかなかうまくいかなかった。

「きみは彼を、かつての友だちジャスティンとして見ている」ストックが言った。「そんなふうでは決して彼をとらえられない。いまやきみは、彼をまったく違《ちが》うものとして見なければならない。たとえば、若いジュピターとして――もしきみが、ジュピターを若者として想像できるならば。しかし、わたしの言っている意味はわかるはずだ。あるいは、アポロといったほうが近いかもしれないな」

ストックは副司令官ということになっていたが、ジャスティンは彼よりも、隊員の中の比較的《ひかくてき》年かさの男の一人を当てにしているようだった。ひょろ長くて、顔は不精《ぶしょう》ひげだらけ、乱杭歯《らんぐいば》をむき出してにやりと笑う。腕《うで》が長く、なで肩《がた》なので、モンキーという愛すべきニックネームをつけられていた。それを彼は、快く、またある程度の誇《ほこ》りとともに受け入れていた。あだ名のとおり、機敏《きびん》で抜《ぬ》け目なく、冗談《じょうだん》を連発し、こっけいな歌をよく歌い、部隊の人気者になっていた。暗黙《あんもく》の同意によって、彼は、新しくやってきた男たちの訓練を引き受けた。脅《おど》したりおだてたり、道化《どうけ》のようにふざけるかと思えば、鬼《おに》教官のように罵倒《ばとう》する。そのへんの呼吸はみごとなものだった。

モンキーは万能だった。馬具《ばぐ》の革《かわ》を修繕《しゅうぜん》することもやれば、マスケット銃《じゅう》を分解することも、針子《はりこ》たちと同じくらいじょうずに裁縫《さいほう》することも、イェリネックよりもじょうずに料理することもできた。彼は、兵隊たちの訓練のためにサーベル競技を始めたが、その試合でも、彼の右に出る者はいなかった。

そのような試合のひとつで、めずらしく彼が追いこまれたことがある。彼は後退し、よろめき、サーベルの刃先《はさき》を下に落とした。若い相手は、モンキーが自分で自分を傷つけたのかと思い、引き下がって防御《ぼうぎょ》姿勢をゆるめた。とたんにモンキーは突進《とっしん》し、バックハンド・ストロークでサーベルを振《ふ》りあげた。

若い兵隊は、とつぜん芝生《しばふ》の上に倒《たお》れていた。サーベルを持った彼の腕《うで》を、モンキーの靴《くつ》が踏《ふ》みつけ、彼の喉《のど》もとにモンキーの刃先が突《つ》きつけられている。やがて、くすくす笑いながら、モンキーは、呆気《あっけ》にとられている若者を助け起こした。

「きたないトリックさ」ストックは言った。「正式にフェンシングを学んではいないな。あの男、軍隊生活の経験はありそうだ。たぶん、騎兵《きへい》だな。あの鳩《はと》みたいな歩き方からして」

「正規兵だとしたら、なぜ、ここにいるんだろう？」テオは聞いた。

詩人は肩《かた》をすくめた。「そんなこと、どうでもいいだろう？　いずれにせよ、彼は貴重な人材だ。ジャスティンは幸運だよ」

フロリアンとザラは、自分たちの出発準備にいそがしかったし、ルーサーはまだ帰ってこない。テオはますます、ジャスティン隊のキャンプで過ごす時間が多くなった。テオが何者なのかを、ジャスティンの部下たちは、うすうす知っていたとしても、まったく気にしていないようすだった。ジャスティンもテオを歓迎《かんげい》した。自分の部隊が日を追ってすぐれた兵士に育っていくのを見てもらえることを、喜んでいた。

明日は出発という日のこと――。

「彼ら、すばらしいだろ？」ジャスティンはテオに言った。「おれは、彼らの一人一人にぜったいの信用を置いている。いちばんすごいのは、彼らが自ら望んでここにいるってことだ。彼らは徴《ちょう》集兵《しゅうへい》じゃない。どこかの国の軍隊みたいに無理やり戦場に狩《か》り出されたのではない。彼らは、彼らの信ずるもののために戦うのだ。正義のため友愛のため、まともな暮らしのために、戦うのだ。これが真の高貴さだよ。ああいう民衆こそが気高くて尊いのだ。香水《こうすい》をプンプンさせて遊びほうけている貴族ではなくてね」

「騎士《きし》と英雄《えいゆう》からなる部隊か！」ストックはさけんだ。「叙事詩《じょじし》がつくれそうだぞ」

「冗談《じょうだん》めかした言い方はやめてほしいな、ストック」ジャスティンはそう言い返すと、テオを見つめ、「きみはおれたちと同じ思想を持っている。フロリアンもおれもそれを知っている。そのうえで、おれは、なぜきみがマリアンシュタットに行きたいのかを理解している。おれたちのうちのだれも、そのことのゆえに、きみのことを軽く見たりはしない。きみは、おれたちを、きみ独自のやり方で支援《しえん》してくれるだろう。きみの判断は正しい。きみは、マリアンシュタットにいるほうが安全なんだ」

「ぼくは、自分の身の安全については、一度も、何も言っていない」テオは赤くなった。ジャスティンは、何の悪意もなしに話したのだった。しかし彼の言葉は、テオの胸に突《つ》き刺《さ》さった。

「そのことできみを非難するつもりなんて、まったくない」ジャスティンはつづけた。「きみもおれも、それぞれにベストを尽《つ》くせばいいのさ。きみの仕事はきっと、おれたちの仕事と同じくらい重要なものだ。しかも、きみにはそっちの仕事のほうが向いている。おれは、ぜんぜん、うらやましかないよ。宮廷《きゅうてい》の生活なんて考えただけでも吐《は》き気がするしさ。まあそのへんが、きみとおれの違《ちが》うところなんだろうな」

ジャスティンは手を突き出した。「さあ、お別れだ。もう会えないかもしれないからな。明日、おれたちは早く発《た》つつもりなんだ」

「お別れか──」テオの心にこの数日間くり返し浮《う》かんでくる考えがあった。そんなこと問題外だと、そのつど心から振《ふ》りはらっていた。理由はたくさんあった。しかし、その理由のどれもが、いま、とつぜん、力を失った。

彼は思った。印刷屋の見習い工として、ぼくは本ばかり読んで生きてきた。ぼくの知識はほとんどが書物から得たものだ。しかし、ぼくの中には、それだけで満足できないという思いが残っていた。現実の世界に触《ふ》れたいという欲望がうずき、心を揺《ゆ》さぶっていた。その思いは、想像していた以上に大きかった。ぼくがラス・ボンバスの旅に加わったのは、現実の冒険《ぼうけん》を求めたからでもあった。しかし、伯爵《はくしゃく》の目的は高貴さとほど遠いものだった。それで、ぼくは彼のもとを去った。そしてフロリアンと出会った。フロリアンのめざすものは高貴なだけではなく、ぼくがそれ以前から信じ、自分もその一部であろうと熱望しているものだった。

ぼくを引きとめているのは何か。ミックルへの愛だ。しかし、ジャスティンの部下の多くは、愛する人々と別れてここに来ている。愛する者への思いを押《お》し殺して戦場に向かおうとしているのだ。ぼくも同じことをすべきではないか。それをしないのは、利己的で、軽蔑《けいべつ》すべきことではないのか。

ミックルは、ぼくが彼女を必要とするほどには、ぼくを必要としてはいないのではないか。ぼくがいなければ彼女がこまると、ぼくが思いこんでいるだけなのではないか。ぼくは、いままで一度も、自立した男としての自分をしめしたことがない。もしいま彼女のもとに行ってしまったら、ぼくは、自分が彼女に値《あたい》する男かどうか、自分でもわからないままになってしまうのではないだろうか。

ジャスティンは向こうを向き、立ち去ろうとしていた。テオは彼に呼びかけた。

「待ってくれ。もしぼくが、きみといっしょに行くと言ったら、どうする？」

ジャスティンはほほえんで、首を振《ふ》った。「おどろいたね、きみからそんな言葉を聞くとは。でも、こっちの仕事はきみにできるようなものじゃないよ」すみれ色の目をこらして、テオをじっと見つめた。傷痕《きずあと》が黒ずみ、それ自身の生命をもってぴくぴく動くようだった。「もうそんなこと、自分でわかっていなくちゃいけない。とくにニールキーピングの事件のあとでは、ね」

テオは、平手打ちを食ったような気分だった。が、ジャスティンはとつぜん、例の少年のような笑顔《えがお》に変わり、「きみといっしょに行くのがうれしくないというわけじゃない。ただ、きみがどんな助けになるか、わからないんだ」

「テオは絵を描《か》くのがうまいんだ」ストックが言葉をはさんだ。「だから、地図作りにも向いているんじゃないかな。それから、あのモンキー先生に少し仕込《しこ》んでもらえば、偵察《ていさつ》係としても役に立つだろう。テオにできることはたくさんあるよ」

「そうかもしれないね」ジャスティンは言った。「よし、ストック。人手は多いほどいい。おれはかまわない。しかし、フロリアンしだいだ。決めるのは彼だからね」

「彼はきみの司令官だ。ぼくの司令官じゃない」テオは言った。「ぼくの決定は、ぼく自身のものだ」

テオはキャンプを離《はな》れ、水車小屋に帰った。

フロリアンはあまりにいそがしくて、テオの話をじっくり聞くどころではなかった。ちょっと聞いただけで、即座《そくざ》にしりぞけた。「わたしはきみに、マリアンシュタットにいてほしいのだ。きみと関係ないことで、きみに危険を冒《おか》させたくないんだよ」

フロリアンの考えだって変わるかもしれない、あとでもう一度話してみよう。そう思いながら歩いていると、ストックがやってきた。テオのしかめ面《つら》を見て、詩人はすぐ、何が起きたのかを感づいたらしい。

「残念だったね」ストックは言った。「わたしの思いどおりにできたら、きみに来てもらうんだが。ジャスティンも同じ気持ちだ。しかし、いずれにせよ遅《おそ》すぎたかな。ジャスティンは明日まで待たないと決めたんだ。われわれは荷物をまとめて、いますぐ出発する。隊員のうち何人かはもう先発してるんだ。彼らは、リナをしかるべき場所に配置する任務も持っている。残ったわれわれもそろそろ動き出さないとね。さもないと、われわれの若いアポロが、いらだつからね」

フロリアンとザラも出てきて、ジャスティンとその部隊にかんたんな別れを告げ、また自分たちの仕事にもどった。キャンプはとつぜん、空《から》になった。人がいたという形跡《けいせき》すらほとんどなくなった。テオは水車小屋にもどらず、騎馬《きば》の人々の最後のすがたが消えたあとになっても、一人でキャンプにとどまった。

ようやく向きを変えて帰ろうとしたとき、ザワザワと木々の茂《しげ》みを分けて近づく音がして、馬に乗ったモンキーがあらわれた。空《から》の鞍《くら》の載《の》った馬を一頭、引いている。

モンキーは、予備の馬のほうに向けて顎《あご》をしゃくった。「隊長からさ。こう言っていた。来るものは拒《こば》まずって。そう言えば、わかるだろうってさ」

「すると彼は——？」

モンキーは大げさなウインクをした。「それだけだ。こいつはいい馬だよ。あんたが何をするか、そいつはあんたの勝手。そうだろ？」

テオは、振《ふ》り返って水車小屋を見た。スケッチブックと日記の残りはあそこに置いたままだ。モンキーはすでに馬首をめぐらせて、森の中に入っていこうとしている。テオは、待ってくれと声をかけた。モンキーは停まらなかった。

テオは馬に駆《か》け寄り、鞍に飛び乗った。

第二部　山岳ゲリラ隊

7 記者と宰相《さいしょう》

ウィーゼルは、噴水台《ふんすいだい》の縁《ふち》の上にあぐらをかいている。毎日午後になると、この大アウグスティン広場に来て、通り過ぎる人々をながめるのが楽しみなのだ。しかし、いま、彼はうきうきした気分ではない。むしろ、内省的で哲学的《てつがくてき》な気分にひたっている。

「スパロウ」彼は言った。「不思議に思っていることがあるんだけど」

彼のとなりの少女は、足をゆらゆらさせて、はだしの踵《かかと》を噴水台にぶつけている。弟と同様、おんぼろの服。ひょろりと長い足。にぎりこぶしのような膝《ひざ》。

彼女は答えなかった。広場でちょっとした事故が起きていた。幌《ほろ》馬車と行商人の荷車がぶつかったのだ。しばらく見とれていたが、どっちみち、死人が出たわけでも怪我《けが》人が出たわけでもない。すぐ興味を失って、とがったキツネみたいな顔をウィーゼルに向けた。年上の者が年下の者に時おり見せる、やさしそうな、それでいてバカにしたような、また何かつまらないことを考えているね、といったまなざしで弟を見た。

ウィーゼルは、深刻に考えこみながら言った。「あんた、大きくなったら何になりたいの？」

「わたしはもう大きくなってるよ」

「そんなことないよ」ウィーゼルは言った。「あんたはまだ、胸だってそんなにふくらんでいない」

スパロウは頭を振《ふ》って、「おまえって、そんなことばかり気にしてるのね」

「おれは、自分のなりたいものを知っている」ウィーゼルはためらった。たとえ姉にでも、自分の人生の目標を明かしてしまうのは気恥《きは》ずかしい。しかし、彼の夢は、自分だけのものにしておくにはあまりに大きかった。顔を上げ、遠い空の見えない星をじっと見つめながら話しはじめたが、その声は、野望のたくましさを気にしてか、低くかすれていた。「もし一生懸命《けんめい》努力したら、もし本気で勉強したら、スパロウ、おれはなれると思うんだ。つまり、その、泥棒《どろぼう》に」

「おまえが？」スパロウは、あきれたように言った。ウィーゼルが、自分を買いかぶって、こともあろうに、泥棒という高級職業の仲間入りをしようなどと考えるとは――。そういうのを身のほど知らずと言うのだ、と教えてやらなければならない。ぶん殴《なぐ》ってやろうかと思ったが、それはやめて、結んだくちびるのあいだから、ブブーッと、とてつもなく大きな音を立てて、疑念と不同意を表明した。

「おれは、あんたが思っているよりもちゃんとしてるんだぜ」ウィーゼルは、むっとして言い返した。すばらしい秘密を告白したのに、それを軽蔑《けいべつ》するとは、何という姉だろう。「あんたは知らないけど、おれはずっと練習してるんだ。ぜったい、りっぱな泥棒《どろぼう》になれる」

「おまえは物乞《ものご》い商売が向いてるの」スパロウは、弟にものの道理をわからせようとして、淡々《たんたん》とした口調で言った。「きっとうまくやるよ。とくに、もし、いま以上に成長しなければね」

ウィーゼルは、下くちびるを突《つ》き出した。いまにも泣き出しそうに見えた。

スパロウは、少しきつい言い方をしちゃったかな、と不安になり、弟をなぐさめようとした。

「おまえ、いったんコツを覚えてしまったら、きっと物乞いが気に入るよ。そりゃあ、いろんな体の具合の違《ちが》いで、儲《もう》けの多い少ないはあるかもしれない。でも、おまえだって、腫《は》れ物だのカサブタだのをこしらえて見せびらかせば、けっこうな金《かね》がかせげるさ。じっさい、物乞いは、ほとんど泥棒《どろぼう》と同じぐらい実入《みい》りがいいんだよ」

「いや」ウィーゼルは胸をふくらませた。自分では大人《おとな》なみの胸の厚さにしたつもりだが、他人が見れば、相変わらず、肋骨《ろっこつ》のとびだした貧弱な胸板だ。「おれはもう、かなり上達してるんだ。いますぐ泥棒になれる。スリだってできるんだ」

スパロウは唖然《あぜん》とした。何という厚かましさだろう。泥棒という高級職業の中で、彼女はとりわけスリを、いちばん高等技能を必要とするものとして崇拝《すうはい》しているのだ。

「見ててごらん」ウィーゼルは立ちあがると、噴水《ふんすい》台を下りて、事故の場所に歩いていった。荷車の男と幌《ほろ》馬車の御者《ぎょしゃ》は、まだ言い争っている。幌馬車に乗っていた男が出てきて、乗り物の被《ひ》害《がい》の程度を調べている。見るからに金のありそうな紳士《しんし》だった。

スパロウは仰天《ぎょうてん》して、弟のあとを追いかけた。ウィーゼルは、野次馬《やじうま》の中をすりぬけかいくぐって、紳士のそばに近寄った。生まれつきのものなのか、ウィーゼルの腕前《うでまえ》はたいしたものだった。それはスパロウも認めるしかなかった。彼女のするどい目さえ、男の胴着《どうぎ》に向けて走ったウィーゼルの手の動きをとらえられなかったのだ。

とはいえ、ウィーゼルは、自慢《じまん》したほどのエキスパートではまったくなかった。最後の瞬間《しゅんかん》、手もとが狂《くる》った。手は何もつかまないまま、もどってきた。失敗を悟《さと》って、逃《に》げようとした。金持ち紳士はもっと早く動いた。ウィーゼルの腕をわしづかみにして荒々《あらあら》しく揺《ゆ》すり、警官を呼べとさけびはじめた。

スパロウは、もがき暴れるウィーゼルが身をふりほどけないのを見ると、男に飛びかかり、そいつの向こうずねを蹴《け》りはじめた。スパロウの爪先《つまさき》もかなりタフではあったけれど、なにせ金持ち紳士はブーツを履《は》いていた。はだしの爪先で蹴られたところで、痛くもかゆくもない。たちまちスパロウも、捕《つか》まってしまった。

そこへ二人の警官が到着《とうちゃく》した。紳士の話を聞いて、どちらの側が正義なのか、判断を下した。二人の浮浪児《ふろうじ》の襟首《えりくび》をつかみ、じたばたするのを引きずって、連行しようとした。

「ケラー！　ケラー！」スパロウは、野次馬たちのあいだに、見覚えのある顔を見つけた。

スパロウがそんなに必死に呼びかけたその男は、まだ若かった。豊かな栗《くり》色の髪《かみ》がくしゃくしゃになっている。ふだんは、皮肉《ひにく》っぽい楽しげな顔をしているのだが、いま、捕《と》らえられた二人を見たとたん、おどろきと幸せを同時に感じたようすで、目をぱちくりさせながら、スパロウのかたわらに駆《か》け寄った。

警官たちは、野次馬《やじうま》たちと同様、すぐ彼のことがわかった。マリアンシュタットで、コミック新聞「カスパール爺《じい》さん」の発行者ケラーを知らない者はいない。彼がいるとわかると、たちまち、拍手《はくしゅ》とにぎやかな笑いが起こった。新聞にたいする率直で愛情に満ちた意見が飛んだ。

この事件、いったいどういうことなんだとケラーがたずねると、多くの人間が、わいわいがやがやと説明した。ケラーはしばらく聞いたあとで、片手で自分の頭をささえ、もう片方の手を振《ふ》って、みんなに静かにしてくれとたのんだ。

「だいたいのことは聞いた」ケラーは言った。「わかった。状況《じょうきょう》は明々白々だ」

彼は、幌《ほろ》馬車の所有者である紳士《しんし》を指さした。事態のおかしな展開に顔をしかめているその紳士は、「カスパール爺さん」の熱心な読者たちのあいだでは、まったく浮《う》きあがって見えた。「つまり、こういうことだな。明らかに、このうたがわしそうな人物は、二人の正直な若い市民を襲《おそ》い、金品を奪《うば》いとろうとくわだてた。そしてわれわれの勇敢《ゆうかん》な警察官は、いっそうの攻撃《こうげき》から彼らを保護している。恥《はじ》を知りたまえ！　もしあんたが大罪を犯さねばならないのなら、あんたと同じ背丈《せたけ》の人間を選ぶんだな。じっさい、あんたたち犯罪者たちは、近ごろ貴族のようにふるまいはじめている」

「何をバカなことを」男は言い返した。「悪いのはこいつらだ。一人はわしから何か盗《ぬす》もうとし、もう一人はわしに殴《なぐ》りかかった。警官にまかせればいい。でたらめ言うのもいいかげんにしろ」

「な、なんと、わたしの話があべこべだったって言うんですか？」ケラーはこまった顔をしてみせた。「それはそれは。お許しを。誤解しました。なるほど、この子たちのほうが、あなたからものを盗み、あなたに襲いかかったわけですか？

しかし妙《みょう》ですな。この若い女性が片足でとびはねているところから見て、どうも、彼女の爪先《つまさき》は、あんたのブーツよりもいっそう大きな被害《ひがい》を受けている。これは、強靭《きょうじん》な革《かわ》製品による人体への打撃《だげき》とも見なしうる。そうなると、これは重大な犯罪です。次に、財産の窃取《せっしゅ》についてですが――なに、窃取されたものはなかったのだと？　それならわたしは申しあげたい。あんたは、何の被害も受けていないのに、このまじめな若い紳士を勝手に捕《つか》まえて時間の浪費《ろうひ》を押《お》しつけたことになる。あんたも同意するに違《ちが》いないが、時間はきわめて価値あるものです。この悲しむべき出来事、あんたにえらく高くつくことになりそうですな。どうです、思い切って、何もなかったことにしては……」

まわりの群集は拍手喝采《かっさい》。金持ち紳士はそれを見て、法律は自分の味方だろうが、世間一般《いっぱん》はそうじゃないなと悟《さと》った。警官たちさえ、肘《ひじ》をつつき合ってくすくす笑っているのだ。紳士は、ぷりぷりしながら、警官たちに、二人を放してやるよう身振《みぶ》りで伝え、最後に、子どもたちとケラーに向かって悪態をついた。「地獄《じごく》にでも行きやがれ、きさまたち」

「もちろん、わたしはそのつもりだ」とケラーは答えた。

スパロウとウィーゼルの肩《かた》をかかえるようにして、新聞記者は広場をあとにした。「水ネズミたちよ、会えてうれしいよ。しかしきみたち、なぜ、あの湿原《しつげん》と沼地《ぬまち》を離《はな》れたんだい？　たしかにマリアンシュタットは沼地みたいなものだが、しかし、それほど快適な沼地とは言えないだろうが」

「ともかく、いまは、この町がわたしたちの住まいなの」スパロウは言った。

「ふーん？　それで、この町のどこに住んでるんだ？〈橋の下ホテル〉かな？」

「聞いたことないな」ウィーゼルは言った。「おれたち、あちこちの家の軒先《のきさき》で寝《ね》てるんだ。そりゃ、おれたちの小屋のほうがよかったさ。でも、スパロウが離れたがったんだ。あそこには、おれたちが川で手に入れた、いろんないいものがあった。でも、川から採《と》れるものもだんだん減ってきたんだよ」

「時勢が悪いんだよ」ケラーは言った。「きみたちのような商売にも影響《えいきょう》するんだ」

「そのうえ」ウィーゼルは付け加えた。「警官や兵隊がうろちょろするようになった。船に乗ってやってきて、何か嗅《か》ぎまわっていた。見つからないようにするのが精いっぱいだった」

「そうだったのか」ケラーは言った。「彼らは、きみたちを探していたんだよ」

「なぜ？」スパロウは聞いた。「わたしたち、どんな悪いことをしたの？」

「悪いことなんかしていない。よいことをしたんだ」ケラーは言った。「きみたちは、わたしが警察に追われているとき、いやな顔ひとつせず、わたしを住まわせ、もてなしてくれた。われわれはきみたちを見つけて、しかるべき報酬《ほうしゅう》をあたえたかったんだ――われわれ、というのは、つまり、わたしと、きみたちが救ったもう一人の紳士《しんし》のことだがね」

「だれ？　あの白髪《しらが》の爺《じい》さん？　あの、波止場《はとば》で、腕《うで》を切られて倒《たお》れていたやつ？」

ケラーはうなずいた。「そう、あの白髪の爺さんだ。彼は生きていて元気だ。これも、きみたちのおかげだ。彼はいま、新しい職業についている。おどろいちゃいけない、彼こそ、この国の宰相《さいしょう》なんだ」

スパロウは、いっこうにおどろいたようすはない。「報酬って何？」

「金《かね》をもらえるの？」ウィーゼルも身を乗り出した。

「政府高官の場合」ケラーは言った。「報酬とは、ふつう、真摯《しんし》なる謝意の表明というかたちをとる。つまり、お礼の言葉を言うだけだ。たまには金時計をくれることもあるがね。わたしの場合は、きみたちに、単なる現金よりもよいものをあげたいと思う。きみたちにひとつの人生を提供したいんだよ」

「人生なんて、もう持ってるわ」ウィーゼルが言った。

「新しい人生さ。きみたちと別れてから、わたしはきみたち二人のことをずいぶん考えていた」

スパロウは、なんだかうれしくなった。覚えているかぎり、だれ一人、彼女のことを考えていたなどと言ってくれた人は、いなかったのだ。スパロウは、新しい関心を持って新聞記者を見つめた。

「きみたちは、わたしの家に住んでもらう」ケラーは言った。「食事と衣類もわたしが責任を持つ。実は、新聞をつくる上で、何人かの助手役が必要なんだ。あちこちへの連絡《れんらく》の仕事もあるが、きみたちには、主として話題集めをたのみたい。川からいろいろなものを〝拾い集めた〟ように、街角からいろいろな話を〝拾い集めて〟ほしいのさ。さまざまなニュース、おかしな出来事、うわさ話、そういう、だれもが知りたがるような話の切れ端《はし》やら、ぼろくずやらを、拾い集めてもらいたいんだ。そうやっているうちに、もしきみたちが、じゅうぶんに厚かましく、進取の精神に富み、せんさく好きで、適当に恥《はじ》知らずであることが証明されたら、きみたち自身が、新聞記者になるかもしれない」

「それって、泥棒《どろぼう》と同じぐらい、いいの？」ウィーゼルが聞いた。

「泥棒よりもよい」ケラーが言った。「最高級の泥棒行為《こうい》と言えなくもないな。新聞記者ってやつは、人々の生活、考え方、気分を盗《ぬす》み、それを売る。なかには、おたがいのアイデアさえ盗むのがいる。しかし、それは好ましくないことと見なされる。新聞記者といっても、何を書いてもいいわけではない。一種の品位は保たなければならないからね」

ウィーゼルの顔がかがやいた。「それ、気に入ったよ」

「そして、きみはどうかな、お嬢《じょう》さん。きみもなってくれるかい？」

スパロウは一瞬《いっしゅん》考えた。「わたしがいちばんなりたいのは、お金持ち。でも、そうね、新聞記者もよさそうだわ」

ケラーは、「カスパール爺《じい》さん」の編集室の上の階の部屋に住んでいた。彼はそこへ、新しい仲間たちを連れてきた。最初に彼は、二人をマダム・バーサに紹介《しょうかい》した。マダム・バーサは、長年ケラーの面倒《めんどう》を見てきた家政婦だ。

このまじめな女性は、当然ながら唖然《あぜん》とした。こんなこぎたない浮浪児《ふろうじ》たちを引き取って世話をしてやるとは。ケラーがやってきた数々の愚《おろ》かな行為のなかでも、最高のものじゃないかしら。確実に起こるに違《ちが》いない災厄《さいやく》のあれこれを指折り数えはじめ、放火や殺人をふくめ八つまでいかないうちに、ケラーがさえぎった。

「最悪のやつを忘れないでくれよ。わたしは彼らに、読み書きを教えるつもりなんだ。きっと恐《おそ》ろしいことになるぜ」

「ほんとだよ。あんたの新聞を読むと、とてもよいことが書いてあるのに、当のあんたは、ぜんぜんだらしがない。新聞に注《つ》ぎこむ半分の知恵《ちえ》でも自分の生活に振《ふ》り向けていたら、もっとまともな暮らしができるのにねえ」

「まあまあ、マダム・バーサ」ケラーは言った。「人生ってそんなものさ。わたしは『カスパール爺さん』を書くだけで、読んだことがないもんで、その知恵とやらを知らないんだよ」

もう処置なしだわ、こんなことをしてたらいずれ身の破滅《はめつ》だよ、とマダム・バーサはまくしたてた。ほんとうはケラーのことが大好きなのだ。がみがみ言うことでその本心を隠《かく》している。ともかく、わめきながら、いやがるスパロウとウィーゼルを追い立てて風呂《ふろ》に入れ、こぎれいな服に着替《きが》えさせた。

ケラーはその間、編集室に下りていき、印刷助手にメモを持たせてトレンス博士のもとに走らせた。メモには、例の二人がやっと見つかったと書いてある。

ケラーとトレンス博士とは、カバルスによる弾圧《だんあつ》を励《はげ》まし合って耐《た》え忍《しの》んで以来、友人になっていた。ケラーはジュリアナ宮殿《きゅうでん》を定期的にたずねていた。最近になって初めて、トレンスは、女王が、行方不明のテオを探す無鉄砲《むてっぽう》な旅に出ていってしまったことを打ち明けていた。彼はケラーに、これを公表しないでくれとたのんだ。このような大ニュースを自分の新聞に載《の》せられないことにケラーは当惑《とうわく》したが、トレンスに、これは友人としてプライベートに話しているのだよと言われて、しぶしぶ同意した。宰相《さいしょう》がこの話を打ち明けたのは、女王を探し出すために、ケラーの協力をも得たかったからだ。これについてもケラーは同意したが、しかし彼の努力は、これまで実を結んでいなかった。

ケラーがスパロウ姉弟《きょうだい》に出会った同じ午後、マリアンシュタットに、レギア軍侵攻《しんこう》の知らせがとどき、つづいてアウグスタ女王が直接、軍隊を指揮しているというニュースがもたらされた。マリアンシュタット市民は街路に繰《く》り出した。敵の襲来《しゅうらい》を警戒《けいかい》してではなく、お祝いのためである。遠い山地の名も知らぬ橋での小競《こぜ》り合いが、すでに「アルマ川の勝利」と呼ばれてたたえられ、人々を狂喜《きょうき》させていた。傲慢《ごうまん》なレギア軍はこっぴどくやっつけられた。ウェストマークの勇敢《ゆうかん》な兵士たちと彼らの女王は、まもなく悪党どもを追い出すだろう。

ケラーは玄関口《げんかん》に出て、群集を見た。どうやら、この国の地図をじっくりながめたのは、自分だけのようだ。もしレギア軍が渡河《とか》作戦を強行し、ある程度の兵力でもって前進してくれば、首都に短刀が突《つ》きつけられたも同然の事態となる。そんなことは陸軍元帥《げんすい》でなくてもわかることではないか。恐《おそ》ろしいことが起ころうとしている。それなのに……。

「哀《あわ》れなバカ者たち」はしゃいで通り過ぎる人々を見ながら、ケラーはつぶやいた。「哀れな、愛すべき、バカ者たちめ」

何人かが、いっしょにお祝いをしようよと声をかけた。ケラーは首を振《ふ》り、背を向けた。おれの仕事は、愚《おろ》かな行為《こうい》を指摘《してき》し批判することだ。それに溺《おぼ》れることではない。

ケラーは、トレンスから返事があるとは期待しなかった。なにしろこんな状況《じょうきょう》だ。宰相《さいしょう》は、気にかけなければならないことが山ほどある。二人の浮浪児《ふろうじ》のことにかかずらってはいられないだろう。そう思っていただけに、わずか数日後、玄関先に宮殿差しまわしの豪勢《ごうせい》な馬車が横づけされ、彼と浮浪児姉弟に、宰相のもとに来るようにとの言葉が伝えられたときには、信じられない思いだった。

スパロウとウィーゼルは、宮殿《きゅうでん》に着いても、その壮麗《そうれい》さに見とれたりはしなかった。ただ、自分たちの川岸の小屋にくらべると、バカでかくて、家具が多くて、隙間風《すきまかぜ》のよく通る家だなと思っただけだった。白髪爺《しらがじい》さんに再会できたのは、とてもうれしかった。しかし、彼がお礼のしるしとして二人のそれぞれにくれた金時計については、二人とも、あまりありがたそうな顔をしなかった。

カロリーヌ皇太后《こうたいごう》がじきじきに、二人をもてなしてくれた。自分の部屋に招いて、やさしい言葉をかけた。この子どもたちの存在が、娘《むすめ》の不在を嘆《なげ》く彼女のなぐさめとなったのかもしれない。皇太后は二人に、ホット・チョコレートを飲ませてくれた。こんなうまいものは、生まれて初めてだった。二人は大いに感激し、これ以後、永遠に彼女を敬愛しつづけることになったのだ。

トレンスはその間、宰相《さいしょう》執務室《しつむ》の閉ざされたドアの内側で、ケラーと二人、話し合った。トレンスはやつれていた。多くの野戦指揮官が敵に投降したために、軍隊は混乱している。とうてい敵の攻勢《こうせい》を防げる状態ではない。国軍とは別の市民兵を組織しなければならない。全国各地に市民部隊の結成を命令しているところだ、と彼は言った。王国は、閣僚《かくりょう》たちが認識している以上に深刻な危機にあるという点で、彼とケラーの意見は一致《いっち》した。

「さらにまずいことに」と宰相は言った。「アウグスタ女王は、みずから、混乱の真っ只中《ただなか》に身を投じた。実に浅はかな行為《こうい》だ。彼女が正確にどこの場所にいるか、いまだにわからない。だいたい彼女が出奔《しゅっぽん》したこと自体、無意味だった。最近、署名のないメモがわたしの手元にとどいたのだが、それによればテオは無事だという。彼女が待ってさえいれば――」

「しかし」とケラーは言った。「かえってよい結果を生むかもしれないでしょう。彼女はいまやマリアンシュタット市民の寵児《ちょうじ》になっています」

「そんなこと、長つづきするものか。いったん情勢が悪くなれば――。それはともかく、これを見てくれないか。数日前にとどけられた文書だ。ふだんなら、笑って投げ捨てたことだろう。しかしいま、わたしはこれを無視できない。もしこれが出まわって、人々が真《ま》に受けたら、修復しようのない損害をもたらすだろう」

宰相は、ケラーに一冊のパンフレットをわたした。ごわごわの紙、印刷技術もお粗末《そまつ》だ。「わたしは、わたしへの個人攻撃《こうげき》は無視する。攻撃されるのは慣れているからね。しかし、この悪辣《あくらつ》で下劣《げれつ》な中傷が攻撃しているのは、カロリーヌ皇太后と、アウグスタ女王と、女王の未来の夫君《ふくん》だ。わたしはいまだかつて、これほど、けがらわしく卑《いや》しむべきものを見たことがない。低劣《ていれつ》なほのめかし、根も葉もない嘘《うそ》――」

ケラーは、パンフレットの中身をパラパラと見た。「この筆者、想像力の豊かさだけは見上げたものですな」

「見下げはてたクズだ」トレンスは言った。「それに時期が悪い。よりによってこういう危機的状況《じょうきょう》のときに出版されるとは」

「たしかに見下げはてたものです」ケラーは言った。「しかし、クズにすぎません。低級なジャーナリズムであるが、国家反逆罪というわけではない」

「しかし、危険である点ではほとんど同じだ。これを書いた者の名も、これを出版した印刷業者の名もわかっている。法務大臣は彼らの逮捕状《たいほじょう》を用意している。さらにまた、ここに、攻撃的《こうげきてき》内容を持つ文書の出版を禁止する条令が準備されている。そして、まともな文筆業者を保護するために、今後は免許《めんきょ》制度が導入される。念入りな調査を経て、そのうえで、免許をあたえられた者のみが文筆活動に従事できるのだ。これらの書類が、わたしの承認の署名を待っている」

「あなた、もちろん、承認など、あたえないでしょうね」ケラーは言った。「どうして署名などできますか？　わが親愛なるトレンス博士、あなたとわたしは、こうした事柄《ことがら》について、しばしば話し合ってきましたよね。あなた自身、ジャーナリズムに口輪をかけてはならないと言っておられた。あなたがそんな免許制度など考慮《こうりょ》することさえ、わたしには想像もできませんよ」

「しかし、わたしはいま、それを考慮しなければならないのだ。せっぱ詰《つ》まった情勢は、せっぱ詰まった対応を要求するのだ」

「あなたの前任者と同じ道を歩んでもいいというんですか？」

「カバルスは真実を禁止した。わたしは嘘《うそ》を禁止するだけだ」

「わたしの知るかぎり、世界の歴史で、だれもそんな芸当をやってのけた者はいない。嘘を禁止しようとして、結局は真実を禁止してしまうんです」

「この条令は、まともな、筋の通ったジャーナリストの活動を抑圧《よくあつ》するものではない。逆に、いっそうの自由を許すものなのだ」

「自由を奪《うば》うことによって、いっそうの自由を許すとはね。ねえ博士、ご存じのとおり、物事はすべて連鎖《れんさ》していますいます。いったん取り締《し》まりを認めれば、あれもこれも取り締まることになってしまうんです。そのうちに、不消化を引き起こしたかどで、料理の本まで禁止することになる。いつの日か、『カスパール爺《じい》さん』のまったくの善意による発言も、好ましくないものとして、槍玉《やりだま》にあげられるんでしょうね？」

「きみは、自分の質問に自分で答えている。善意のものであれば、取り締まったりはしない。悪意にもとづくものと違《ちが》うんだから」

「いや、知りませんでしたよ。あなたが人間の善意悪意を見分ける才能を持っておられたとは。これは恐《おそ》れ入りましたな」

やり取りは、しだいに熱気を帯びていった。つねづね自分を冷静な人間だと思っているケラーだが、ついつい悪罵《あくば》を放ちたくなり、その寸前で踏《ふ》みとどまった。たしかに、トレンスは、ただ単純に腹を立ててこういうことを言っているのではない。苦しみ、悩《なや》んだすえの発言なのだ。それはわかる。そうだ、みにくい口げんかになる前に、ここで会話を打ち切るのがいちばんだ。「自分の意見をお伝えできて喜んでいます」と、ケラーは言った。「あくまで、同意はしませんがね」

トレンスは答えなかった。ケラーも、それ以上何も言わなかった。やがて、浮浪児《ふろうじ》たちを連れて、宮殿《きゅうでん》を去った。

一人になると、トレンスはデスクに腰《こし》を下ろし、頭をかかえた。トレンスは、政治家の仕事よりも医師の仕事のほうが好きだった。宰相《さいしょう》という地位についたのも、渋《しぶ》りに渋ったすえのことだった。肉体の病気とその治療《ちりょう》法のことは理解している。しかし、政治のこととなると……。

彼は、苦い思いを噛《か》みしめた。政治家であることは治療法のない病気にほかならない。おれはいま、この王国のために、あえてその病気に冒《おか》されているのだ。

ため息をついて、彼は書類に署名した。

8 補給部隊襲撃《しゅうげき》

テオとモンキーが追いついたとき、ジャスティンの部隊は、その夜のための野営キャンプをつくっていた。ジャスティンは、テオの来たことにおどろいたようすもなく、当たり前のこととして受け止めているらしかった。馬をよこしてくれたことにテオが礼を言おうとすると、ジャスティンは首を振《ふ》り、まるでそんなこと忘れてしまったかのようだった。彼はテオに、どこでも好きなところに落ち着いてくれ、と言った。毛布その他必要なものは何でもモンキーが面倒《めんどう》見てくれるだろう……。

テオは、馬たちのつながれている場所の近くに、腰《こし》を下ろした。しばらくして、ストックがやってきた。

「きみが来るだろうと思っていたよ」詩人は言った。自分の夕食の一部を食べずに、持ってきてくれた。「ジャスティンってなかなか気が利《き》いてるよね？　しかし、きみ、あの馬のことを考えついたのは、わたしなんだよ」

テオは、感謝の思いで黒パンの耳をかじった。空は以前よりも明るみを帯び、夜気はあたたかいと言っていいほどだった。森は、むせ返るほど強烈《きょうれつ》に、湿《しめ》った大地と腐《くさ》りゆく葉のにおいを放っていた。自分がいなくなったと知ってフロリアンがどう対応するかについて、テオはあまり考えなかった。自分の決断にあまりにも満足していたのだ。

ストックは、草地の上に仰向《あおむ》けになっていた。両手を頭の下で組み、片足を、曲げた膝《ひざ》の上に乗せている。「うれしい話がある。ミューズ（詩）の神がやってきてくれたんだ。彼女の告げた言葉は、すっかりわたしの頭の中にしまってある。おりを見て、それを書きつければいいのさ。ジャスティンは今日、われわれを働きづめにしたからね。なにしろ彼は、気性がはげしいから――ま、われわれみんながそうだけれどね。彼は、わたしが騎士《きし》や英雄《えいゆう》のことで冗談《じょうだん》を言ったと思ったようだけど、わたしはそんなつもりはなかった。本気だったのだ。たしかに、ここには一種独特の精神がただよっている。ここにしばらくいれば、それが感じられる。なにしろ、だれもがすばらしいんだ。とくに女性たちは模範的《もはんてき》だぜ」

詩人は体を起こし、片肘《ひじ》にもたれた。「きみ、世の中のことが、いま現在のありようと違《ちが》っていたらって考えたことはないのかい？　世の中のありようのどこまでが偶然《ぐうぜん》で、どこまでがそうじゃないのかってことを？　つまり、もしきみがアウグスタ女王に出会わなかったなら、どうだったろうってことさ。彼女って、ほんとうに、自分の身分も知らずにぼろを着てうろついていたのかい？　すごい話だなあ。そして、カバルスとの話。きみは、あの悪党の命を、じっさいにきみの手のうちににぎったんだってね。きみが手を放せば、あいつは塔《とう》から落っこちて頭蓋骨《ずがいこつ》をぐしゃぐしゃにするところだった」

「まあ、そんなふうなことだったね」

ストックは笑った。「じゃあ、きみ、きみは多くのことに答えなければならないぞ。カバルスは今度のレギア軍の侵攻《しんこう》にひと役買っている、とジャスティンは考えているし、わたしも同意見だ。もしきみが、あのとき彼を落っことしていたら、どうだろう？　その後のいろんなことは起きたと思うかい？　われわれはいま、ここにいただろうか？　すべては、きみの起こしたことだとも言えるかもしれないんだよ」

「わからないね」テオは言った。「ぼくも、ときどき同じことを考えるよ。そして、ぼくのやったことが正しかったのかどうか、考える。いずれにしても、たぶん、ぼくが責められるべきなのだろう」

「あるいは感謝されるべきなのだろうよ。想像してごらん、この戦いは、あとになって見ればどのような経験になるだろうか。いずれにせよ、わたしにとってはすばらしい経験だ。自分の目でいろいろのことを見ないで、どうして詩人になれるだろう？　きみだってそうだろう？　こういう経験もしないで、どうして画家になれるだろう？」

「ぼくは別に、自分が画家になれるとは──」

「ああ――そうだった。きみは女王の旦那《だんな》さんになるのだった。画家になったり王族になったりは、どうも無理みたいだね。でも、はたしてそうかな?」ストックは立ちあがった。「わたしはこれから監視所《かんしじょ》を見回りに行く。きみもいずれやることになる。全員がやるんだ。たぶん数マイルのうちには、レギア兵は一人もいないはずだ。おそらく、やつらはみなカルラ川の南岸にいる、というのがモンキーの推測だ。それでも、やはり警戒《けいかい》はしなければならないからね」

ストックは木々の茂《しげ》みの中にすがたを消した。テオは、詩人がミックルのことを何も言わないでくれたらよかったのに、と思った。テオは、自分の生活のその部分のことをなるべく考えないようにしてきた。いままでは、何とかそれに成功してきた。しかし、ストックの言葉で思い出させられてしまった。思い悩《なや》んで、ようやく目を閉じることができたときは、もう明け方になっていた。モンキーはすでに起きて、隊員たちを起こしていた。

まぶしい快晴の日々がつづいた。ジャスティンは、大体において東に向かって部隊を進めていたが、やがて、しだいにカルラ川に接近するコースをとった。ところどころに木々の密生している場所があり、そういうところでは、馬を降りて歩かなければならなかった。そういう時間の損失を取りもどすために、できるところでは、かなり速い速度で進んだ。モンキーはしんがりをつとめ、落伍《らくご》しそうなようすを見せた者に気合を入れていた。

この部隊に加わったとき、テオが何らかのよそよそしさを感じたとしても、それはいまや消えていた。彼は、ジャスティンが毎日の初めと終わりに開く幹部会議に招かれさえした。ストックとモンキーと、フライボルグの学生二人、そしてロサーナという名の黒い髪《かみ》の娘《むすめ》。彼らがジャスティンの幕僚《ばくりょう》であり、テオの見るところ、ジャスティンのもっとも密接でもっとも献身的《けんしんてき》な同志だった。こういう人々の会議に出られることが、テオにはうれしかった。とはいえ、ジャスティンはその会議の中で一度もテオの意見を求めなかったし、彼に何の任務もあたえはしなかった。

どうもぼくは、真剣《しんけん》に部隊の一員と数えられてはいないらしいとテオは思いはじめていたのだが、そんなある日、ジャスティンがテオに任務をあたえた。部隊はすでにかなり南下して、カルラ川に近い場所に来ている。テオはモンキーとともに先行して状況《じょうきょう》を偵察《ていさつ》し、適当な渡河《とか》地点を見つけて地図に描《か》いて来い、という命令だった。単純な仕事だった。しかしテオは、ジャスティンから無限の価値のある贈《おく》り物をもらったような気がした。ジャスティンは自分に悪感情をいだいているのではないかという疑念は、いつもテオの心につきまとっている。にもかかわらず、テオはジャスティンに認めてもらいたくてたまらなかった。あるいは、少なくとも、彼に許してほしくてたまらなかったのかもしれない。

モンキーに助けられながら、テオは正午前、カルラ川に到着《とうちゃく》した。渡河するのに適した場所はいくつか見つかった。モンキーは、灌木《かんぼく》の茂みの陰《かげ》に腹ばいになって小型望遠鏡をのぞき、いちばんよい場所を指さした。テオは、くわしい地図を描きはじめた。描きながら、テオは、モンキーの斥候兵《せっこうへい》としての能力をほめたたえ、うらやんだ。モンキーはモンキーで、テオの地図を描く腕前《うでまえ》に舌を巻いた。二人は、おたがいの力を認め合い、キャンプにもどったときには、すっかり仲のよい仲間になっていた。

キャンプで、ジャスティンは、とある木の下に腰《こし》を下ろしていた。ストックと数人の幹部がその周囲にいた。テオは、任務がうまくいったことを報告しようと急いだ。もう一人、ジャスティンのとなりに男がいた。ルーサーだった。

「賢明《けんめい》なるレーブン（ワタリガラス）飛びきたりて、大いなる知らせをもたらせり――」ストックが吟唱《ぎんしょう》しはじめたが、ジャスティンからじろりとひとにらみされて、口をつぐんだ。白髪《はくはつ》のルーサーは、お気に入りの学生が危険ないたずらをやっているのを見つけた教授のような顔で、テオを見ていた。

「ルーサーは、すばらしいニュースを持ってきた」ジャスティンは言った。「きみにはとりわけ興味深い知らせだ」

ルーサーは、すでにほかの者たちに語った話をまたくり返した。アウグスタ女王がアルマ川で軍隊の指揮をとっていた。そもそも彼女がどうやってそこにあらわれたのかは、まったくわからない。女王のひきいる軍隊は、その後、非常に賢明にもカルルスブルックにしりぞいている。ルーサーは、彼女を直接見てはいない。しかし、フロリアンからのメッセージをたずさえて、これからカルルスブルックに行くつもりである……。

テオはびっくり仰天《ぎょうてん》だった。地図のことなど忘れかけたが、思い出し、急いでジャスティンにわたした。ジャスティンとまわりの者たちは、いっせいに地図をのぞきこんだ。ルーサーは、立ちあがり、ちょっとこっちに来たまえとテオに身振《みぶ》りで告げた。少し離《はな》れたところまで来ると、足を止めて、

「きみがバカだとかそうじゃないとか言うつもりはない。しかし、きみは早まったことをしたな。もし、わたしが一日早く水車小屋に到着《とうちゃく》していたら――。ところで、フロリアンは、きみのやったことをあまり喜んではいないよ」

「彼、そんなことを気にするかなあ」

「気にしている。わたしは、きみをカルルスブルックに連れていくように言われている。なんだい、そのしかめ面《つら》は？　きみは喜ぶべきだろう、恋人《こいびと》がそこにいるのだから」

「そう、喜ぶべきだったろう。しかし、いまは違《ちが》う。いまは行けない。ルーサー、わからないのかい？　そう、ぼくはミックルといっしょにいたい。しかし、それはいま、問題ではない。そんなことはどうでもいいことなんだ。ジャスティンはいいことをした。ぼくを彼の隊に――」

「フロリアンは、そのことについても大喜びしてはいない」ルーサーがさえぎった。「ジャスティンは、きみなしでもやっていける」

「それも、なおのこと問題ではない。わからないのかい？　ぼくはいま、初めて意味のあることをやっている。自分の信じることをやっている。じっさいに、やっているんだ。ただ、それについておしゃべりしているのではないんだ。もしぼくがカルルスブルックに行ったら、どうなる？

女王の幕僚《ばくりょう》の一員にされてしまうに決まっている。きみは、ミックルに付いている軍人たちが、ぼくにほんとうの意味の仕事をあたえると思うかい？　ぼくは、女王の旦那《だんな》でしかなくなってしまう。いや、それでさえない、女王の未来の旦那だ。ともかく、まともな仕事はさせてもらえないに決まっている」

「それはきみが解決することだ」ルーサーは言った。「さあ、荷物をまとめろ」

「いやだ。ミックルがぼくの立場だったら、同じことをするだろう。ぼくはフロリアンが喜んでいるとか、いないとかは気にしない。ぼくは彼の部下ではない。彼はぼくに命令できない」

「しかし、わたしはジャスティンに、きみをここから出せと命令できる」

テオは真正面からルーサーを見た。「しかし、きみはそうしない。もしそうするつもりなら、すでにやっているはずだ。きみは、ぼくがここにとどまるのが正しいことを、知ってるんだ」

「見ぬかれたか。それを知っているのは、きみだけさ」

「カルルスブルックに行ったら、ミックルに手紙をわたしてくれないか？　いま書くから、持っていってほしい」

「手紙はだめだ」ルーサーは言った。「書類のたぐいは持ちたくない。敵に捕《つか》まったときのことを考えると危険だ。しかし、伝言なら伝えよう」

「ぼくに会ったと言ってくれ。そして、なぜぼくがここにいるかを説明してやってほしい。彼女はわかってくれると思う。愛していると伝えてくれ。もちろん、彼女は知っていることだが」

ルーサーはうなずいた。「では、さらばだ。いずれ、もどってくるつもりだがね」

「ぼくの命を救ってくれたことに、まだお礼を言わなかったね」

「必要ないよ。ともかく、命を大切にするんだよ」


その夜、ルーサーが去ったあとで、部隊はカルラ川をわたった。ジャスティンは、夜の闇《やみ》を利用して休止することなく先を急ぎ、ドミティアン山脈のふもとに広がる森林地帯の奥《おく》深くに入りこんだ。朝までに、彼らは、ホルンガルド山の長い影《かげ》の中にキャンプをつくっていた。

ジャスティンは、ようやく休憩《きゅうけい》を命じ、渡河《とか》のあいだに完全にずぶ濡《ぬ》れになっていたストックを、ほっとさせた。テオが手足を伸《の》ばすか伸ばさないかのうちに、けたたましいひづめの音が聞こえ、まもなく、ジャスティンが幹部全員を招集した。

ひづめの音は、モンキーとその部下たちが駆《か》けこんできた音だった。後衛として部隊のあとを進んでいた彼らが、川の少し下流のところでレギア軍を目撃《もくげき》したのだった。

「ただの補給部隊さ」モンキーは、歯のあいだから唾《つば》を飛ばしながら言った。「料理人だの事務員みたいなのばかりだ。ひとにぎりの歩兵が護衛についているが、――とっくのむかしに除隊になっているべき老兵がほとんどだ。ただし、荷物はずいぶんある。穀物、飼料、ムルを占領《せんりょう》している軍隊のための食糧《しょくりょう》もあるだろう」

ジャスティンは、このニュースに大喜びだった。しかし、こう付け加えた。「われわれはまだ少し休憩《きゅうけい》できるな。もし連中が道路を進んでいるのなら、じゅうぶんに追いつけるからな」

「おれはそうは思わないよ、隊長」モンキーは言った。「おれの見るところ、やつらは、先に行った別の部隊に合流しようとしている。それに、やつらのあと、また後続の部隊が来るのかどうかもわからない。もし、やつらを襲《おそ》う気持ちがあるのなら、いまやったほうがいい」

「干し草とカラスムギかい？」ストックが口をはさんだ。「獲物《えもの》としてはたいしたもんじゃない」

「いや、ほかにもあるんだ」モンキーが言った。「火薬と弾丸《だんがん》も。それに、いままで黙《だま》っていたが、実はけっこうなものがある。小型の野砲《やほう》だ。やつらの山岳砲兵《さんがくほうへい》部隊のためのちっちゃな大砲《たいほう》さ」

「大砲か？」ジャスティンは飛びあがった。目をぎらぎらさせている。

モンキーは盛大に、にやにやして見せた。「手を伸《の》ばせばあんたのものさ」

「いただこうじゃないか」ジャスティンは、両手を打ち合わせてさけんだ。「そいつを分捕《ぶんど》ろう。ほかのものも全部」

襲撃《しゅうげき》計画の話がキャンプじゅうを走ると、部隊はとつぜん、これまでの倦怠感《けんたいかん》を忘れた。だれもが熱気にあふれて用意を急いだ。テオの顔はぴりぴりした。ストックは、こらえてもこらえても、ほほえみが浮《う》かんでくるようだった。疲《つか》れた馬たちもすっかり元気づき、ジャスティンから出発の号令がかかると、高らかにいななき、威勢《いせい》よくとびはねた。

ジャスティンの命令は、あわただしく出されたものだったが、中身は明瞭《めいりょう》だった。部隊は、道路に接近したところで三グループに別れる。最初の二グループは、ジャスティンとモンキーの指揮のもと、攻撃《こうげき》をかける。第三グループはストックの指揮のもと、あとにひかえて、戦闘《せんとう》の開始を待つ。戦闘開始後、駆《か》けこんで補給品を確保する。ジャスティンとモンキーは大砲獲得《かくとく》に責任を持つ。作戦はきわめて迅速《じんそく》に行なわれなければならない。部隊は目的を達成ししだい、レギア兵が反撃《はんげき》に転ずる前に、ただちに撤退《てったい》する。

テオは、ストックのグループに組み入れられていた。詩人は、自分が食糧《しょくりょう》の運び屋しかやらせてもらえないことに不平を鳴らしながら、そのくせ馬をさかんに急がせ、奮い立つ心を抑《おさ》えかねているようすだった。テオも鼓動《こどう》がはげしくなり、めまいを感じた。鞍《くら》に凍《こお》りついて、何時間も待っていたように思われた。にもかかわらず、銃撃《じゅうげき》が始まったときは、ぎくりとした。が、すぐに平静さを取りもどし、先を疾駆《しっく》するストックにつづいた。

どうやってそこに着いたかは覚えていない。気がつくと、煙《けむり》のうずまく中を駆けまわっていた。ジャスティンとモンキーのひきいる隊は、食事の用意の真っ只中《ただなか》の敵を襲ったのだった。二つの大きな鍋《なべ》がひっくり返されて、灰色のシチューらしいものが地面にぶちまけられている。食事担当軍曹《ぐんそう》――なんだかイェリネックに似ているような気がした――が腹にエプロンをつけて、わめきながら、手を振《ふ》りまわしている。赤い顔は、恐怖《きょうふ》と困惑《こんわく》にゆがんでいる。

だれかが、敵の荷馬のつなぎ綱《づな》もすでにほどいていた。テオは、目についた最初の糧食《りょうしょく》の袋《ふくろ》をつかんで、それを兵士にわたした。兵士たちは、大急ぎで馬の背に荷物を積みあげていた。荷車のうち二台に火がついていた。上着のボタンをはずしてのんびりしていたレギアの歩兵たちは、逃《に》げまどうばかりで、マスケット銃《じゅう》での応戦もろくすっぽしなかった。ジャスティンのグループの中でまだ乗馬している者たちは、自分の馬を、おびえた歩兵たちのど真ん中に突入《とつにゅう》させた。テオは汗《あせ》みずくになって働いているうちに、ストックを見失ったが、大砲《たいほう》のところのジャスティンとモンキーは、ちらりと見えた。

大砲は、モンキーのおおざっぱな描写《びょうしゃ》からテオが想像していたよりも、大きかった。黒い鉄の砲身《ほうしん》と重い砲尾《ほうび》から成り、大きな車輪のついた軽量の二輪車につながれている。ジャスティンの部下数人が、方向転換《てんかん》させて引っぱり出そうと、がんばっている。

ストックがとつぜんふたたびあらわれ、火薬樽《だる》を運ぶから手を貸せとテオにさけんだ。しばらくしてテオが振《ふ》り返ると、あの料理兵が、フーフー言いながら、ほかのレギア兵五、六人といっしょに、自分たちの大砲を引っぱるのに使われていた。モンキーが容赦《ようしゃ》なく振り下ろすサーベルのひらにたたかれながら、レギア兵たちは、二輪車に取りついて、馬の代わりをさせられていた。馬たちはいまや、補給物資を背負わされていたのである。

ストックは、ふたたび乗馬してテオに何事かさけんだ。撤退《てったい》とさけんだらしい。荷を積まれた馬たちが斜面《しゃめん》をのぼり、森の中に入っていく。テオは馬腹を蹴《け》って、ストックにつづいた。燃える荷車の煙《けむり》に目が痛む。火薬のにおいが衣服にこびりつき、襲撃《しゅうげき》場所を遠く離《はな》れてからも、鼻をついた。

詩人は、最初の戦闘《せんとう》の成功に有頂天《うちょうてん》だった。先頭に立って威勢《いせい》よく馬を駆《か》けさせたのはいいが、喜びに酔《よ》いしれて方角を間違《まちが》え、そのくせ、そのことを認めようとしなかった。

「これも戦術さ！」と彼はさけんだ。しこたま獲物《えもの》を得たのがうれしくてたまらないという表情だ。「来たのと同じ道をもどるだって？　とんでもない！　敵を混乱させるんだ。いま混乱している以上に混乱させるんだ！」

ストックの上機嫌《じょうきげん》はつづき、ひっきりなしに自身と部下を祝福しつづけた。テオも負けず劣《おと》らず興奮していたが、ストックのようすを見て、きっと彼の頭には、この戦闘をたたえる作品がもう生まれているのだろう、と思った。さんざん道に迷い、何度も逆もどりをしたあげく、ようやくキャンプに着いた。ほかのグループの者はみな、とっくに着いていた。

キャンプはお祭り気分に包まれていた。モンキーは大砲の二輪車の上に乗って、勝ち誇《ほこ》った顔だった。大砲を点検していたジャスティンは、走ってきてストックたちを迎《むか》えた。帰着が遅《おく》れたことについて非難めいたことは口にせず、ただ、こっちに来て、この獲物を見てみろよ、と言っただけだった。

「みごとなものだろう！」ジャスティンはさけんだ。「照準のつけ方、発射の方法はモンキーが教えてくれる。きみたち、火薬と弾丸《だんがん》は持ってきたよね？　すばらしい！　全員よくやった。一人も死んでいない。フロリアンに見てほしかったよ。そしてレギア兵のやつら。自分たちの大砲を盗《ぬす》まなければならないとは！　やつらはそれをずっと引っぱってきた。あいつらがこれまでにやった、いちばんつらい仕事だったんじゃないかな」

ジャスティンはストックとテオを大砲《たいほう》のそばに連れていき、しゃべりまくった。まるで、いまにも砲弾《ほうだん》をこめて発射するのではないかと思えるほどだった。

「彼ら、どこにいるの？」テオは聞いた。

「だれ？　ああ――レギア兵のことかい」ジャスティンは言った。「みんな銃殺《じゅうさつ》したよ」

9 戦争を見つけに

スパロウは恋《こい》に落ちていた。これまで一度も、こういう状態になったことがない。だから、自分がいま恋の真っ只中《ただなか》にあるとは、わからなかった。ただ、それを当たり前のこととして、雨が降ったり日が照ったりするのと同じ自然なこととして、受け入れていた。

彼女はマダム・バーサをうらやんだ。マダム・バーサは、ケラーの食事を用意していた。ひっきりなしに彼に小言《こごと》を言っていた。食事をちゃんと食べない、いつまでも外をほっついている、体を大事にしない、何日も平気で同じものを着ている、などなど小言の種は尽《つ》きなかった。そんな家政婦に腹を立てるどころか、スパロウは彼女の真似をした。スパロウの側には別に取り入るつもりはなかったけれど、マダム・バーサとしては悪い気がせず、スパロウに心を許すようになった。自分と同じようにケラーのことを気づかう子が、悪い子のはずはない、家を焼いたりスプーンを盗《ぬす》んだりするはずはない。

ケラーは、いつもほかのことばかり考えていたから、こうしたことに気づかなかった。ただ、彼女ら二人がとても仲良くなったことを喜んでいた。

ウィーゼルは、彼なりのやり方でケラーを崇拝《すうはい》し、彼にできる最高の贈《おく》り物をささげた。泥棒《どろぼう》になる野心をきれいさっぱり捨て去り、ケラーのしてくれる授業を、一心不乱に学ぶことにしたのだ。スパロウは、ケラーの授業については、弟よりも呑《の》みこみが早かった。自分の成績に誇《ほこ》りを感じていたけれど、それを表に出すことはなかった。むしろ、——文字なんてたいしたものじゃない、その気になれば自力で覚えていただろう、ケラーがひどく大事なものだと言って教えてくれるから、一応いま勉強しているのだ、と言いたげな素振《そぶ》りをしていた。ウィーゼルのほうは、もっと素直に、ひたすら驚嘆《きょうたん》していた。文字にかかわるすべてが、めずらしくおもしろかった。アルファベットを発明したのはケラーなのだと思いこんでいた。

ウィーゼルは、姉がマダム・バーサの真似をしたのと同様、ケラーの真似をしていた。ゆったりとしたケラーの歩き方を、精いっぱい真似して歩いた。夜、ケラーの部屋のドア口で丸くなって眠《ねむ》れたらどんなに幸せだったかしれないが、もちろん、マダム・バーサはそんなことを許しはしなかった。

日中《にっちゅう》、スパロウとウィーゼルは、いろいろな使いで町を飛びまわった。彼らは、ケラーに、うわさの切れ端《はし》をあさってきてほしいと言われたのを思い出し、情報収集をやってみた。たくさんの話が集まったが、どれも似たり寄ったりの中身だった。町の話題といったら、戦争のことばかりだったのだ。アルマ川の勝利の興奮は、まだつづいていた。新しい軍隊が毎日のように大アウグスティン広場に集まり、太鼓《たいこ》のひびきや旗の波に迎《むか》えられて行進した。新兵たちは、ボタン穴や帽子《ぼうし》に花をさしていた。マスケット銃《じゅう》の銃口《じゅうこう》にさしている者もいた。

二人は、目をかがやかせてこれを見た。二人とも、こんなものを見たことはなかった。ウィーゼルは、胸が高鳴るのを覚えた。しかし、ちょっと不思議な気もした。よくわからないことがあったのだ。

ようやく、好奇心《こうきしん》が照れくささに勝ち、彼は姉にたずねた。「戦争って何?」

「おまえ、そんなこともわからないの?」スパロウは言った。「だれだって知ってることだよ」

「ふん、おれだって知ってるさ」ウィーゼルは言い返した。「ど忘れしたんだよ」

スパロウは、ため息をついた。ほんとにこの子ったら……。でも、ときどき弟にものを教えるのは、姉の義務だ。「戦争って、ほとんどは行進しているものさ」

ウィーゼルは不満だった。「なぜ、そんなことをするのさ?」

「彼らの行きたいところへ行くためよ、もちろん」

「ふーん。でも、それから何をするの?」

スパロウは一瞬《いっしゅん》考えた。まるで、自分がこれまでに見たすべての戦争を思い返すかのようなようす。「覚えてる? いつだったか、ケラーがわたしたちを公園に連れてってくれたときのこと。マダム・バーサが食べ物をバスケットに詰《つ》めてくれて……」

「そして、ケラーがワインをひと瓶《びん》飲んじゃったときのこと?」ウィーゼルはほほえんだ。楽しい思い出だった。「あれは戦争じゃない。ピクニックだった」

「ほとんど同じなのよ」スパロウは答えた。「ただ、もっと大規模なだけ。食糧《しょくりょう》を持って歩いていくのは同じ。おなかが減ると休憩《きゅうけい》して食べるのも同じ。ああ、そうね――戦争に行く人は、まず第一に軍服を着る。それから敵に会う」

「ああ、そこのところは知ってる」ウィーゼルは誇《ほこ》らしそうに言った。「敵っていうのはレギア兵どもだよね。だれもが、そいつらのことを話してる。そいつらはみな、臆病《おくびょう》な豚《ぶた》で下劣《げれつ》な悪党なんだってね。わかんないのは――そんな豚の悪党に、どうしてだれもが、かかわり合いを持ちたがるの?」

「やつらが、自分の土地でないところに入りこんできたからよ」スパロウは言った。「味方の兵士は行進していって、やつらと戦い、追いはらう。だから、やつらをやっつけるためのマスケット銃《じゅう》を持っている。レギア兵も同じことをしようとする。でも、ひどく臆病だから、そんなことできやしない。それで、やつらは追いはらわれ、味方の兵士は行進して帰ってくる。それが戦争の終わりってことさ」

「どのくらい長くかかるの?」

スパロウは顔をしかめた。「すぐ終わるって言ってる人が多いけど。でもケラーは、編集室で、どえらい時間がかかりそうだって話してたわ」

「ケラーの言うことなら、たしかだね」

「そうね。どえらい時間って——きっとケラーは、二週間か、でなければ三週間のことを言ってるのだと思う」

「そんなに長いの？」少年は、ヒューッと口笛を吹《ふ》いた。まるで無限のかなたの話をしているみたいだ。理解しようとしたが、あきらめて、もうひとつ気になっていることを聞いた。

「マスケット銃だけど」彼は熱心に言った。「すごい音を立てるんだってね！　おれ、あれを撃《う》ち合ってるところに行ってみたいよ。でも——撃ち合いをしたら、おたがいに傷つくんじゃないの？」

「もちろん、傷つきゃしないよ」スパロウは言った。「しかたのない場合は別だけどね。ほんとにおまえ！　だれもがおまえと同じくらいバカだと思ってるのかい？」

ケラーはトレンスに会いたかった。彼らは気まずく別れていた。ジュリアナ宮殿《きゅうでん》で大いに歓《かん》迎《げい》されるとは思っていないが、たとえそうでも、宰相《さいしょう》と話すことは必要だった。ケラーは、公式に会見を要請《ようせい》した。いささかおどろいたことに、すぐ許可が来た。

トレンスは、この前以上に悩《なや》みやつれたようすだった。目の下には黒いくまができていた。けんか腰《ごし》ではないにしても、かなり冷ややかな応対だろうと覚悟《かくご》していたのだが、トレンスは、ケラーをおだやかな、親しみのこもった態度で迎《むか》えた。半ば弁解がましいようすにも見えた。この男、自分を恥《は》じているな、とケラーは思った。宰相《さいしょう》は、この前の会話についてはひと言も言わなかった。ただただ戦争のことだけに関心があるようだった。

「アウグスタ女王は、なおカルルスブルックを持ちこたえている」トレンスは言った。「アウグスタからの連絡《れんらく》によると、カルルスブルックを要塞化《ようさいか》しようと思っているようだ。実のところ、彼女は指揮下の軍隊を、おどろくほどたくみに動かしている」

「しかし、あの町を永遠に保持することはできません」ケラーは言った。「レギア軍は、遅《おそ》かれ早かれ攻略《こうりゃく》するはずです」

「わたしもそう思う。彼女がどういう計画を立てているかはわからないが、正直言って、あまりたいした結果は得られそうもない。カロリーヌ皇太后《こうたいごう》は、ほとんど錯乱《さくらん》状態だ。矢継《やつ》ぎ早《ばや》に手紙を送っているが、アウグスタはもどってくるのを拒《こば》んでいる。もしレギア軍が、アウグスタがいるうちにカルルスブルックを占領《せんりょう》すれば、恐《おそ》ろしいことになる。彼女が戦死すれば、それ自身たいへんな悲劇だし、捕虜《ほりょ》となれば、それはそれで命が心配だ」

「もちろん、われわれの招かれざる客だって、戦争法規は守るでしょう。少なくとも、相手が王族であるかぎりはね」ケラーは言った。

「そうかな」トレンスは言った。「その後、知ったことだが、モンモラン男爵《だんしゃく》をはじめ、エルズクール将軍をふくむ何人かの人々は、明白な意図をもってこの国を裏切った。これには疑問の余地がない。彼らは、女王が王座を去ることを願っている。古い悪習を正し、特権の前に正義を置こうとしたことで、彼女は許されざる罪をおかしたわけだ。つまり、彼らの権力を脅《おびや》かしたのだ。あえて言うが、もし女王の命が失われたなら、彼らは大喜びすることだろう。そうなれば、いろいろなことが彼らにとってかなりやりやすくなる。だから、レギア側だって、喜んで彼らの要求に応じるかもしれない」

貴族階級の強欲《ごうよく》と利己主義は、品性下劣《げれつ》なパンフレット作者のくだらぬ文章などよりも、はるかに大きな損害を王国にあたえているのです――ケラーはそう言いたかったが、ぐっと我慢《がまん》し、宰相に話をつづけさせた。

「それ以上に気になることがあるんだ」トレンスは言った。「これは、きみにだけ言う。世間に知れわたるのは時間の問題に過ぎないがね。われわれの旧友フロリアンが、何かくわだてているんだ。彼は地方で活動している。多くの人々が、とくに農村部で、彼の部隊に加わっている。見たところ、彼は女王を支持している――さしあたりは、ね。もし彼女が重大な敗北をこうむったとしても、彼がその態度でいるかどうか、うたがわしいものだ。わたしは、あの男を人間として尊敬している。いくつかの点で、彼は賞賛すべきでさえある。しかし彼は、手もとに来る機会は何であれつかんで、自分の目的のために使うだろう。もしそうしなければ、バカ者だ。ほかの何者でありうるとしても、フロリアンはバカではない。彼と彼の支援者《しえんしゃ》たちには、断固として対処しなければならない」

「あなたは、宮殿《きゅうでん》にいる時間が長すぎるんです」ケラーは言った。「あなたが話してくださることは、すでにだれもが知っていることばかり。警告させてもらいますがね、もしフロリアンを敵として扱《あつか》うなら、事態を悪化させるだけです。あなたは、いますでにじゅうぶん敵を持っている。これ以上敵をつくる余裕《よゆう》はないはずです」

「たしかにそうなんだ。それが悩《なや》みの種さ」トレンスは言った。「わたしは、きみに、そういう悩みを背負わせたりはしないつもりだ。許してくれ。きみはきみで、悩みごとをかかえているんだろう?」

「そうでなければ、あなたに会見を求めたりはしませんよ。ええ、おっしゃるとおりです。もちろん、わたしはお願いしたいことがあって参上したのです」

「きみは、お願いなどする必要はない」トレンスは言った。「もし、それがわたしの権限のうちのことなら——」

「そうなのです」

「そして、わたしの良心の許すことなら」

「もちろん、そうです」

「じゃ」トレンスは言った。「聞きとどけられたと思いなさい」

ケラーと宰相《さいしょう》は、その後しばらく語り合った。それからケラーは宮殿《きゅうでん》を去ったが、まっすぐ家に帰ろうとはせず、市内をぶらついた。天気のいい日だったのだ。

ケラーが帰宅したときには、スパロウとウィーゼルも、彼ら自身の市内めぐりからもどっていた。ケラーは二人を、彼の前にすわらせた。

「水ネズミたちよ」彼は言った。「きみたちは幸運だ。かがやかしい未来を持っているだけでなく――いま、わたしは『うらやむべき未来』と言いそうになったが、それは少し言い過ぎかもしれないね――きみたちはまた、あの白髪《しらが》の爺《じい》さんの厚意と知遇《ちぐう》をかちえたのだ」

「あの人、もうわたしたちに時計をくれたよ」スパロウが言った。

「おれのは動かないよ」ウィーゼルが付け加えた。「時間の読み方を知らないから、おれは気にしないけど」

「彼は、もっと実体のあるもので、きみたちに報《むく》いているんだ」ケラーは言った。「彼は、今後きみたちが、国費から給付金を受けとることに同意している」

「給付金って何？」スパロウが聞いた。

「金《かね》だ。小遣《こづか》いと言ってもいい。きみたちはそれを、定期的な間隔《かんかく》で支給されることになる。細かいことは財務大臣がやってくれるから、きみたちは自分で気をもむ必要はない。きみたちは金持ちになるわけではない。国家って、それほど気前のいいものじゃないからね。とは言っても、水ネズミたちよ、きみたちは、これからまともな暮らしができるんだ」

「わたしたち、ずっとまともな暮らしをしているよ」スパロウは言った。

「そうだ。しかしいまや、これまで以上にまともな暮らしができるようになるんだ。わたしもそうだ。というのは、長いあいだわたしの心に影《かげ》を落としていた躊躇《ちゅうちょ》や不安が、消えることになったからだ。実は、わたしには借りがある――」

ケラーはつづけた。「金《かね》を借りているという意味ではない。もちろん、われわれの職業では、借金をするのは当たり前のこと。むしろ借金を払《はら》うほうが当たり前でないことかもしれない。しかしいま、わたしの言う借りというのは、まったく違《ちが》う種類のものだ。名誉《めいよ》の借りとでも呼ぼうか。われわれ新聞記者にはなかなか払えないほどの高価な借りだ。それを払わなければならない。決して貸し手から要求されているわけではないのだけれどね。

しばらく前、わたしはある紳士《しんし》から恩を受けた。きみたちから受けたのと同じような恩を受けたのだ。彼は、わたしがひどくこまっているときに保護してくれた。そのうえ、フライボルグという町で印刷機を使わせてくれた。これも、ほんとうにありがたいことだった。印刷機がなければ、わたしはでくのぼう同然なんだからね。やがて情勢が変化して、わたしはそこにずっといる必要はなくなり、こっちに帰れるようになった。そのことを言ったら、快く帰してくれた。いま、この紳士はレギア軍と戦っている。わたしが支援《しえん》を申し出れば、とても喜んでくれるだろう」

「それはだれ？」スパロウは聞いた。「あの白髪《しらが》頭の爺《じい》さん？」

「白髪頭でもなければ、爺さんでもない。フロリアンという人だ」

「その名前、聞いたことがある」スパロウは言った。「みんなが広場でうわさしてた。危険な短気者だとか、得体《えたい》の知れないやつだとか、いや、すばらしい男だとか、いろいろ言ってたわ」

「どの言葉もそのとおりかもしれないね」ケラーは言った。「しかし、それはいま、どうでもいいことだ。きみたちが面倒《めんどう》を見てもらえることになったので、わたしは安心して、借りを返しに行こうと思うのだ。すべての理性と良識に反して、戦場に行くことを決意したってわけさ。ここぞと思う場所に行けば、フロリアンを見つけるのはそれほどむずかしくないと思う。わたしの身に何が起きようと、片方にマダム・バーサ、もう一方にあの爺さんがいれば、きみたちが心配することは何もない。ただ、行儀《ぎょうぎ》よくするんだぞ。できる範囲《はんい》でいいから。ウィーゼルは、ハンカチの使い方を覚えること。手鼻なんて、かんじゃだめだぞ。わたしは今夜、発《た》つ。こういうバカげた行為《こうい》は、早く実行するにかぎるからね」

子どもたちがさけび出すのではないか、とケラーは身構えていた。しかし、スパロウとウィーゼルは、ただ黙《だま》って、丸い目で見つめているだけだった。ケラーは軽い失望を感じた。もしこの二人が、行かないでと言って泣きわめいてくれでもしたら、考え直したかもしれないのに。

ケラーは、二つのことを理解していなかった。第一、ウィーゼルは、そのようなすばらしい旅に出るケラーをうらやみ、尊敬し、畏敬《いけい》の念に打たれ、そのため口が利《き》けなかったのだ。第二、スパロウは、おどろき、悲しみ、うちひしがれて、声も出なかったのだ。

あとで少女が自分の部屋ですすり泣いていたのを、ケラーは聞いていない。

水ネズミたちは大きな打撃《だげき》を受けた。しかし二人は、だてに湿地帯《しっちたい》の中で生きながらえたのではない。ケラーが去って二日後に、スパロウはひとつ、恐《おそ》ろしい誤解があったことに気づいた。

「彼、あんなに急いでいたから、忘れたんだわ」彼女は言った。「彼はいつだって、何か忘れるんだから。マダム・バーサから聞いたんだけど、一度なんて彼、ワインの瓶《びん》のコルクを抜《ぬ》かずに注《つ》ごうとしたことがあるんだって。もし頭が胴体《どうたい》にくっついていなかったら、頭なしで外出するだろうって、マダム・バーサは言ってるわ」

「彼、今度も何かを忘れたと思うのかい？」

「もちろん忘れた」スパロウは言った。「いちばん忘れちゃいけないものを」

「下着かい？　ケラーは、下着をはくのを忘れちゃいけないって言ってたよ」

「いや、彼は、わたしたちを誘《さそ》うのを忘れたの。いっしょに行こうって言うのを」

「そのとおりだ！」ウィーゼルの目がかがやいた。「彼、そのことをひと言も言わなかった」それから思い出してしずんだ顔になり、「でも、彼、おれたちに、ここにいろって言ってたじゃないか」

「おまえ、よく覚えていないんだよ」スパロウは言った。「彼はわたしたちに、行儀よくするんだぞって言っただけ。どこでどう行儀《ぎょうぎ》よくするかは、言わなかった。ケラーは、そういうことは、わたしたち自身に考えさせるのが好きなのよ。だからさ、ケラーがフロリアンに助けられたお返しにフロリアンを助けに行くのなら――わたしたちも、ケラーに助けられたお返しにケラーを助けに行くのは当然。ケラーもそのことを期待してると思うよ」

「ほんとにそう思う？」ウィーゼルはうれしそうに聞いた。

「もちろんよ」スパロウは言った。

ウィーゼルには二つの法律がある。この二つには、ぜったいしたがうことにしている。第二はケラー。第一はスパロウだ。「じゃ、急ごうよ。彼を待たせないほうがいい」


マダム・バーサは、ケラーの奇行《きこう》にはもう慣れっこになっているつもりだったが、今度のことには、さすがに衝撃《しょうげき》を受けた。心の混乱がつづいて、そのために、水ネズミたちがいなくなったことにしばらく気づかなかった。その日の終わり、夕食時間をとうに過ぎてから、二人は行ってしまったのだなと、ようやく納得がいった。パンひとかたまりと冷たい鶏肉《とりにく》も消えている。あの子たちまでいなくなって、と涙《なみだ》にくれたが、やはり、わたしが最初思ったとおりだった、あの子たちは二人とも泥棒《どろぼう》だったんだ、と無理やり思って、自分をなぐさめた。

そのころ、スパロウとウィーゼルは、マリアンシュタットの町はずれに出ていた。彼らの最初の問題は、ケラーがどこへ行ったのかを決めることだった。スパロウはそれを、かんたんに解決した。ベスペラ川にかかる橋のたもとに立つ警備兵に近寄り、ていねいにたずねたのだ。

「失礼します。戦争を見つけるのは、どうすればいいんですか？」

10 オオカミの群れ

モンキーはテオを見て、にやにや笑っていた。テオはジャスティンに詰《つ》め寄った。「きみ、捕《ほ》虜《りょ》を銃殺《じゅうさつ》させたのか？ そんなことをしていいと思ってるのか？」

答える代わりに、ジャスティンはテオの腕《うで》をとり、少し離《はな》れたところまで行った。二本の木と木のあいだに帆布《ほぬの》が張られて、外から見られなくなっている場所だった。

「おれだって、やりたくはなかった」ジャスティンは、感情を抑《おさ》えた声で言った。腹を立てたとしても、それをまったく表に出していない。むしろ、殴《なぐ》りかかってきてくれたほうが、テオはおどろかなかっただろう。「しかたなかったんだ」

「料理兵と運搬《うんぱん》係ばかりだぞ！ 彼らは戦闘員《せんとういん》ではない。反撃《はんげき》もしてこなかったじゃないか」

「そのとおりだ。彼らは反撃しなかった」ジャスティンは言った。「そして彼らはバカではなかった。彼らはわれわれのキャンプを見た。われわれが何人くらいいるか、武装の状態はどのくらいかを見た。彼らを解放して、そういうことを上官に報告させるのか？　そんなことをしたら、おれは部下の全員を危険にさらすことになる、きみをふくめてね」

「彼らを捕虜として置くことだってできたはずだ」

「食糧《しょくりょう》をあたえて、警備してかい？　足手まといになるのもかまわずに、かい？」ジャスティンは言った。「おれの責任で、おれが決定したことだ。ねえ、教えてくれよ、ほかにどんな理性的選択《せんたく》があったんだい？」

テオは答えなかった。ジャスティンはつづけた。「いいかい。あえて言うが、おれは襲撃《しゅうげき》のとき、レギア兵を皆殺《みなごろ》しにできなかったことを悔《く》やんでいる。われわれがこの地域にいることを知られてしまった。まあ、遅《おそ》かれ早かれ知られたとは思う。もっとあとのほうがよかったのだが、それはまあ、しかたがない。モンキーは、明日の夜明け前にもここを出るべきだと言っている。もっと高地に行き、数日間、なりをひそめているべきだと」

ジャスティンは、両手を額《ひたい》に押《お》しつけた。「しかたのないことだったんだ。休息をとれ。みんな疲《つか》れているんだ。ああ、それから――」

立ち去ろうとするテオに、ジャスティンは言った。「もしきみがおれの決定に疑問を持ったら、一対一のときに質問してくれ」顔を上げ、とつぜんほほえんで、「いちばんいいのは、質問なんてぜんぜんしないことだけどね」

ストックは地面に腰《こし》を下ろし、ナイフの先で地面を引っかいていた。テオがとなりにすわり、ジャスティンが言っていたことを話しても、ストックはほとんど顔を上げなかった。

しばらくしてから、「胸の悪くなる話だ」と答えた。いつもの陽気さはまったくない。「しかし、この話の最悪の部分は、ジャスティンの言うとおりだ、ということだ。少なくともわたしは、彼の言うとおりだと思う。きみなら、どうしたのだ？」

「それがもうひとつの最悪の部分さ。つまり、自分がどうしたらいいのか、ぼくにはわからない」

「わたしが喜んでるのは」ストックは言った。「いまの話、わたしとはかかわり合いがないってこと。それだけはありがたい。ともあれ、それは終わったこと。しかし、どう見ても、名誉《めいよ》ある出来事とは言えないね」

「もしまた同じことが起きたら？　きみがそれを命令する立場だったら？」テオはストックに質問したが、それはただ、自分に同じことを質問するのが恐《おそ》ろしかったからだった。ぼくはルーサーといっしょに立ち去るべきだったのかもしれない、と彼は思った。

「そうだね」禿《は》げて広くなっている額《ひたい》に深い溝《みぞ》をつくって、詩人は言った。「いまわたしは、あれはジャスティンの命令だと思っている。彼が自分の下した命令について、いちいち、われわれに答えなければならないかどうかは、わたしにはわからない。しかし、少なくとも、われわれは自分の行動について自分に答えなければならない。わたしはさっき、きみといっしょに意見を言うべきだったんだ」

「そんなことをしても、何のためにもなりはしないさ」

「少なくとも、わたしの良心のためにはなったさ」ストックは答えた。「戦場ではいろいろなことが起こる。人間はそれを容認し、呑《の》みこまなければならない。しかし、どれだけ多く呑みこまなければならないか？　すべてを呑みこむわけにはいかない。限度がなければならない。その限度を見つけることが大事なんだろうな」

ストックは、それ以上話さなかった。モンキーは上機嫌《じょうきげん》で、隊員たちに指図して、分捕《ぶんど》った物資を仕分けさせていた。ジャスティンは、大砲《たいほう》の点検にもどっていた。

翌日、彼らはキャンプを引きはらった。その後、何度もキャンプをつくっては引きはらうことをくり返しながら山岳《さんがく》地帯に入りこんでいき、ようやく、かなり標高の高い、モンキーがここなら安全と判断した場所に、落ち着いた。そのころには、テオは疲《つか》れきっていて、レギア軍の真ん中でもぐっすり眠《ねむ》れそうだった。ひっきりなしの荷造り、運搬《うんぱん》、荷ほどきに、筋肉が悲鳴をあげていたのだ。ストックもへとへとで、いまにも倒《たお》れそうに見えた。

しかし、どちらも愚痴《ぐち》はこぼさなかった。ジャスティン自身が隊員のだれよりもよく働いたからだ。彼は、馬たちを大砲運びの二輪車につなぐ仕事もみんなに混じってやったし、その二輪車が川床《かわどこ》にはまりこんだときには、率先して自分の肩《かた》を差しこみ、全身の力で車輪を動かした。

ジャスティンは、大砲を、すてきな新しいおもちゃのように扱《あつか》った。ひまさえあれば、それをいじくりまわし、ほかの者がさわると不機嫌《ふきげん》な顔をした。モンキーは、兵士の何人かを訓練して砲手《ほうしゅ》にしようと思っていたのだが、ジャスティン自身が、照準の定め方、装塡《そうてん》のしかた、発射方法を学ぼうとした。彼はまた、いろいろ考えたすえ、もとの二輪車よりも軽い車をつくった。これのおかげで、大砲《たいほう》は、いままでよりも速く、楽に運べるようになった。

しかし、大砲があるにもかかわらず、最初のころほどかんたんに目的を達することはできなかった。レギア軍は、いまや山岳《さんがく》地帯に敵がいることを知って、補給部隊への警護態勢を強化していた。以前にくらべると兵隊の数も増え、武器も多くなっていた。補給品を奪《うば》うのはむずかしくなり、戦闘《せんとう》もいっそう激烈《げきれつ》なものになっていった。

春遅《おそ》くに、最初の死者が出た。ジャスティンは、しだいに減っていく糧食《りょうしょく》を、ただ一撃《いちげき》で補《ほ》充《じゅう》しようと思い立ち、あまり警備の厳重でないと見た補給隊に攻撃《こうげき》をかけることにした。ストックとテオは、いつものように、後方にひかえて、突入《とつにゅう》して品物を奪えというジャスティンの合図を待った。

が、とつぜん、側面の森から一斉射撃《いっせいしゃげき》が起こった。レギア軍の歩兵だった。罠《わな》にかかったと悟《さと》ったときには、向きを変えて応戦することもできないほどに銃弾《じゅうだん》が降りそそいでいた。一頭の馬が倒《たお》れ、悲しくいななきながら、四本の足をばたつかせた。テオは飛び降りて、馬体の下から兵士を引っぱり出した。後退しろ、とストックがさけんだ。同時に、モンキーと彼の部下たちも斜面《しゃめん》を駆《か》けのぼってきた。全員撤退《てったい》してきたのだ。

運よくジャスティンは、彼の大砲を、少し遠いところに、彼らよりも上の、小高い丘《おか》の上に設置しておいた。砲手たちが懸命《けんめい》に弾《たま》をこめ、ドカン、ドカン、追撃《ついげき》してくるレギア兵に向かってつづけざまに砲弾《ほうだん》が飛んだ。とはいえ、レギア兵の攻勢《こうせい》はすさまじく、大砲も、あやうく奪い返されるところだった。しかし、レギア兵はやがて引きあげた。深追いして、慣れない山岳地帯で逆襲《ぎゃくしゅう》されることを恐《おそ》れたのだろう。

三人の兵士が、戦闘中に即死《そくし》した。もう一人は胸に銃弾を受けた。モンキーは、この兵士を自分の馬の鞍《くら》に横たえて、何とかキャンプに連れ帰った。テオは、モンキーが彼をジャスティンのテントに運ぶのを手伝った。そのとき初めて気がついたのだが、この兵士は、以前、サーベルの試合でモンキーを打ち負かしそうになった、あの少年だった。

二人は少年を地面に下ろした。ジャスティンが少年のかたわらに膝《ひざ》をついた。少年は、ショックのためと、こみあげてくる泡《あわ》まじりの血反吐《ちへど》のために、ほとんど話ができなかった。目をきょろきょろさせて次々と仲間の顔を見、おれ、たいした怪我《けが》じゃないんだよねと、たしかめているかのようだった。どう見ても、手のほどこしようのない状態だった。

テオは、モンキーがベルトからピストルを抜《ぬ》き出すのに気づいた。モンキーは、ちらりとジャスティンの顔を見た。ジャスティンは、何のことかわからないという素振《そぶ》りで一瞬《いっしゅん》ぼんやりとモンキーを見返し、それから首を横に振《ふ》った。

モンキーは肩《かた》をすくめ、ピストルをしまった。

少年は、午後になってようやく息を引き取った。

二日後の朝早く、歩哨《ほしょう》に立っていた兵士が、一人の小娘《こむすめ》を連れてきた。彼女は、カルラ渓谷《けいこく》のだいぶ下流の町から来たのだという。膝《ひざ》はかすり傷だらけ、スカートもびりびり。ひと晩かけて、木々の茂《しげ》みや藪《やぶ》の中をのぼってきたと見える。シュライク隊長に会わせてくれ、それ以外の人には話をしない、と言っている。

ジャスティンは、もうとっくに起きていて、テントから出てきた。テオ、ストック、そして部隊のほとんどの者が集まって見守る中、少女はまっすぐ彼に近寄った。

「あんたがシュライクだね」

「おれが？」ジャスティンは、おどけたようにほほえみ、少し前かがみになって両手を両膝に置いた。「さあ、どうしてそう思うんだい？」

少女は、自分の額《ひたい》から片頬《ほお》にかけて、一本の線を描《か》くかのように指を走らせた。丸くて小さな、まじめそうな顔をした少女だった。「あんたに話すことがある。あたしの町の、洗濯《せんたく》商売の女の人から、あんたに伝えてほしいとたのまれたんだ。その人、ラップウイングって言うんだ」

ストックは、くすくす笑った。ラップウイングは、かつて彼がリナにあたえた名前だった。彼はテオにささやいた。「わが金髪《きんぱつ》の女神は、りっぱに仕事をしているらしいな」

「あ、そうだ――これもわたさなくちゃ」少女は胴着《どうぎ》から一枚の紙をとりだし、ジャスティンにわたした。

ジャスティンはそれを開いてながめ、けらけらと笑った。それからテオにわたした。「フライボルグで見せてくれたきみの腕前《うでまえ》のほうが、ずっと上だな」

大きな粗悪《そあく》な紙に雑に印刷されたポスターだった。インクは少しにじんでいて、まだ完全には乾《かわ》いていない。ジャスティンはそれをふたたび手に取ると、高くかかげて、みんなに見せた。

「おれたち、レギア軍に打撃《だげき》をあたえているんだ」彼は誇《ほこ》らしげに言った。「やつらは、おれたちの仕事に敬意を払《はら》っているぞ。ほら、——『山賊《さんぞく》どもの逮捕《たいほ》に協力した者』にこんなすごい賞金が出ている。『山賊』とは怪《け》しからん話だが、それはまあ、かまわない。おれたちの首にそれだけ大金を払うってことは、おれたちが相当やつらを苦しめてるってことだ。やつら、かなり参ってるんだろうな」

「昨日《きのう》、六人が絞首刑《こうしゅけい》になった」少女が言った。「理由は、山でレギア軍が攻撃《こうげき》されたからだって。絞首刑になったのは、仕立て屋や、桶《おけ》屋や——」

「攻撃とはまったく関係のない人たちだ」テオは思わず言った。「彼らは、われわれの仲間じゃなかった」

「レギア軍は、それを報復って呼んでいる」少女は言った。「あんた方のやったことへの仕返しだって」

「ほかにラップウイングからは？」ジャスティンが口をはさんだ。無表情な顔だった。

少女は一瞬《いっしゅん》、まるで暗記した授業の中身を思い出すかのように、上を向いた。それから、お経でも読むみたいに、時おり言葉に詰《つ》まり、なるべく正確にやろうと苦労しながら、リナのメッセージを朗誦《ろうしょう》した。ラップウイングはシュライクに警告していたのだ。——レギア軍は、強力な部隊を山岳地帯《さんがく》に送りこもうとしている。シュライクと彼の仲間たちは、ただちに、さらに西方に向けて移動しなければならない。ラップウイングは、このメッセージがとどくころにはこの町を去り、エシュバッハに向かう。なるべく早く、また連絡《れんらく》する……。

少女は口を閉ざした。それから、朗誦への賛同を求めてふたたび見まわした。

ジャスティンはうなずき、彼女の頭を軽くたたいた。「よくやった。しかし、きみは、おれたちの居場所がどうしてわかったのだね？」

少女は、にやりと笑った。「あたしたち、このへんのことにはくわしいのよ。あたしの町には、ずっとあんた方の動きを見ている人もいる。あたしたちは、あんた方が初めてやってきたときだって、知っていた。でも、だいじょうぶ。話したりしない。絞首刑《こうしゅけい》にされたって、レギア軍に告げる人なんか、いなかったんだ」

ジャスティンは、帰り道、兵士を一人、警備のためにとちゅうまで送らせようかと言ったが、少女は怒《おこ》ったような顔をして断わった。そして、ジャスティンのお礼の言葉も聞こうとせず、藪《やぶ》をくぐって去っていった。

やがてジャスティンは、テオに向き直り、奇妙《きみょう》な薄笑《うす》いを浮《う》かべた。

「きみは、敵兵を処刑《しょけい》したからといって、おれのことを人殺しと呼んだ。無実の民間人を殺したレギア兵のことは、何と呼ぶのかね？」

テオは顔をそむけた。自分が恥《は》ずかしく、また自分におびえていた。その一瞬《いっしゅん》、彼は、ジャスティンが捕虜《ほりょ》たちを射殺したことを喜んでいた。ひどく喜んでいた。

ストックは、詩作にとりくんでいた。テオに語ったところによれば、彼の全作品の中でもっとも高尚《こうしょう》でもっとも感動的なものになるはずだという。

「叙事詩《じょじし》なんだ」彼は言った。「題は『ローストマトン（羊肉の蒸し焼き）物語』にするつもりだ。六つの篇《へん》から成る。それは、われわれの精神の糧《かて》となって心を満たすだろう。おなかを満たすわけにはいかないがね。芸術にも限界はあるんだよ」

「それを書けよ」テオは暗くほほえんで言った。「ぼくはそれに添《そ》える絵を描《か》こう」

実のところ、彼は、水車小屋を離《はな》れてから何も描いていない。絵を描くことが、もう、ぼんやりとしか覚えていない、遠い時代のことのように思える。おかしなことだ。よりによっていま、絵を描いてみたくなるなんて……。

どうしてこういう気持ちになるんだろう、とたずねると、詩人は言った。「何もかも足りないとき、われわれは精神の糧を求めてミューズの女神、つまり詩や芸術を求めるのさ」彼は首を振《ふ》った。「よくはわからないが、ジャスティンはミューズの神に縁《えん》がなさそうだし、縁のないことを気にしているようでもない。彼は戦《いく》さの神マールスにしか関心がなさそうだ。たしかに、マールスのほうがミューズよりも食べ物を運んできてくれそうだがね」

だれもが腹を減らしていた。体格のいいストックはとりわけ、空腹がこたえるようだった。部隊は、自分たちの成功の犠牲者《ぎせいしゃ》になっていたのである。リナのメッセージを受けて急遽《きゅうきょ》西に移動を開始してからの数週間、ジャスティンの作戦は、彼の最良の希望以上の成果をおさめていた。彼とモンキーは、新しい行動計画を練りあげていた。隊が、エシュバッハの町から十数マイル離《はな》れた深い森林地帯の中にとりあえず落ち着くと、ジャスティンは、さっそく幹部たちを招集し、こう言った。

「フロリアンは、おれたちはオオカミの群れでなくてはならない、と言った。だから、おれたちはそうあるべきだ。しかし、単一の群れではない。いくつかの群れになるんだ」

総員による攻撃《こうげき》はなくなり、ジャスティンは部隊を三つか四つの攻撃隊に分けた。毎夜、ジャスティンはこれらを交替《こうたい》で出撃《しゅつげき》させた。彼らは、神出鬼没《しんしゅつきぼつ》の行動によってレギア軍を苦しめた。目標は兵員ではなく、荷物を運ぶための馬やラバだった。これらを、膝《ひざ》の関節部分を切るなどして役に立たなくした。モンキーは、一頭の馬やラバの損失のほうが、一人の兵士の損失よりも大きな被害《ひがい》をひきおこすのだ、と説明した。

襲撃者《しゅうげきしゃ》たちは、大量の補給物資を運び去ることができないので、馬車を、たいまつで放火して焼いてしまうことにした。あるいは、食べ物の袋《ふくろ》を切り裂《さ》き、中身を撒《ま》き散らすことにした。

可能なときには、自分たちの馬やラバのための飼料や、自分たちの武器のための火薬や弾丸《だんがん》を持ち帰った。しかし、自分たちの腹を満たす食糧《しょくりょう》を持ち帰るチャンスは、なかなかなかった。

ジャスティンは大喜びだった。彼の唯一《ゆいいつ》の失望といえば、大砲《たいほう》にこめる弾丸がないことだ。彼の愛する大砲は、いまや使われることもなく、キャンプの中に所在なさそうに立つばかりだった。ともあれ、部隊は深刻な人的被害を受けることもなく、活発に動いていた。

レギア軍はこれに応えて、彼らなりの対策をとった。ジャスティンたちの襲撃による食料品の不足をおぎなうために、略奪《りゃくだつ》部隊が農村地帯を荒《あ》らしまわった。村々や農場から食べ物と家畜《かちく》を奪《うば》い取った。抵抗《ていこう》した村人たちは、首をくくられるか銃殺《じゅうさつ》され、その死体は見せしめとしてさらされた。

その結果、部隊の人数が増大した。男たちや女たちが村々を逃《のが》れてきて、部隊に参加したのだ。ジャスティンは彼らを歓迎《かんげい》した。レギア軍はおれの最良の新兵徴集《ちょうしゅう》将校だよ、と彼は笑っていた。

しかし、兵士が増えれば増えるほど、食事をあたえるべき口も増えていった。食糧の担当責任者でもあるモンキーは、自分の金《かね》を分けなければならないケチンボのように、しぶしぶ、もったいなさそうに、ほんの少しずつ、分けあたえた。ジャスティンは、ほかの者が食べ終えるまで自分の分に手をつけなかった。一度、モンキーと新参者の一人のあいだにはげしい口論が起きた。新参の男は、モンキーはおれよりもロサーナにたくさんやった、と文句を言ったのだ。あわや殴《なぐ》り合いかと思われたとき、ジャスティンが近寄り、二人はたちまち黙《だま》ってしまった。

「おまえ、そんなにひもじいんなら」ジャスティンは男に言った。「ほら、これを腹に入れて、口はつぐんでくれ」と自分の食べ物を男に手わたし、「おれたちはレギア軍と戦ってるんだ。おたがい同士で戦ってるんじゃない。それを忘れるな。もしまたこんなことで騒《さわ》いだら――」ともなげに付け加えた。「縛《しば》り首だぞ」

「ちょっとの間なら、首を縛られるのも悪くないかもしれないぜ」あとで、ストックがテオに言った。「何かを食いたいって気持ちがなくなるんじゃないかな。腹のベルトをいくら締《し》めたって何の効き目もないが、首を締めつけられたら、食い気は消えてしまうだろうからな」


その夜、テオとストックは、いっしょに監視所《かんしじょ》に詰《つ》めた。

ストックは、襲撃《しゅうげき》部隊に加われないのをぼやいていた。「少なくともあれをやっているときは、食事のことを忘れていられるからね」

詩人はすっかり落ちこんでいて、自分の大作のことを考えて楽しむどころではなかった。「きみは絵描《か》きだからいいよ。自分でご馳走《ちそう》を絵に描いて、それをながめて楽しむこともできる。わたしの場合、ただ頭の中で考えることしかできないんだからね」

テオは、くちびるに指を当てた。茂《しげ》みの中でザワザワという音が聞こえたのだ。ストックはマスケット銃《じゅう》を構えた。が、次の瞬間《しゅんかん》、フーッと安堵《あんど》の吐息《といき》をついた。茂みから出てきたのはモンキーだった。しかし、キャンプから来たのではない。方角が違《ちが》う。

「レギア兵だと思って撃《う》つところだったよ」詩人が言った。「何をやってたんだ？」

モンキーは袋《ふくろ》をひとつ、わきの下にはさんでいた。いいにおいがするので、テオはすぐ気づいた。飢《う》えはテオの食欲だけでなく、嗅覚《きゅうかく》をも鋭敏《えいびん》にしていたのだ。ストックも、フォックスハウンドのように鼻をくんくんさせていた。

「ふもとの村をちょいと散歩してきたのさ」モンキーはそう言って袋を開いた。「きみたちは、いいやつらだ。苦労して手に入れたものだが、特別に分けてやろう。さあ、お百姓《ひゃくしょう》さんからの贈《おく》り物だ。ニワトリの丸焼きと卵とパンとチーズと――」

「贈り物？」テオが言い返した。「農家にとって一週間分の食べ物じゃないか」

モンキーはウインクして、「もし彼らを起こしてたのんだら、さあさあどうぞお持ちくださいと言ったに決まってる。おれたちは、彼らのために戦ってやってるんだからな。おたがいさまさ。この食い物は、ほかのどこよりも、おれの腹に収まるのがいちばんいいのさ」

「きみはそれを盗《ぬす》んだ」ストックが言い返した。「それは卑《いや》しむべきことだぞ、モンキー。いや、心配するな、わたしはジャスティンには何も言わない。今回はね」

「隊長はりっぱな人だ」モンキーは言った。「おれたちの面倒《めんどう》をよく見てくれる。しかし、たまには、おれたちも自分で自分の面倒を見なくては」

「キャンプにもどれ」ストックは言った。「よかったら、ここで食え。わたしは見て見ないふりをするから」

　モンキーは袋《ふくろ》に手を突《つ》っこんで、食べ物をつかみ出した。「ほら、おれたち三人だけで食べようぜ」

「やなこった」ストックは言った。「盗《ぬす》みの分け前なんか、ほしくない。きみと同じ泥棒《どろぼう》になってしまう」

　テオは、出しぬけに二人のそばを離《はな》れ、少し先の木々の茂《しげ》みの中に入りこんだ。食べ物のにおいは耐《た》えがたかった。ストックはやはり断わった。さすがだ、えらいやつだ、とテオは思った。テオは自分が信用できなかったのだ。

　もどったとき、彼は、もうモンキーはいないだろうと思っていた。しかし、モンキーはまだいた。例の袋を足のあいだに置いて、しゃがんでいた。詩人は、照れくさそうに口元についたパンくずをぬぐいとった。

「まだいっぱい残ってるぞ」モンキーが言った。

　テオはくちびるを嚙《か》んだ。ストックは何も言わなかった。テオはモンキーに向かって言った。

「ぼくも、もらうよ」

11 ラ・ジョリー荘園《しょうえん》

警備兵はマスケット銃《じゅう》を構えた。「とっとと立ち去れ。証明書のない者は橋をわたっちゃならんのだ。おまえたち、持ってるのか？　もしかするとレギアのスパイかもしれないな。そうだとすると、バンバン！　おまえたちはお陀仏《だぶつ》さ」

スパロウは、スパイにも証明書にも何の関心もない。もう一度、戦争をどこで見つければいいかとたずねた。

警備兵は、自分のことをウイットに富んだ男だと思っていた。この二人のバカ者、別に危険なやつらではなさそうだ、ひまつぶしに、少しからかってやろう。なにしろ、歩哨《ほしょう》というのは退屈《たいくつ》な仕事なのだ。

彼は、ぼりぼりと顎《あご》を掻《か》いた。「それは、おまえたちがどの戦争を探しているかによるさ」

「戦争って、ひとつだけじゃないの？」スパロウは聞いた。

「ひとつだけだったら、おれたち、こんな苦労はしないよ」

「じゃ、いちばん大きい戦争」スパロウは言った。「いちばんすごい戦争」

「ああ、それなら、いまこの瞬間《しゅんかん》に、でっかい戦争がおっ始まってるよ。おれの部隊の仲間たちと、酒場の酔《よ》っぱらい連中とのあいだにな。〈キングズクラウン〉って酒場をのぞいてみろ。おまえたちの見たがっている戦争ってやつにお目にかかれる。きっとすごい騒《さわ》ぎだぞ。みんなに、おれに言われて来たって言ってくれ」

スパロウはウィーゼルの腕《うで》を取り、港の方角に向かった。「あいつ、戦争のことを何も知っちゃいない。戦争がどこにあるかも知らないんだから」

「でも、ケラーはよく酒場に行くよね」ウィーゼルは言った。

「いや。あの兵隊はポンツクなんだ。だから、あんなところに置いていかれたのよ」

「そうか。そうだろうな」ウィーゼルは言った。「おれ、あいつの時計をいただいちゃったもん」

スパロウは足を止めて、ウィーゼルの肩《かた》をつかみ、がたがた揺《ゆ》すぶった。「何てことをするの！　おまえはもう泥棒《どろぼう》じゃないんだろう？　恥《はじ》を知れ。ケラーが知ったら何と言うかしら」

「おれ、ケラーが使うかもしれないと思って、とっただけなんだぞ」ウィーゼルは、口をとがらした。

港は、二人にとってはふるさとだった。二人とも、すべての埠頭《ふとう》と浮《う》き桟橋《さんばし》を知り尽《つ》くしている。ウィーゼルは、叱《しか》られたことなどけろりと忘れて、うれしそうに港のにおいを嗅《か》いだ。スパロウはせかせかと弟の先に立ち、とある小さな栈橋に足を踏《ふ》み入れた。何艘《そう》かのボートが引き潮の上に浮かんでいる。日が落ちて、栈橋全体が影《かげ》に包まれていた。スパロウは、ぐるりと見まわした。だれからも見られていないことに満足して、ウィーゼルにいちばん手前のボートに乗るように言い、艫綱《ともづな》を解き、弟のあとから飛びこんだ。

「何をしてるんだい？」ウィーゼルはさけんだ。

「川をわたるのさ。決まってるだろ？」オールをつかみながら、スパロウは答えた。「戦争は、ともかく向こう岸のどこかにある。橋をわたろうとすれば、あのバカ兵隊が本気で撃《う》つかもしれない。だから、こうしてわたるしかないのさ」

「ボートを盗《ぬす》んでるじゃないか」ウィーゼルはどなった。「さっき、おれにあんなことを言ったくせに」

「盗んでなんかない」スパロウは言った。「このまえ広場でやっていたあの演説、聞かなかったのかい？　戦争に勝つためには、だれもが犠牲《ぎせい》を払《はら》わなければならないんだ。このボートの持ち主も犠牲を払わなくてはいけない。わたしは彼のお手伝いをしてあげてるのさ」

スパロウは、力をこめてオールを漕《こ》ぎ出した。

ベスペラ川の対岸に着くと、ボートと別れて東に向けて歩いた。もうとっぷりと日は暮れていた。ときどき道路を歩き、ときどき畑を突《つ》っ切った。スパロウの計画は単純だった。東に向かってできるだけまっすぐ、一直線に歩く、そうすれば、遅《おそ》かれ早かれケラーに会えるはずだ。

しかし、何時間かたつと、ウィーゼルが不機嫌《ふきげん》になった。足が痛い、腹が減った、と文句を言いだした。スパロウもまた空腹を感じた。腰《こし》を下ろして食事をとることにした。マダム・バーサの台所から失敬してきた食べ物は、少なくとも二日はもつだろう、とスパロウは思っていたのだが、あっという間に二人の胃袋《いぶくろ》の中に消えてしまった。

「気にしないで」スパロウは言った。「これで荷物が減ったじゃない」

それから二人は、生垣《いけがき》の下で眠《ねむ》った。朝、運よく、荷車の後ろに乗ることができた。が、そのすぐあとで、運悪く、御者《ぎょしゃ》に見つかった。御者は、戦争に参加しようという二人の気高《けだか》い気持ちを知ろうともせず、容赦《ようしゃ》なく追いはらったのだった。

次の数日、二人は、ウィーゼルの足にマメができたことをのぞけば、わりと順調に旅をした。穀物置き場や焚《た》き木小屋や馬小屋が、二人の仮寝《かりね》の場所となった。スパロウは弟に、食料徴発《ちょうはつ》の一時的許可をあたえた。ウィーゼルは喜んで言うことを聞いた。

「これは盗《ぬす》みじゃないんだよ」スパロウは請《う》け合った。「わたしたちがケラーのところに着くのを、助けることなんだ」

「わかんないな。でも、盗みは盗みだよ」

スパロウはあえて答えようとはしなかった。

翌日、二人は軍隊を発見した。白い帆布《ほぬの》製テントが野原一面に並んでいるのを見て、スパロウはそう判断した。こんなに多くの馬や幌《ほろ》馬車を、こんなに大勢の軍服を着た男たちを、これまで一度も見たことがなかった。兵士たちのほとんどは、これといって何もしていないようだった。スパロウは、いちばん近くにいた、パイプをくわえたひげ面《づら》の男のところに駆《か》けていった。男は樽《たる》に腰掛《こしか》け、上着をはだけ、はだしの足を前に突《つ》き出して、せっせとブーツに油を塗《ぬ》っている。軍曹《ぐんそう》の徽章《きしょう》をつけているが、これを見ても、スパロウには何のことか、ぜんぜんわからない。

彼女は話しかけた。「ケラーはどこ？」

「ケラーってだれだ？」軍曹は見返した。「だいたい、あんたはだれなんだ？　いったいどこから来たんだい？」

「ケラーよ」スパロウは質問には答えなかった。「マリアンシュタットでは、だれだって彼を知ってるわ」

「道理で聞いたことのない名前だぜ。おれはマリアンシュタットの人間じゃないからな」

「あんた、戦争に行くの？」

軍曹は顔をしかめた。「逃《に》げ出すわけにもいかないだろ？」

スパロウはびっくりした。この人、あまり戦争に乗り気じゃないらしい。しかし、それはいま、どうでもいいことだ。肝心《かんじん》なのはケラーのこと。

「じゃ、フロリアンはどこにいるの？　ケラーは彼といっしょなの」

「フロリアンだって？」軍曹はさけんだ。「あの男には近寄るな。彼は危険人物だ」

「だれもがそう言ってるわ」

「彼は正しいのかもしれないし、間違《まちが》っているのかもしれない。そんなことは、おれには関係ない。おれは命令されたことをやるだけだ。しかし、彼は農村地帯の半分を立ちあがらせている。たいしたもんだぜ。おれたちが、いつの間にか、レギア軍とじゃなくて、彼と戦うことになったとしても、おれはあんまりおどろかないだろうぜ。ともかく、あんたは故郷に帰れ。戦争のことはおれたちにまかせろ」

宿営地にひょっこりやってきた少年少女は、兵隊たちの興味の的となった。彼らは二人のまわりに群がり、めずらしい生き物でも見るかのようにながめた。二人に食べ物をくれる者もいたが、スパロウはそれを、注意深くしまいこんだ。兵士の一人は、太鼓《たいこ》と二本のスティック（ばち）を持ってきて、ウィーゼルに帰営太鼓（軍隊で兵営にもどる時間を知らせる太鼓）のたたき方を教えた。

ウィーゼルは大にこにこだった。だれかが軍帽《ぐんぼう》をかぶせてくれると、ウィーゼルはますます調子に乗って、太鼓を打ち鳴らした。兵士たちは大笑いし、おまえ、この部隊の鼓手《こしゅ》になれるぞ、とほめそやした。ほんの一瞬間《いっしゅんかん》だったが、ウィーゼルの忠誠心はきびしい試練にさらされたのだ。

「ねえ、どう思う？」ウィーゼルは、おずおずと姉に聞いた。「おれたち、ここにしばらくいたらどうかな？　ケラーはあとで見つければいいじゃない」

スパロウは、軍帽にも太鼓にも心を惑《まど》わされたりはしなかった。しぶるウィーゼルを兵士たちから引き離《はな》し、ふたたび歩きはじめた。しかし、その日の終わりまでに、スパロウは自分がひとつの秘密を、弟には決して打ち明けられない秘密を持っていることに気づいていた。ベスペラ川河口のあの入り組んだ入江《いりえ》だったなら、目を閉じていたって動きまわれる。でもここは、まったく知らない土地だ。——要するに彼女は、どこへ行けばいいのか、さっぱりわからなかったのだ。何の当てもなく、ただやみくもに歩いているだけなのだった。

ケラーは、ここぞと思う場所をたずね歩いたのだった。そんな場所がそうかんたんに見つかるとは思っていなかった。しかし、いまやフロリアンの活動や居場所は秘密のベールにおおわれてはいなかった。ケラーはマリアンシュタットを離れるとき、奮発して馬を一頭買っていた。乗合い馬車のたぐいは利用したくなかったのだ。そんなわけで彼は、一週間たつかたたないうちに、たいした苦労もなしに、ベスペラ川南岸、アルトゥス・ビルケンフェルド近くの、フロリアンの司令部を見つけることができた。

ケラーが案内されたとき、フロリアンは、風雨にさらされた青い外套《がいとう》を着て、自分のテントの前のフィールドデスクに向かっていた。幹部らしい数人がいっしょに腰掛《こしか》けていたが、ケラーに見覚えのあるのは、赤い髪《かみ》の娘《むすめ》ザラだけだった。

フロリアンはケラーをあたたかく迎《むか》え、みんなに紹介《しょうかい》した。「どうだい、われわれは、この前よりましになっているだろう。あのときはトレンス博士がきみといっしょだった。彼は、われわれの武器が少ないって言っていたけれど、状況《じょうきょう》はすっかり変わった。トレンスその人が、われわれに武器を送ってくれるんだからね」

「トレンス自身の意志だとは思えないね」

「そう、女王の命令によるものだ」フロリアンが言った。「わたしは、彼女の自筆の委任状も持っている。国軍を支援《しえん》するために市民軍を組織して指揮するよう、わたしに求めたものだ。じっさい、彼女は、わたしに将軍と同等の階級をあたえている」

フロリアンは声を立てて笑った。「でも、そんなこと気にするなよ。ここではだれもが自立した市民なんだ。階級だとか何だとかは、ぜんぜん、どうでもいいことなんだ。われわれの仕事は非常に単純だ。毎日殺されているだけさ。もちろん、戦死者の数は、できるだけ少なくしようと努力している。しかし、毎日、戦死者はあとを絶たない。レギア軍は当初、わがほうの抵抗《ていこう》はないだろうと見ていた。だから、大きな戦力では来なかった。女王はアルマ川で橋を破壊《はかい》し、彼らを食い止めることができた。わがほうは敵にアルマ川をわたらせず、そこで食い止めている。わがほうにとっては犠牲《ぎせい》の多い作戦だ。しかし、そのおかげで、アウグスタは、混乱した軍隊を再編成できるし、近くの町の守備隊がやってくるまでの時間かせぎもできている。レギア軍は、間《ま》違《ちが》いなく増援《ぞうえん》部隊を要請《ようせい》している。万一やつらがアルマ川をわたった場合には、たいへんなことだ。アウグスタは、恐《おそ》るべき軍隊と相対《あいたい》することになる。もちろん、われわれもだ。わたしの部隊は、女王の第一線部隊として敵の矢面《やおもて》に立つことになる」

ケラーはフロリアンと二人だけで話したかったのだが、フロリアンは、まず野営地のようすを見てほしいと言った。フロリアンは白い雌馬《めすうま》に乗り、ケラーも自分の馬にまたがって、視察に出発した。

フロリアンが来る、という話は、野営地のすみずみにまたたく間に伝わったらしい。普段着《ふだんぎ》を着て、袖《そで》のまわりに赤いリボンを巻いたり帽子《ぼうし》に赤い花形帽章《ぼうしょう》をつけたりしたフロリアンの支持者たちが、行く先々に群がって、彼に拍手《はくしゅ》を送った。あまりに大勢つめかけて、馬がほとんど先に進めないほどだった。

手を差し伸《の》べて、フロリアンの拍車《はくしゃ》の鉄や、古い外套《がいとう》の裾《すそ》に触《ふ》れようとする者もいた。拍車や外套はいまや、フロリアンのトレードマークとして有名だったのだ。

二人だけになったとき、ケラーはフロリアンに、一別《いちべつ》以来の出来事を語り、自分がここに来た理由を話した。

「カスパール爺《じい》さんの気持ちには敬服するよ」フロリアンは言った。「しかし、もしきみが、わたしへの一種の義務感のゆえにここに来たのなら、まことにありがたいことではあるが、帰ってくれ、と言わざるを得ない。きみとわたしのあいだに、借りなどいうものはない。もし、きみがどうしても、あると言うのなら、いまここで帳消しにしよう。

ここには、義務だの義理だののために来ている者はいない。もちろん、われわれが信ずるものへの義務感は別だ。友愛、自由、公正、こういうものへの義務感でわれわれは集まっている。いままでは言葉でしかなかったそういう理念を、現実のものにする。いまがそのチャンスなんだ。

じっさい、世界がこれまで見たことのないものが生まれるかもしれないんだ」

「君主制のもとでもかい？」ケラーは聞いた。「トレンスは善人だし、よい友人でもある。しかし彼は、君主制をふたたび暴政にもどしかねない政策をとりはじめている。もちろん、彼自身に悪意はなく、もっとも高潔な意図から出たものなのだが。わたしは、こんなことを黙《だま》って見ていることはできない。それが、わたしがここに来た理由のひとつなのだ」

「君主制に何が起きても、長い目で見れば、どうということはないのではないかな。君主制は、遅《おそ》かれ早かれ、何らかの形で消滅《しょうめつ》する。いまここで、われわれは、ひとつの新しい世界をつくろうとしている。もしそれを信じてくれるなら、わたしはきみを歓迎《かんげい》するよ」

「カスパール爺《じい》さんは、物事を信じるよりも物事を笑いのめすのが信条だ」ケラーは答えた。

「ところが、わたしはいま信じたがっているし、あるいは信じようとしている。これはおどろくべきことだ。これは嘆《なげ》かわしい堕落《だらく》で、わたしはあとでこのことを悔《く》やむようになるかもしれない。きみは、わたしに貸しなどないと言うが、もしかすると、わたしは自分自身に何かの借りがあるのかもしれない」

「ともかく、参加してくれて感謝する。幹部将校の一人として役に立ってもらえる部署が用意できると思うよ」

「その栄誉《えいよ》は辞退するよ」ケラーは言った。「カスパール爺さんは世間に知られた大物だが、それを創《つく》り出した人間まで大物扱《あつか》いされることはない。わたしは一兵卒として働きたいんだ。そのほうがわたしに向いている」

「きみの気のすむように」ちょっと間《ま》をおいて、フロリアンは言った。「わたしは、カスパール爺さんを危険にさらさせたくはない。彼を失うことには耐《た》えられないからね」

「わたしは、あのすさまじいカバルスの時代には、いつも命の危険にさらされていたんだ」ケラーは言った。「あの子どもたちの無事が保証されているいまでは、危険なんぞ、少しも気にならないよ」


兵隊たちからもらった食べ物は、その日のうちになくなってしまった。スパロウは、ほとんどをウィーゼルに食べさせたのだった。日暮れが近づき、食べ物と寝場所《ね》を探さなければときょろきょろしはじめたスパロウの目に、野原を突《つ》っ切って歩いてくる男女の群れが映った。みな粗末《そまつ》な身なりで、農場労働者や小作人や貧しい自作農のようだった。ほとんどが、干し草用三叉《みつまた》、大きな草刈《くさか》り鎌《がま》、斧《おの》、熊手《くまで》といった商売道具を手にしている。

スパロウは、ひとつの戦争を探して、もうひとつの戦争に出くわしていたのだ。農民たちの多くにとって、敵はレギア軍ではなく、地元の地主や大農園主だった。小作人は何年も、報酬《ほうしゅう》なしで地主の家の私用をさせられていた。収穫期《しゅうかくき》には、わずかな取り分さえごまかされた。数ヵ月の家賃が払《はら》えないために、家は容赦《ようしゃ》なく取り壊《こわ》された。女たちは道路で物乞《ものご》いをし、男たちは、地主貴族専用の狩場《かりば》に忍《しの》びこんで密猟《みつりょう》をし、捕《つか》まれば殴《なぐ》られ、首をくくられた。レギア軍の侵《しん》入《にゅう》は、火薬樽《だる》のそばにマッチを置いたようなものだった。支配体制の動揺《どうよう》が農民をはげしい反抗《はんこう》にかりたてていた。

スパロウは、一人の男の袖《そで》を引っぱり、みなさん、どこへ行くんですかと聞いた。男は、彼女には意味のさっぱりわからないことを答えた。

「ラ・ジョリー荘園《しょうえん》さ」

「そこには何か食べるもの、ありますか?」

「腰《こし》をぬかすぐらいいたくさんあるよ」

それだけ聞けばじゅうぶんだった。スパロウは、ウィーゼルの手をつかんで、群集の中をすりぬけ、先頭に出ようとした。これだけ多くの人に行きわたるだけの食べ物があるとは、信じられない。いちばん先に到着《とうちゃく》して、ぜったい獲物《えもの》にありつくつもりだった。

鉄の門を通り過ぎた。門の扉《とびら》は壊《こわ》され、蝶番《ちょうつがい》からぶらさがっていた。みんなは足取りを速め、庭園の花壇《かだん》や砂利道《じゃりみち》を突《つ》き進んだ。領主館の建物は、ジュリアナ宮殿《きゅうでん》をのぞけば、スパロウがこれまでに見たうちでいちばん大きかった。建物の中に入るには、広い石の階段をのぼらなければならない。その階段の前で、多くの人々が立ち止まっていた。たいまつを持っている者も多かった。スパロウは掻《か》き分けて最前列に出た。

建物自身は暗かった。しかし、たいまつの明かりで、開き窓からのぞいている召使《めしつか》いたちの顔が見えた。ドアの前に五、六人の男が立っていた。そのうちの一人は鳥撃《とりう》ち銃《じゅう》を持ち、群集に向かって、立ち去れとさけんでいた。

「退《ど》け、オットー」だれかがさけび返した。「おれたちを入れろ。あんたを傷つけはしない」

男は動かなかった。農民の一部は、さっきから領主館の向こう側に移動していた。ガラスの割れる音がし、やがて納屋《なや》のひとつが燃えはじめた。馬たちが厩舎《きゅうしゃ》の中でいなないた。オットー——鳥撃ち銃を持った男——は、一瞬《いっしゅん》、とほうに暮れたようだった。厩番《うまやばん》と馬丁《ばてい》が、オットーといっしょに、中庭の後方の騒《さわ》ぎの方角に駆《か》け出そうとした。群集は前に押《お》し寄せ、男は銃を構えた。

そのとき、石がピュッと空気を切って飛び、開き窓のひとつを打ちくだいた。男はとつぜん発《はっ》砲《ぽう》した。小さな、ピシッという音がした。農場労働者の一人が、悪態をつき腕《うで》を押《お》さえて、後ろによろめいた。怒《いか》りのつぶやきが群集のあいだを走った。オットーがまた弾《たま》をこめようとしているとき、だれかが彼に、干し草用三叉《みつまた》を投げつけた。とがった先端《せんたん》がぐさりと胸に突き刺《さ》さった。彼は銃を落とし、すわりこんで干し草用三叉を見つめ、もたもたした手つきでそれを引きぬこうとした。一人の男が彼を領主館の中に引きずりこもうとしたが、やがてあきらめ、仲間のあとを追って中に飛びこんだ。

ウィーゼルは、〈拾い屋〉暮らしのあいだに、死体にはさんざん出くわし、冷静に対応してきた。しかし、人間が自分の目の前で殺されるのを見たことはなかった。なぜか、彼はワッと泣き出した。スパロウは歯を食いしばった。泣いてはならない。まず、食べ物を手に入れなくては……。

さらに悪いことに、ウィーゼルは吐《は》きはじめた。スパロウが彼の面倒《めんどう》を見てやっているうちに、群集はドアを押《お》し破り、屋内に入りこんだ。ウィーゼルはしりごみしたが、スパロウは彼を無理やり引っぱりこんだ。

台所がどこなのか、見当もつかなかった。大広間には人があふれ、壁《かべ》にかかった絵を切り裂《さ》いたり、家具を打ち壊《こわ》したりしていた。運べるものなら何でもかかえて、領主館から走り出る人たちもいた。

スパロウは、泣きわめくウィーゼルを捕《つか》まえたまま、歩きまわった。ようやく台所に着いたときには、そこはもう、荒《あ》らされたあとだった。食料品室のドアはたたき壊《こわ》され、中身のほとんどは、ポットや鍋《なべ》やその他の台所用品に混じって散乱していた。その真ん中に人間が二人、横たわっていた。料理人と皿洗い女だった。スパロウは膝《ひざ》をつき、何か食べられるものが残っていないか探そうとした。弟にもそうするように言った。

そのときまで、スパロウは何ものをも恐《おそ》れなかった。その彼女がいま、甲高《かんだか》い悲鳴をあげて顔をそむけた。手首を口に当て、きつく噛《か》んだ。散らばり踏《ふ》みにじられた食べ物のあいだに、人間の手がひとつ、大きな白い蜘蛛《くも》のように転がっていた。

彼女は蜘蛛が大嫌《だいきら》いだったのだ。

12 慎《つつ》ましい目標

「ミューズ（詩の女神）は不実な女だ」ストックは言った。「もしわたしをおとずれる気がないのなら、こっちだってもう会いたくない。あんな女、悪魔《あくま》のところにでも行けばいいんだ」

詩人は不機嫌《ふきげん》そうに、腕《うで》に止まったハエをピシャリとやった。暑くなるにつれて、キャンプの中はハエだらけになっている。ストックは、上着からよごれた数枚の紙をとりだし、「以前、騎《き》士《し》や英雄《えいゆう》について語ったこと、覚えているだろ？　きみも知るとおり、わたしはじっさいに、そういう種類のものを書きはじめた。最初のうちはすばらしかった。完成したら、きみに見せるつもりだった。しかし、ミューズの神が来てくれない。言葉が浮《う》かんでこないんだ。だからもう、やめる」

そう言って、原稿《げんこう》を引き裂《さ》くかのような仕草をした。テオは横合いから原稿をもぎとり、「だめだよ。ぼくが持っていてやる。明日になれば、気が変わるさ。原稿がとってあったことを喜ぶだろうよ」

「それはどうかな」と言いながらも、ストックは、テオが原稿《げんこう》を自分の上着の中に入れるのを止めようとはせず、ただ、こう付け加えた。「わたしのインスピレーションは逃《に》げてしまった。どうしても、以前のような感覚がもどってこないんだ。そのだめな作品を持っていたければ持っていていいさ。でも、ぜったい読まないと約束してくれよ」

モンキーの盗《ぬす》んできた食料をいっしょになって食べたことを、あの夜以来、詩人は、ひと言も言わなかった。テオも言わなかった。モンキーはあのあとも同じことをくり返し、それは当然のことと見なされるようになっていた。ジャスティンも知っているのだろうか、たぶん知っているはずだ、とテオは思った。

テオにとってもっと気がかりなのは、農産物の採《と》り入れのことだった。彼の見るかぎり、秋になっても採り入れるものなど何もなさそうだった。農地は耕されてもいないし、種をまかれてもいない。辺鄙《へんぴ》な農場では、レギア兵が押《お》し入って、保存してある種モロコシをめちゃめちゃにした。農民自身が、レギア兵の手に落ちるよりはと、穀物を焼いてしまった例もあった。

テオは、こうしたことについてジャスティンに話した。ジャスティンは、あまり気にかけていないようだった。「何とかなるさ。いずれ、すべてかたがつく。きみが心配することじゃない」

ジャスティンの顔は、肉が落ち、頬骨《ほおぼね》がするどく突《つ》き出て、傷痕《きずあと》は一本のロープのように浮《う》き出していた。「おれは、あらゆる事態を予想して計画を立てている」

どういう計画なのかは、ジャスティンは言わなかった。テオは、ふたたびその問題を切り出すことはせず、ついには心の外に押しやってしまった。

秋はまだまだ遠い先だった。すべてのことが遠かった。キャンプと、自分がその上で眠《ねむ》る地面と、自分の体臭《たいしゅう》。それ以外は、遠い遠い出来事なのだと思った。森には若葉が茂《しげ》ってきていた。葉の落ちていたころより、見通しが利《き》かなくなり、敵の目を逃《のが》れやすくなった。テオはただそのことだけを喜んだ。彼は、よくミックルのことを思い、しばしば彼女の夢を見たが、いまや彼女は遠い別世界の住人だった。彼女が何をしているのか、見当もつかなかった。

無事だと信じるしかなかった。

まだ自分のことを思ってくれているかどうかは、考えまいとした。

ルーサーはまだ帰ってきていない。フロリアンからは何の連絡《れんらく》もない。エシュバッハのリナからもほとんど伝言が来ていない。レギア軍の動きについての情報がないために、襲撃《しゅうげき》作戦はうまくいかなくなった。しばしば、はげしい反撃《はんげき》を受け、退却《たいきゃく》を余儀《よぎ》なくされた。敵に少しの損害もあたえず、手ぶらで帰ってくることが多くなった。ジャスティンは、残った弾薬《だんやく》のすべてを自分の大砲《たいほう》のためにたくわえ、その大砲を作戦に使うことはなかった。

七月初め、彼らの運勢の好転をしめすような出来事があった。襲撃隊をひきいて出かけていたストックが、意気揚々《いきようよう》と帰ってきた。汗《あせ》まみれの顔がかがやいていた。ジャスティンに報告するより前に、彼はテオに、はずんだ声で語りかけた。

「すごかったぜ！　きみに見てほしかったよ。こっちは一人の犠牲者《ぎせいしゃ》も出さなかった。レギアの豚《ぶた》どもは、さんざんにやっつけてやった。ほとんど退治したんじゃないかな。ともかく、補給品の半分は分捕《ぶんど》った。もっと人数がいたら、全部持ってこれたんだが」それから小声で付け加えた。「ジャスティンには言うなよ。めちゃくちゃに運がよかったんだ。まったく偶然《ぐうぜん》、やつらと出くわしたんだよ」

詩人はげらげら笑い、両手を打ち鳴らした。テオは、こんなにうれしそうなストックをこれまで見たことがなかった。ソネット（十四行詩）を仕上げたときでさえ、これほど喜びはしなかったはずだ。

部隊を挙げてお祝いし、みんなでむさぼり食った。ジャスティンは、ストックを全員の前で褒《ほ》めたたえた。モンキーは、にこにこ笑いながらストックを見つめ、わかっているよと言うようにうなずいていた。まるで彼と詩人が共犯であるかのような態度だった。

数日後、レギア軍は、報復として、ひとつの村を焼きはらった。テオはそれを、たまたま自分の目で見た。彼は、自分から申し出て平野部への偵察《ていさつ》に出たのだが、ふもとの村まで半マイルという地点で、煙《けむり》を見た。何が起きたのかわからないまま、先を急いだ。さらに近づいて、溪谷《けいこく》を見下ろす尾根《おね》の上で足を止めた。村の建物のいくつかはすでに炎上《えんじょう》していた。軍服の男たちが村人の群れを野原に追い立てていた。みな、豆粒《まめつぶ》のように小さく見えた。木材と萱《かや》の燃えるにおいが尾根までただよってきた。テオはしばらく見つめていたが、やがて、自分にできるただひとつのことをした。つまり、踵《きびす》を返して、もと来た道をもどったのである。

「レギア兵はバカ者だ」テオの報告を聞いて、ジャスティンは言った。「そんなことをすればするほど、農民たちは武器を取って戦うことになるんだ。そう、また志願兵が増えそうだな」

「残りはどうなる？　老人たちや子どもたちは？」

「彼らは何とかやっていくさ」ジャスティンは答えた。「ともあれ、年寄り子どもは、あまりおれたちの役に立たないからな」

ジャスティンが予言したように、何人かの村人があとでキャンプにやってきた。とはいえ、ジャスティンが希望したほどの多人数ではなかった。レギア軍は、抵抗《ていこう》した者たちを縛《しば》り首にしたり、銃殺《じゅうさつ》したりしていたのだ。ジャスティンは失望した。

新しく加わった者の数は、もう、もともとの隊員より多くなっていた。初めのころ、ジャスティンは隊員一人一人を名前で知っていた。いまでは、人数が増えすぎて、自分が任命した士官たちの名前さえよく覚えていなかった。ときどきはキャンプの中を歩き、部下たちと言葉をかわすこともあった。しかし、一人で時を過ごし、幹部としか会わないことのほうが多かった。

こういうジャスティンの超然《ちょうぜん》とした態度は、部隊の士気を低下させるのではないか。テオはそれが心配だった。しかし、逆のことが起きて彼をおどろかせた。焚《た》き火をかこんで雑談をしているとき、めったにジャスティンと会話したことのない新参の兵士たちは、彼のことを、一種の畏怖《いふ》の念をこめて語ったのだ。

モンキーは、いつもジャスティンのことを「隊長」と呼んでいたのだが、いつの間にか「大《たい》佐《さ》」と呼ぶようになっていた。さらりとごく自然に口にしていたので、ジャスティンはその変化に気づかないようだった。あるいは、気づいていて何も言わなかったのかもしれない。

そんなある日、ストックが一人のレギア兵を捕《と》らえた。若い歩兵伍長《ごちょう》だった。痩《や》せて、赤ら顔をして、いまのよれよれの軍服よりも、農場労働者の服を着ているほうが似合いそうな男だった。ストックは彼を、まったくのはずみで捕《つか》まえたのだった。彼の襲撃隊《しゅうげきたい》が、補給品の置かれたテントに火をつけたとき、その男がひょっこりあらわれた。体格のよい詩人は飛びかかって押《お》さえつけ、隊員たちの助けを借りて、ロープにつないで引っぱってきたのだ。部隊についてくるために走らなければならなかったが、伍長はその苦難にもかかわらず、ストックとくらべても、あまり服もよごしていず、息を切らしてもいなかった。

「わたしはただ、いろいろ聞き出せるかと思って捕まえたんだ」詩人はテオに話した。「何といっても、この男は下士官だ。あの豚《ぶた》どもがくわだてていることを知っているはず。さあ、ジャスティンが彼をどうするか、見てみようじゃないか」

ストックは、獲物《えもの》をジャスティンのテントに引っぱっていった。レギア兵は両手を縛《しば》られたまま、ぎこちなく立ち、まるで腰《こし》を下ろしたがっているかのようだった。

ジャスティンは、補給部隊や武器弾薬《だんやく》の貯蔵についてするどく質問しはじめた。伍長はちょっとこまったように眉《まゆ》をひそめた。共通語が話せないらしく、だれにもよく理解できない、ひどい田舎《いなか》言葉で答えた。ジャスティンは、そのうちの三つか四つしか意味がわからず、質問をくり返した。男は愛想よくほほえんだ。ジャスティンが彼の言葉をわからないのと同程度に、ジャスティンの言葉がわからないらしい。それがとても愉快《ゆかい》なことだとでも思ったのか、にこにこ笑いながらみんなの顔を見まわして、肩《かた》をすくめた。

「ぼくにやらせてくれ」テオは言った。「北の、ぼくの故郷の方言はレギアの田舎言葉とそんなに違《ちが》っていないんだ」

彼は、レギア兵に向き直った。そして少し苦労しながら、ジャスティンがたずねたことを言い替《か》えてみた。すると、伍長はものすごい勢いで田舎言葉をしゃべりまくり、テオは、もっとゆっくり話すようにと身振《みぶ》りでしめすしかなかった。

「彼の所属しているのは新しい連隊だ」テオはジャスティンに説明した。「ここに着いてまだ長くない。数日前に命令されてここに出動したらしい」

「よし」ジャスティンは言った。「彼は、カルラ峠《とうげ》を越《こ》えてくる新しい補給部隊を見ているはずだ」

「彼に聞いたが、見てないと言っている」

「信じられないな。よし、それでは、彼の連隊は何をする予定なんだ？」

「そのことも知らないそうだ」伍長の答えを注意深く聞いたあとで、テオは言った。

「やつに言え、おまえは嘘《うそ》つきだって」

レギア兵は、ジャスティンの返事の、意味はわからなかったが、口調でほぼ内容を理解していた。そして口早に抗議《こうぎ》したが、半分は弁解しているように見えた。こちらの気に入られるようなことをしたいのだが、どうやっていいかわからないのだった。

ジャスティンが男の顔を殴《なぐ》った。レギア兵はよろめいて、仰向《あおむ》けざまに倒《たお》れた。モンキーが彼をかかえて立たせてやった。レギア兵は鼻血を出していたが、まだほほえみつづけていた。まるで、いまのことはちょっとした不幸な誤解であったとでも言いたそうなようすだった。唾《つば》を吐《は》き、咳払《せきばら》いをして、テオに向かって何事か早口に言った。

「彼が何かを知っているとは思えないな」テオは言った。「もし知っていたら話すと言っている。嘘ではなさそうだ」

「嘘に決まってるさ」ジャスティンは言った。「やつを連れていけ。もっと痛めつけるんだ。こいつ、おれたちをなめているんだ」

テオとストックがレギア兵をテントから連れ出したとき、あとから出てきたモンキーが言った。

「おれが、あずかろうか」

テオは抗議したが、モンキーは捕虜《ほりょ》の襟首《えりくび》をつかみ、森のほうへ押《お》して行った。付いていこうとするテオを、ストックが引き止めた。

「ほっておけ」詩人は言った。「もうきみの問題じゃない」

「モンキーは荒《あら》っぽいからな」テオは憤然《ふんぜん》として言った。「ひどいことになったな」

モンキーはしばらくして帰ってきた。一人だった。

「きみの言うとおりだったよ」とテオに言った。「やつは、さっききみに話したことしか知らなかった。まあ、それで満足すべきだろう。もう、やつに用はない。逃《に》がしてやったよ」

「何だって？」ストックはさけんだ。「おまえ、バカじゃないのか！」

「じゃ、やつを釈放《しゃくほう》したって言おうか」

モンキーはズボンのベルトをぐいと持ちあげて、ジャスティンに報告するために立ち去った。

ストックは雑草の茂《しげ》みを蹴《け》った。「彼を連れてきたのが、まずかったな」

「ぼくもそう思うよ」

詩人は顔をしかめた。「えらい時間の無駄《むだ》だった」


ストックは一週間後に戦死した。

あの役立たずの捕虜の埋《う》め合わせをするために、ストックはもっとよい捕虜を捕《つか》まえようとしていた。ロサーナほか数人の隊員といっしょに、その夜、レギア軍の基地に忍《しの》びこみたいと申し出た。

「迅速《じんそく》にやるつもりだ」ストックは言った。「さっと入って、さっと引き揚《あ》げる。今度は将校を捕虜にしたい。運がよければ、将軍を捕まえられるかも」

ジャスティンは最初、うんと言わなかった。詩人は、自身の熱情にとらえられてがんばった。部隊がどんなに切実に情報を必要としているかを、くり返し説き、結局ジャスティンを同意させた。

「しかし、もし、しくじったら」ジャスティンは警告した。「責任をとってもらうぞ。犠牲者《ぎせいしゃ》が出た場合は、軍法会議にかけるぞ」

ジャスティンはそのあと声を立てて笑ったが、いまの彼の言葉がはたして本気なのか本気でないのか、テオにはよくわからなかった。

テオはストックに、自分も連れていってくれと言ったが、断わられた。

「わたしはかまわないんだが」とストックは言った。「でも、ロサーナやほかの連中がね――慣れている者同士のほうがいいってこともあるからさ」にやりと笑って、「モンキーだってできなかったようなことを、やってのけるつもりだよ」

ストックたちは、夕暮れどきに出発した。翌日にはもどってくる予定だったが、二日たっても帰ってこなかった。このこと自体は異例のことではなかった。襲撃《しゅうげき》に出たままもっと長く帰ってこないことは、よくあることだった。しかし、その後、監視所《かんしじょ》のひとつから、ふもとのほうで銃撃音《じゅうげきおん》が聞こえたという報告があった。

テオは、こんなに動揺《どうよう》したジャスティンをこれまで見たことがなかった。そのときまで、テオは、ジャスティンは隊員のだれかれのことよりも大砲《たいほう》のほうを気にかけているのだろうと思っていたのだが、それはまったくの誤解だった。ジャスティンは、テオが思っていた以上に詩人を好いていたのだ。

昼間ではあったけれど、ジャスティンはモンキーに、捜索隊《そうさくたい》をつくってすぐ出発するように命じた。ジャスティン自身が彼らをひきいた。何の命令もあたえられなかったので、テオは彼らに同行した。ジャスティンはテオがいることに気づかないようだった。

だいぶ山を下ったところで、少し先に行っていたモンキーは、馬首をめぐらせてヒューッと口笛を吹《ふ》き、ジャスティンを手招きした。森の中でそこだけぽっかり開けた場所だった。近寄っていくと、モンキーは馬を降りて待っていた。

テオは馬から飛び降りた。大きな牛肉のかたまりのようなものが、木の幹にもたせかけられていた。目があった。大きく見開いて、こちらを見つめていた。口もあった。真っ赤な泥《どろ》があふれ出ているように見えた。しばらくして、やっとわかった。ストックだった。

やがてテオは、モンキーが呪《のろ》いの言葉を吐《は》いているのに気づいた。途切《とぎ》れることなく、単調につぶやいている。それには耳をかたむけず、テオは一心に考えた。ストックの死体を何とかしなければ。これがとても重要な事柄《ことがら》に思えた。どうしたらいいだろうか、と思いながら、長い時間――自分にはそう感じられた――立ちつくしていた。ロサーナとほかの兵士は、近くの草原にぎこちない姿勢で横たわっていた。詩人と同様、裸《はだか》にされ切り刻まれていた。彼らを埋《う》めてやるように、モンキーが隊員たちに指示していた。

ジャスティンがテオのかたわらに来ていた。顔は蒼白《そうはく》で、傷痕《きずあと》がぴくぴく動いている。何か話していた。どうも、けだもののことを話しているらしい。

こんなときに妙《みょう》なことを話しているな、とテオは思った。しばらくして、レギア兵のことを言っているのだとわかった。こんなことをやったけだものどもは罰《ばっ》せられなければならない、と言っていたのだ。テオは同意した。ぼくにやらせてくれと申し出た。

きみには無理だよ、とジャスティンは言った。きみは度胸がない、それはニールキーピングの出来事で証明されている、とも言った。テオは少し傷ついて、それは違《ちが》う、と反論した。それを証明させてほしいと申し出て、自分の考えをジャスティンに説明した。モンキーと何人かの隊員を連れていきたい、そうして、これをやったやつらを見つけるのだ、と言った。

テオは、自分とジャスティンが、問題を冷静に議論しているように思っていた。熱心に、しかし理性的に話し合っているのだと思っていた。

じっさいには、彼らはわめき合っていたのだ。

ジャスティンは、ようやく折れた。モンキーと新参の兵士六人は連れていっていい。しかし、戦闘《せんとう》に慣れた兵士は四人だけだぞ。

「捕虜《ほりょ》は連れてくるなよ」ジャスティンは言った。「今回、捕虜は要《い》らない」

「そう」テオは言った。「捕虜になんかしないさ」

自分の申し出を認めてくれたことで、テオはジャスティンに感謝した。いま、テオの欲望は非常に狭《せま》く、単純になっていた。レギア軍の軍服を着たすべての者を殺すこと。それが無理なら、できるだけ大勢の者を殺すこと。それだけしか考えなかった。それが、慎《つつ》ましい、思慮《しりょ》深い目標に見えた。

彼は正気でなかった。だから、自分がいくぶん狂《くる》っていることを認識できなかった。

彼は狂っていた。だから、自分は完全に正気であると信じていたのだった。

第三部　ケストレルの戦争

13 裏切られた男爵《だんしゃく》

コンスタンティン王は、砂箱の中で、ブリキの兵隊と遊んでいた。小さな、精巧《せいこう》につくられた兵隊たちは、二つの隊列に分かれている。片方はレギア軍の騎兵《きへい》、歩兵、砲兵《ほうへい》。もう一方はウェストマークの兵隊たち。ウェストマーク軍の陣容《じんよう》は、エルズクール将軍やレギア軍の幕僚《ばくりょう》たちが推測して決めたものだ。ほかの者よりやや背の高い人形が、両軍にひとつずつ立っている。コンスタンティン自身とアウグスタ女王というわけだ。

大きい砂箱である。テントの片側にかかげられた戦闘《せんとう》地図ほどもある。この中に、ウェストマーク王国の模型がつくられている。等高線が記された丘陵《きゅうりょう》の連なり。その上に広がる人工の森。川は明るい青で描《えが》かれている。職人たちが腕《うで》を振《ふ》るった、すてきな作品だった。コンスタンティンは、戦争が終わったら、これをどこかに永遠に保存しようと思っていた。

国王は、いつも、勲章《くんしょう》のついていない軽騎兵《けいきへい》の制服を着ることにしていた。下級士官の身なりをするのが楽しかったのだ。しかし今朝、国王は、上着を脱《ぬ》ぎ、ベルトやサーベルをはずしている。このようなものを身につけているには、あまりにあたたかかったのだ。

　コンラッド大公は、ハンカチで自分をあおいだ。甥《おい》とは違《ちが》って、彼は王族らしい衣装の作法を守っていた。この暑さにもかかわらず、金銀の飾《かざ》りのついた上着を着つづけている。王族は戦場にあるときこれを着用するのが仕来《しきた》りである。彼はため息をつき、額《ひたい》をぬぐった。

「いいかげんにしたまえ、コニー」と、甥に言った。「朝からずっとそればっかりだ。神経にさわるんだよ。そんなものでいくら練習しても、何の役にも立たん」

「そう、たしかにそうですよ」国王は答えた。彼はさっきから、ミニチュアの部隊のいくつかをアルマ川に接近させようとしていたのだが、考え直して、もとのままにした。「本物に勝《まさ》るものはないですからね。だから、なぜ、わたしに前線に行かせてくれないんです？　以前は行かせると言っていたのに」

「わたしが言ったのは、司令部をムルに移動すべきだということだ」コンラッドは答えた。「いまもそう思っている。ムルなら、少なくとも屋根のある建物で暮らすことができる。なぜ、きみがこんなテント暮らしにこだわるのか、理解に苦しむよ。まるでトレビゾニアの遊牧民か何かのようじゃないか」

「すてきなテントじゃないですか」コンスタンティンは言った。たしかに、王と大公のためのこのテントは、念入りにつくられた、りっぱな構造物だった。分厚い帆布《ほぬの》でできていて、内部に仕切りがあり、多くの大部屋・小部屋に分かれている。コンスタンティンと大公の寝室《しんしつ》は、どちらも奥《おく》にあった。いま彼らがいるのは、前面にある広々とした部屋だ。砂箱の載《の》ったテーブルのほかフィールドデスクがいくつか並び、折りたたみ椅子《いす》があちこちに置かれている。「わたしたちは戦闘《せんとう》中の軍人ですよね？　わたしは、戦場のいろんな困難に慣れたいんです。ですから、こういう暮らしに喜んで耐《た》えなくちゃならないんです」

「テントは、くさいんだよ」大公は言った。「くさいのがテントの本質だ。とくにすごくにおうのが、この季節だ」

「この季節ね」コンスタンティンは意地悪く相手の言葉をとらえ、「わたしはまさか、この季節まで、ここにいるとは思わなかったですよ」

国王の発言は、叔父《おじ》にたいしてというよりも、エルズクール将軍に向けられていた。エルズクールは、フィールドデスクのひとつに向かって報告の束《たば》を読んでいたが、いまの言葉にふくまれた棘《とげ》に気づかないわけはなかった。仕事をやめて、国王に近寄った。

「説明させてください、陛下」エルズクールは言った。「いかなる戦争においても、じっさいの戦闘はもっとも小さな部分なのです。最大の部分を占《し》めるのは時間です。軍隊同士がぶつかり合うのは──」

「軍隊って戦わないものなのかい？　わたしはそうじゃないと思っていた」国王は口をはさんだ。

「少なくともレギア軍はそうじゃないはずだよ」

エルズクールは顔を赤くした。彼は、以前の制服を、レギア軍の野戦司令官の制服に変えていた。仕立ての悪い服で、わきの下のあたりがちくちくした。少年になじられる気分ではなかった。にもかかわらず、彼はぐっと我慢《がまん》した。国王であれ何であれ、ストマーク軍での自分の階級をひけらかすことをやめていた。彼はいまや、公式にはかつてのウェスト軍参《さん》謀団《ぼうだん》の一員であり、たえずコンラッド大公に見張られている。国王とおおっぴらに口論することは、不愉快《ふゆかい》な状況《じょうきょう》をさらに耐えがたいものにするだろう。彼は教師役を演ずることにした。

「戦闘は、陛下、頂点なのです。クライマックスなのです。その前に必要なのは、念入りな準備、徹底《てってい》した作戦会議です。作戦計画の策定、輸送手段、荷物の梱包《こんぽう》、食糧《しょくりょう》確保といった退屈《たいくつ》な仕事、これらがすべて、前もって、ととのっていなければならないのです。そうしておいて初めて、戦いの火蓋《ひぶた》が切って落とされます。戦争行為《こうい》における第一のルールは、陛下、勝てると決まるまで戦うな、です」

「じゃ、わがほうは、いつ、それをやるのだ？」コンスタンティンが聞いた。「どうなってるのだ、エルズクール。わがほうの勝利が、さっぱり見えてこんじゃないか」

国王は、このところ、口ひげを生やしはじめたのと同様、軍人らしい話し方を身につけようとしはじめていたが、どちらもまだ満足できるものではなかった。ひげは薄《うす》く、話し方もぎこちなかった。

彼は、砂箱に手を伸《の》ばしてアウグスタの人形をつまみあげると、率直な賞賛のまなざしでそれを見つめ、「〈物乞《ものご》い女王〉って呼ばれているらしいけど。思うに、彼女はものすごくりっぱな将軍だね。彼女、直接指揮をとっているんだろ？　そう、わたしがやりたいと願い、きみの説得によって断念したことをやっているんだ。もし事態がいまのままだったら、わたしは指揮をとるつもりだ。わたしは何と言っても国王なのだからね」にやりと笑って、「残念だな。アウグスタがウェストマーク軍の将軍たちにまかせていてくれたら、われわれはもっと勝っていたんだが」

「わたしもまた、なぜ、わが軍が勝利を得られないのかについて疑問を持っているのだ」と、コンラッド大公は言った。

大公は不機嫌《ふきげん》になっていた。息づまるような暑さ。厚かましく群がり飛びまわるハエども。夜は夜で、彼は寝心地《ねごこち》の悪いキャンプベッドの上で震《ふる》えていた。そのような眠《ねむ》れぬ時間、彼はしばしばコンスタンティンのことを考えた。甥《おい》の望みどおりにさせてやる。アルマ戦線を視察させる。そして……。大きな誘惑《ゆうわく》だった。しかし、夜の闇《やみ》に浮《う》かんだそんな思いを明るい太陽の光の中によみがえらすのは、気が進まなかった。

大公は、自分のいらだちのはけ口をコンスタンティンからエルズクールに向ける機会を得て、喜んでいた。「われわれの計画によれば――つまり、あんたの計画によれば――今回のことは、数週間のうちに終わっているべきだった。どうも、将軍、あんたの戦略に何らかのささいな欠陥《けっかん》があったんじゃないのかね？」

「殿下《でんか》」エルズクールは体を固くして答えた。「わたしの戦略は完璧《かんぺき》でした」

「とすると、悪いのは敵か。自分たちの役割をきちんと演じなかったと言って、敵を非難しなければならないのかね？　それとも、彼らは、こちらの戦略がそんなに完璧だということに気づかなかったのかな？」

「戦争には、予見できない出来事が付きものです」エルズクールは言った。「正直申しあげて、閣下、わたしは、ウェストマークの兵隊たちの行動に、あなた以上に衝撃《しょうげき》を受け、当惑《とうわく》しました。彼らは上官の直接の命令にしたがうことを拒否《きょひ》した。これは許しがたい規律違反《いはん》です。このようなはなはだしい不服従は恥《は》ずべきことです。軍人としての神聖なる誓約《せいやく》にそむくことです。そのうえ、不正規軍の参入という嘆《なげ》かわしい事態があります。一般《いっぱん》大衆から成るこの軍隊をひきいるフロリアンというのは、紛《まご》うかたなき犯罪者です。アウグスタ女王がこの男と何らかの交《こう》渉《しょう》をすることそのものが、わたしには嫌悪《けんお》すべきことに思われます。彼女がそのような行動に出たことを、わたしはただ軽蔑《けいべつ》するのみです。連中はただの人殺し、山賊《さんぞく》です。ドミティアン山中にひそむ彼らの一派が、最近、わがほうの歩兵部隊を襲《おそ》いました。あなたももちろん、その報告はごらんになったでしょう。やつらがやってのけた残虐行為《ざんぎゃくこうい》は――」エルズクールは首を振《ふ》った。「戦争ではありません、殿下、虐殺《ぎゃくさつ》行為です。やつらも同様の目に遭《あ》わせられるべきです」

　エルズクールはつづけた。「戦況《せんきょう》は、より広い視野から見れば、順調に推移しています。戦略的誤算はありません。若干《じゃっかん》の戦術的不運があるのみです。軍人の技量は、こうしたマイナス面を受け入れ、それを自分にとって有利なものに転化することです」

「若干《じゃっかん》の戦術的不運とやらがずいぶん高くついている」コンラッドは言った。「あんたの言う山賊《さんぞく》たちは、われわれの補給線を攻撃《こうげき》しているだけではない。やつらは、わが国の国庫に手を突《つ》っこんでいるのも同然なのだ。われわれの喉《のど》を切り裂《さ》くよりも悪い。やつらは、われわれに金《かね》をかけさせている。陸軍大臣がひっきりなしに戦費の増額を要求するので、財務大臣は渋《しぶ》い顔をしている。あの山賊どもに手数料でも払《はら》ったほうがましじゃないか、とわたしは思っている。やつらに金をやって引き取ってもらったほうが、やつらと戦うよりも安上がりではないかな」

機嫌《きげん》が悪いにもかかわらず、コンラッド大公は、自分自身の言葉に笑い出さざるを得なかった。エルズクール将軍は、それをそれほどユーモラスとは思わなかった。

「戦争は」彼は答えた。「貧乏人《びんぼうにん》のための事業ではありませんな」

「まったく、そのとおりだ」コンラッドは言った。「そして、レギア王国は貧乏人になるつもりもない。わたしは軍事的支出には目を光らせている。あんたもそうしてもらいたいものだ」

金の話にコンスタンティンは退屈《たいくつ》してしまった。アウグスタ女王の人形をもとにもどして、「レモネードでも飲む?」と言った。

「そうだね、コニー。ぜひともレモネードだ」大公の軍服は汗《あせ》で湿《しめ》っていた。甥《おい》と将軍にたいするいらだちのせいで、よけいに汗が吹《ふ》き出るのだ。「シャーベットもいいな」

大公が当番兵を呼んだちょうどそのとき、副官の一人が入ってきて、モンモラン男爵《だんしゃく》が到着《とうちゃく》して陛下にお目通りを願っています、と言った。

「通しなさい」コンラッドは言った。「彼は、このくだらない出来事全体の中で、ただ一人、知的な男だ。なにしろ、賢明《けんめい》にもムルに家を確保しているんだからな」

「彼は軍人じゃあない」コンスタンティンは言った。

「彼はそれを喜ぶべきだな」大公は言った。


モンモランは、ムルで安楽な暮らしをしていると言われているわりには、さえないようすだった。もちろん、いつもどおりのエレガントな服装、髪《かみ》も、田舎《いなか》暮らしにしてはきれいにととのえられている。しかし、灰色の目は眼窩《がんか》の中に深くくぼみ、顔は不健康にくすんでいた。

「やあ、モンモラン。われわれを元気づけるために来てくれたね」コンラッドが言った。「これからレモネードを飲むところだ。あんたも飲むだろう？　この戦争にどうやって勝つかをエルズクール将軍が語ろうとしていたところだった。そうだったよね、将軍？」

「彼の邪魔《じゃま》をしたことを許してください」モンモランは言った。

彼とエルズクールは、もはや、おたがいに直接話し合うことはなかった。レギア軍の参謀団《さんぼうだん》に加わるという将軍の決意に、モンモランは強く反対し、二人のあいだで激烈《げきれつ》な言葉がかわされたのだった。

「戦争にどうやって勝つか。きわめてかんたんなことです」エルズクールは言った。「殿下《でんか》は、われわれの軍事的支出について懸念《けねん》を表明されました。ウェストマークにはひとつの古いことわざがあります。わずか一ペニーのタールを惜《お》しんで船をだめにするな」

「そうかね。しかし、われわれはすでに多額のペニーを費やしている」コンラッドは答えた。

「そして、そのわりには、ほんのわずかなタールしか得ていない」

「いまはきわめて重大な瞬間《しゅんかん》なのです」エルズクールは言った。「わが軍はまもなく、アルマ川西岸に進出し、その地域を安定的に確保するでしょう。それをわたしは約束します。それは避《さ》けがたいことです。しかしわが軍は、強力に補強されなければなりません」

「なに、もっと兵隊をよこせと言うのか?」コンラッドは言った。「当初、きみはわたしに二、三連隊でじゅうぶんだと言ったんだぞ」

「当時はそのように見えました」エルズクールは言った。「いまや、全面的介入《かいにゅう》以外のすべてのことが求められています。われわれの部隊の戦闘力《せんとうりょく》を、完璧《かんぺき》なまでに強化しなければなりません。最大の苛烈《かれつ》さでもって敵と戦わなければなりません。民間人にたいしても、もっとも厳格な処置をとらなければなりません。さらに、いっそう大量の補給品によってわが軍を支援《しえん》しなければならない。コストは高いでしょう。しかし短期間だけのことです。このようにして戦争をより早く終わらせるのですから、長い目で見れば、このほうが安いのです。レギアには豊かな軍事的資源があります。この条件がつづくかぎり、わたしは、新しい戦略を——失敗することのない戦略を——適用できるはずです」

「金《かね》を出す前に、その新しい戦略とやらを教えてほしいものだな」コンラッドは言った。「わが国にはこういうことわざがあるんだ。――実物を見ないで豚《ぶた》を買うな」

エルズクールは男爵《だんしゃく》をちらりと見やって、「くわしいことは作戦会議で説明します」

「戦争は民間人のものではないと言うのかね？」コンラッドは言った。当番兵が清涼《せいりょう》飲料のトレイを運んできたので、ちょっぴり陽気になり、「よし、原則においてはあんたに同意しよう。われわれは、もたもたしているべきではない。ともかく前進することが肝心《かんじん》だ。わたしは、このテントにもう飽《あ》き飽きしている。ここから解放してくれるものなら何でも賛成だよ」それからモンモランに向かって、「ねえ親愛なる男爵。あんたの魅力《みりょく》と説得力でもってコニーを説き伏《ふ》せてくれないかね、この帆布《ほぬの》製の温室を離《はな》れるようにと」

「殿下《でんか》」モンモランは言った。「わたしが本日参りましたのは、まさにその目的のためです」

「ブラボー！」大公はさけんだ。「願ったり叶《かな》ったりだ。彼の言うことを聞きたまえ、コニー」

「陛下」モンモランは言った。「テントを離れること以上に、わたしは陛下に、ウェストマークを完全に離れることをお願いしたいのです」

コンスタンティンは、目をぱちくりさせてモンモランを見た。コンラッド大公はくすくす笑い、グラスを上げた。「男爵はすばらしいウイットの持ち主だ。きっと、奇抜《きばつ》な言葉で意見を表明しようとしているんだろう。さあ、聞かせてくれたまえ」

これまで、モンモラン男爵は、自分の意見のほとんどを、短い、気の利《き》いた警句的表現で言いあらわすことができた。ところが最近、この能力が消えてしまった。残念なことだった。ああいうふうに表現することで、現実を適切な距離《きょり》をおいて見つめることができ、現実をより優雅《ゆうが》なものとして受け入れることができたのだった。

しかたがなかった。コンラッドの期待にはそむくことになるが、男爵《だんしゃく》は、現実をありのままに話すしかなかった。「われわれが今回のことを始めたのは、ウェストマークを救うためであって、ウェストマークを絶滅《ぜつめつ》するためではありません。ところが、逆のことが起きています。そして、もしエルズクール将軍のやり方をつづけることが許されるならば、それはさらにひどくなるでしょう。すでに起きている損害、人命の損失——これらは、われわれの意図をはるかに超《こ》えていいます。戦争はいま、ただちに終わらなければなりません。さもないと、ウェストマーク王国そのものがなくなってしまいます」

コンラッドの顔の微笑《びしょう》が凍《こお》りついていた。「それは、あんた方の責任だ。われわれの責任ではない。あんた方はわれわれに、いたって単純でかんたんな仕事だと請《う》け合ったんだ。われわれは協定のうち、われわれのなすべき部分はちゃんとやっただろう？　あんた方が、あんた方のやるべきことをやっていないんだ。それでいて、いま、本気でわれわれに撤退《てったい》せよと言うのかね？　さんざん金《かね》を使ったあげく、何の儲《もう》けもなしに帰れと言うのかね？　ねえ、親愛なる男爵よ——」

「あなた方がすでに占領《せんりょう》されている地域は、あなた方の領土にしたらいいでしょう」モンモランは言った。「残りを全部破壊《はかい》するよりは、そのほうがましです」

「何と気前のよいことか」コンラッドは言った。「そう。たしかに、占領地域はそのままいただこう」

「あなた方が費やされたお金については」モンモランは言った。「どの程度まで補償《ほしょう》するにせよ、わたしは、わたしの持つすべての保有地や資産を提供するにやぶさかではない。それらは相当な額になるはずです」

コンラッドは、身を乗り出すようにして、「それはどうかな。この時点で、あんたに、それほどの財産があるとは思えないんだ。雨露《あめつゆ》をしのげるだけの家だって、あるのかどうか。われわれの非常に頼《たよ》りになる情報員の一人が報告してきたところによれば、あんたの荘園《しょうえん》――ラ・ジョリーと言ったかな？――は略奪《りゃくだつ》され燃やされている。この件はすでにご存じと思うが。もちろん、ほかの土地もある。しかし、そこだって何が起きているかはわからないし、どのみち、現在、あんたがそれらを処分できるような状態ではない。

いくつかの新しい展開があったのだよ。わたしは、そういうことにいま入りこむつもりはなかった。しかしながら、あんたがその問題を言い出したから、ちょうどいい、この際はっきりさせてしまおう。わたしの思うに、男爵、あんたは評議会にカバルスを参加させるのを拒《こば》んだことで、過ちをおかした。あれ以来、カバルスは、彼の全能力をかたむけて完全にわが国の利益のために働いてくれている。コニーとわたしは、比較的《ひかくてき》最近、彼に会った。彼はわれわれに、われわれがほとんど見過ごしていた単純な事実を思い出させてくれたのだ。

ねえ、男爵。あんた、わからないのかね？　われわれは、あんた方からの申し出があろうとなかろうと、遅《おそ》かれ早かれ、ウェストマークを侵略《しんりゃく》したのだよ。もちろん、あんた方の計画はわれわれにとって好都合だった。もし、それがあんた方の約束したとおりに実現していたら、まるごと受け入れ可能でさえあったかもしれない。しかし、そうならなかったので、われわれは、われわれ自身の責任で戦争をつづける。もはやこれは、われわれの戦争であって、あんた方の戦争ではない。これまでの約束や協定は、もはや効力をもたない。もちろん、統治評議会であれ何の会議であれ、あんたに参加する資格はない」

モンモラン男爵は、頭の回転の速い男である。しかし、一度も経験したことのない感覚を吸収するには、ちょっと手間取った。彼はこれまで、一度も裏切られたことがなかったのだ。

「われわれは恩知らずではない」コンラッドは言っていた。「われわれはあんたを、人質として解放する――じっさいには、あんたは人質ではなかったが。しかしながら、われわれとして提供できるのは、あんたがわが軍占領《せんりょう》地域を安全に通行できるよう保証すること、それが精いっぱいだ。いささか少ない謝礼かもしれないが、あんただって、われわれにたいしたものを提供してくれたわけではないからね。さあ帰りたまえ、男爵《だんしゃく》。帰るべき家がどこにあるかは知らないが」

モンモランはグラスを置いた。レモネードはあまりに冷たくて、体が冷え、手足が氷のように感じられた。気分が悪かった。

コンスタンティン王に向き直った。懸命《けんめい》に努力して、冷静に話した。「陛下は、これに同意なさるのですか？　わたしたちの大義に泥《どろ》を塗《ぬ》り、相互《そうご》の信頼《しんらい》をぶち壊《こわ》す行為《こうい》に、同意をおあたえになったのですか――」

「そうだとも」コンスタンティンは言った。「わたしは、それが良識だと思う。ほんとうにそう思わないかい？　われわれの立場から見るとそうなるだろう？　カバルスは、いやなやつだ。しかし、彼の助言は非常に的確だ。申し訳ないけれど、モンモラン、われわれは、われわれ自身にとって最善なことをやるしかないんだ。そうだろ？」

「名誉《めいよ》を重んずる人々は」モンモランは言った。「約束を守るものです」

コンスタンティンは彼に向かってほほえんだ。「国王って、約束を守らない人種なんだよ」

14 ケストレル誕生

「あ、鷹《たか》がいる」ジャスティンが尾根《おね》の上空を指さした。晴れわたった空の高みに、ぽつんと一羽の鷹。まるで静止しているかのようだ。

「チョウゲンボウだな」テオは言った。「ぼくの故郷のドルニングでは、ケストレルと呼んでいる」この鳥をここで見るのは初めてだった。「狩《か》りをしてるんだ。なりは小さいが、とても動きが早い。獲物《えもの》を殺す前に高く啼《な》くんだ」

ジャスティンは笑った。「凶暴《きょうぼう》な鳥なんだな」

「ぼくはそう思わない。鳥や獣《けもの》は凶暴じゃない。彼らは、自然の営みをしているだけだ」

彼とジャスティンは、二人だけで部隊に先立って馬を走らせていた。新しい野営地を選ばなければならなかった。彼らの隊は、このところ二週間にわたって移動をつづけている。ジャスティンは、この地域から完全に離《はな》れたがっていた。テオの猛烈《もうれつ》な攻撃《こうげき》以来、レギア軍は報復のための襲撃《しゅうげき》隊を何度か送りこんできた。これまでは何とか、それらをかわしてきた。しかし、もっと安全な場所に移ったほうがよかった。

テオは馬をあやつって、ジャスティンの横に立った。ジャスティンが、二人だけで話したいと言っていたのを思い出したのだ。雌馬《めすうま》はブルルッと鼻を鳴らし、首を振《ふ》った。テオは、鷹――ケストレルが気流に乗って上昇《じょうしょう》するのをしばらくながめた。ドミティアン山脈のより高い山腹のあたり、木々の葉はすでに微妙《びみょう》な色の変化を始めていた。もうすぐ夏も終わるのだ。

「彼は天才だったな」ジャスティンが出しぬけに言った。まるで、頭の中で自分自身と長い会話をかわしていて、その最後の部分を声に出して言ったかのようだった。

テオはハッとした。ジャスティンがストックのことを口にするのは、久しぶりだった。ジャスティンはストックのことを忘れてしまったんじゃないか。テオはそう思いはじめていたのだ。どんな事柄《ことがら》も、ジャスティンの心の中に入ると消えてしまうんだ、とフロリアンが言ったことがある。そうなのだろうか。しかし、テオは気がついた。自分自身、ストックの死について語ることは、ずっとできなかったのだった。

「おれたちのこの戦いの桂冠《けいかん》詩人だ」ジャスティンは言った。「偉大《いだい》な詩人だった」

「いや」テオは、ケストレルを見失っていた。鳥は方向を変えて、尾根よりも低く舞《ま》い降りたのだ。きっと獲物を見つけたのだろう。「いや、偉大な詩人ではなかった。よい詩人だった。もっとよくなったかもしれなかったのに、死んでしまった。それがほんとうに残念なんだ」

「自由を求めるおれたちの戦いの桂冠詩人《けいかんしじん》だった」ジャスティンは、テオの言葉を聞いていないかのようだった。

テオがあの襲撃《しゅうげき》からもどったとき、彼とジャスティンはストックの持ち物を調べた。隊員たちに分配するようなものは、何もなかった。あるのは、さまざまな段階の未完成原稿《げんこう》の束《たば》ばかりだった。ストックが取り組んでいた例の叙事詩《じょじし》を、テオがその束に加えようとしたとき、ジャスティンが読んでみたいと言った。ストック自身はこれが気に入ってなかったんだ、とテオは言ったが、ジャスティンは一読して、とてもよい作品だと言い、自分があずかっておくと言った。ほかの原稿は、テオが紐《ひも》で結んで、自分の鞍袋《くらぶくろ》にしまった。

そうしているうちに、テオはとつぜん、自分の手に気づいたのだった。荒《あ》れた爪《つめ》の下に、赤っぽい滓《かす》のようなものが入りこんでいる。これは何なのだろうか。ブーツには血が飛び散っていた。ズボンも血に染まり、それが乾《かわ》いてごわごわしていた。爪の下のもの。何が、いったいどうやって、入りこんだのか……。

「きみは戦友のかたき討ちをしたのだ」ジャスティンが話していた。「きみはよくやった。そのことをおれはきみに話したかった。いまだから言うが、おれはうたがいを持っていた。きみにあいうことができるとは、信じられなかったのだ。しかし、おれは間違《まちが》っていた。喜んでそれを認めるよ。よい軍人はそうすることを恐《おそ》れないんだ。そう、その関連で言うのだが、この部隊の副司令官の問題なんだ」

ジャスティンは、彼らしい、率直な少年のような視線でテオを見た。「包み隠《かく》ししたくないので話すんだが、おれが副司令官にモンキーを指名したと言っても、きみは気にしないよね」

「いいじゃないか。彼はいちばん適任だよ」

「そう」ジャスティンは言った。「しかし、彼はなりたがらなかった。ほんとうに、なりたくないらしいんだ。おれは彼を説き伏《ふ》せようとがんばった。彼は、自分には向かないと言うんだ。彼はむしろ責任を持ちたくなかったのじゃないかと、おれは思う。それはわかるんだ。つまり、おれの言いたいのは、モンキーがおれの最初の選択《せんたく》だったということ。それをおれはきみに隠したくない。それで、いま、たのむのだ。きみ、副司令官になってくれるかい？」

「ぼくはそういうことは気にしない。もしきみがなってほしいのなら、いいよ、引き受けるよ」

「すばらしい」ジャスティンは言った。「これで決まりだ」手綱《たづな》を持ちあげ、「覚えているかい？　あの日、水車小屋で、ストックがわれわれに戦争用の名前をつけてくれたときのこと？　あれはよかったな。どうだい、きみ、あの鳥にちなんで、ケストレルって名前にしたら？」

「悪くないな」と言いながら、テオは思い出していた。あのときストックに名前をつけてもらえず、取り残されたような思いをしたものだった。でもいまでは、それはどうでもいいことだ。

「フロリアンに連絡《れんらく》しなくては」とジャスティンは言った。「ストックが死んだことや、きみが彼の後任になったことを報告しよう」

「いや、ぼくはフロリアンには知ってほしくない。とりわけケストレルって名前のことは。ケストレルがだれであるかを彼が知る必要はないんじゃないかな」

ジャスティンは肩《かた》をすくめた。「きみがそう言うなら。そう、そのほうがいいかもしれないな」

数週間後、隊員数が増えていくのにともなって、ジャスティンは部隊を二つに分割した。人数の多いほうは彼自身がひきい、残りはテオが指揮することになった。

モンキーは、おどろくほどテオに惚《ほ》れこんでいた。テオの新しい地位に何らの不平や嫉妬《しっと》を感じたようすもなかった。むしろテオを、お気に入りの生徒にたいして教師が向けるような、誇《ほこ》りと賞賛のまなざしで見つめていた。テオを「大佐《たいさ》」と呼びかけさえした。彼を、ジャスティンと対等の指導者として受け入れていたのだ。非常に協力的で有能だった。彼がいなかったら、テオはあれほどうまくやってのけることはできなかっただろう。

テオの昇進《しょうしん》後初めての襲撃《しゅうげき》のとき、あのすさまじい絶叫《ぜっきょう》を始めたのはモンキーだった。——テオはそう信じることにした。夜明け前、レギア軍の基地に忍《しの》び寄るとき、兵士たちは押《お》し黙《だま》り、馬具《ばぐ》が音を立てないよう鞍《くら》がきしまないよう、気を使いながら馬を進めた。引きぬくとき音を立てないよう、サーベルには油が塗《ぬ》られていた。ほかに手段がなくなったとき以外は銃《じゅう》を使うな、とテオは命令していた。

攻撃《こうげき》に入ると、だれかが、耳をつんざくようなさけび声をあげはじめた。ケストレルの啼《な》き声と似ていなくもなかった。その声は、広がり、高まって、ついには全員のさけびとなった。果てしなくつづく甲高《かんだか》いさけび。あたかもひとつの喉《のど》から出てくるかのようだった。歯をむき出し頭をそらしてさけんでいるモンキーのすがたが、ちらりとテオの目をかすめた。そのときテオは、この喊声《かんせい》を始めたのはモンキーだと思ったのだ。あとになって、彼は自分の記憶《きおく》を信用できなかった。それは、ほかのだれかであったかもしれなかった。テオ自身だったかもしれないのだ。

そのときから、彼らは襲撃のとき、いつもその喊声を上げることにした。だれかが号令をかけるわけではなかった。ごく自然にみんながさけびはじめるのだった。

秋の初めは明るく涼《すず》しい日がつづいたが、その後しばらくのあいだ、天候が崩《くず》れ、はげしい雨の降る日々があった。しかし、テオは日にちの感覚を失ってしまった。ただ明るい時と暗闇《くらやみ》の時とが交替《こうたい》しているだけだった。もしかすると、何年かが過ぎたのかもしれなかった。時間は、彼にとって何の意味も持たなかった。始まりも終わりもなく、ただ流れていくだけのものだった。テオはただ存在して、仕事に取り組んでいるだけだった。

山の風が突《つ》き刺《さ》すようだった。兵士たちは、手に入るかぎりの衣類を着こんでいた。毛編みの帽子《ぼうし》をかぶっている者もいたが、ただ頭に布を巻きつけただけの者も多かった。だれかが——たぶんモンキーが——テオにチョッキをくれた。羊皮を荒《あら》っぽく切ってつくったもので、何の処理もほどこされていない羊毛が悪臭《あくしゅう》を放っていたが、テオは気づかなかった。

秋のあいだ、部隊は人数を増やしつづけた。近くの村や農場の男たちばかりでなく、遠く離《はな》れた町や村からやってくる者も多かった。彼らは、いろいろな話を持ってきた。燃やされた家々のこと、ひっきりなしに行なわれている縛《しば》り首や銃殺《じゅうさつ》のこと……。

テオにとってこうしたことは、もうありきたりのことになっていた。彼は、ろくに彼らの話に耳をかたむけなかった。男たちの顔はみな同じに見えた。彼自身の顔と同様に、よごれていて無精《ぶしょう》ひげだらけだった。中には、比較的《ひかくてき》若い者もいた。彼らが子どものように見えた。テオは、自分がドルニングで子どもだったことを、ぼんやり思い出した。しかし、思い出はどのような重みも持ちはしなかった。彼には、現在の彼しかなかった。過去の自分は、他人だった。

彼はケストレル大佐《たいさ》であり、それ以外のものであったことはないのだった。新しく来た者たちの多くは、ケストレル大佐の名を知っていて、ケストレル大佐がどこにいるのか、とたずねた。ジャスティンは、まったくうらやんでいるようすはなかった。逆に、ケストレルの高まりゆく評判を楽しんでいるように見えた。ケストレルの襲撃《しゅうげき》がすさまじいものになっていけばいくほど、その評判を聞いて新しい参加者が増えていった。いま参加する人々は、かつて集まってきた人々とは異なっていた。より捨て鉢《ばち》で、より怒《いか》り狂《くる》っていた。すでにその首にレギア軍の賞金のかかった男たちだった。家のない者、家族のない者、失うものの何もない者ばかりだった。ケストレルは、彼らにぴったり合っていた。

「おれたち、このあと何ができるんで？」彼らの一人がテオに言った。「この戦いが終わったあとのことでさあ。まあ、どんなふうに終わるにしても、おれたちはかなりの勢力になっているはずだよね。連中に目にもの見せてやろうじゃねえですか。いつの日か」——片手で、喉《のど》を掻《か》き切る真似をして──「貴族もいない、国王もいない、女王もいない、そういうことにしようじゃねえですか」

テオは答えなかった。別の新参者から聞いた話を思い出していたのだ。村々では、泣きやまない子どもに向かって、母親が、「しーっ、静かにして！　さもないと、ビッグ・ケストレルが来て食べちゃうよ」とささやくのが慣《なら》わしになっているのだという……。

とつぜん、おどろいたことに、テオは、自分が水車小屋でフロリアンに話したことを考えていた。彼らは、ヤコブスについて語っていた。その老学者は、民衆は本質的におだやかであると書いたのだった。テオはそれを信じるのかどうか、とフロリアンは聞いた。テオは、信じると答えたのだった。ぼくはそんなふうに考える、そう考えるからといって、ほかのだれとも変わってはいない。彼はフロリアンにそう言ったのだった。

ぼくはあのとき、真実を話したのだろうか。

たぶん、そのつもりだったのだろう、とテオは思った。

秋が終わるころ、レギア軍がアルマ川を渡河《とか》した。女王はカルルスブルックからすでに撤退《てったい》していた。テオが知ったときには、それはもう古いニュースになっていた。

すでに起きてしまったことだった。彼にはもう、どうしようもなかった。

15 女王の決意

ミックルが司令部として使っている大きな農家の中で、ウィッツ大佐《たいさ》とラス・ボンバス伯爵《はくしゃく》がそろって眉《まゆ》をしかめていた。ウィッツが悩《なや》んでいたのは、攻め寄《よ》せてくる敵の大軍に英雄的《えいゆうてき》な戦いをいどみたかったのに、それが許してもらえなかったからだ。ラス・ボンバスの悩みの種は、食べ物のまずさだった。

ミックルは、より厄介《やっかい》なほうから対応することにした。伯爵は、ベンチの上で体を丸くして、ポリッジについていつもながらの愚痴《ぐち》を言っていた。

「軍隊の朝食はポリッジと決まっているの」ミックルはたしなめた。「軍事顧問《こもん》のあなたもふくめて、だれもが、これを食べることになっているの。そのこと、あなただって承知したじゃない？　そんなにまずくないわよ。少女教護院でわたしが食べさせられたオートミールよりも、ずっとましだわ」

「かたまりばっかりだ。ポリッジのところなんか、ちっともありゃしない」そうぼやきながらも、せっせとスプーンですくっては口に運び、見る見るうちに器を空っぽにしてしまった。つづいてビスケットを手に取り、ベンチにカチカチ打ちつけてみせ、「ウィッツ、あんた、弾薬《だんやく》と食い物と取り違《ちが》えたんじゃないか？　固くて、ビスケットだか鉄砲玉《てっぽうだま》だか、わかりゃしない」

「よく噛《か》むことだね」暖炉《だんろ》のそばにうずくまっているマスケットが、忠告した。彼は、アルマ川で手に入れたサーベルを吊《つ》るしているうえに、その後手に入れた二挺《ちょう》のピストルも腰《こし》に下げている。とはいえ、まだこれらの武器を使ったことがない。早く敵と戦闘《せんとう》して、使ってみたかった。だから、何となく、同じ思いをいだくウィッツの味方をしたい気分になっている。「それに、あんた、ちっとも痩《や》せてないんだから、だいじょうぶですよ」とラス・ボンバスに言う。

「なーに、見かけだけさ。腹の中は空気だけ。ほんとは空っぽなんだよ」と、ラス・ボンバスはますます顔をしかめてみせた。

伯爵とマスケットのやりとりは彼らにまかせて、ミックルは、ウィッツの提起した問題をとりあげた。アルマ川の戦闘以後、ウィッツは、彼の愛する君主の教育係をもって自任していた。軍の組織や手続きやら、兵力の使い方、地形の利用のしかた、そして果てしなくつづく事務処理のさばき方、等々を彼女に教えた。ミックルはこれをすべて吸収した。トレンスが知ったらおどろくような呑《の》みこみの早さだった。

それからとつぜん、彼女は飛躍《ひやく》した。教育係を飛び越《こ》えてしまった。物真似と腹話術《ふくわじゅつ》の才能のほか、もうひとつの才能を発見した。一度地図を見ると、それをまるごと心に焼きつけてしまうことができたのだ。好きなときに、それを寸分たがわず脳裏に思い描《えが》くことができた。彼女は、おどろくウィッツに、何てことないの、一種の精神的トリックなのと説明したが、ウィッツはますます、女王にたいする賛美の思いをつのらせるのだった。

ミックルが予見したとおりのことが起きていた。レギア軍がアルマ川を大挙して渡河《とか》した。フロリアン指揮下の市民軍の必死の抵抗《ていこう》も、ついに押《お》し切られたのだ。ミックルは、全軍の撤退《てったい》を命令した。ほかのいかなる選択《せんたく》も確実な災厄《さいやく》をもたらすだろう、と冷徹《れいてつ》な判断が告げていた。撤退のさいもフロリアンの軍が後衛となって、レギア軍の追撃《ついげき》に応戦していた。

レギア軍は、正面きっての会戦を求めていた。ミックルはそれをしたくなかった。彼女はカルスブルックからしりぞき、自軍がレギア軍の砲兵《ほうへい》隊によって粉砕《ふんさい》されるのを避《さ》けた。そして、アルトゥス・ビルケンフェルド――ラス・ボンバスに言わせれば、ちっぽけな集落のくせにご大層な名前をしている土地――で軍を再編成した。撤退することによって、彼女はわずかの物資を失っただけで、軍隊をまるごと救った。ともかく、兵士の命を大事にした。けちんぼが金を貯めるように、命をたくわえた。

しかしウィッツは、ひっきりなしに計算をしているにもかかわらず、慎重《しんちょう》さを投げ捨ててしまった。軍事的に見て健全な戦術だとわかってはいたものの、撤退に次ぐ撤退が耐《た》えられなくなったのだ。敵に目にもの見せてやりたいという気持ちが抑《おさ》えられなかった。部隊をひきいて突撃《とつげき》し、一戦まじえたい。かならず勝利を得られるはずだと思っていた。

「申しあげます」ウィッツは言った。「わが軍の兵士は、わたし自身をふくめて全員、敵を迎《むか》え撃《う》つ用意があります。戦死はもとより覚悟《かくご》の上――」

「気持ちはわかるわよ」ミックルは言った。「でも肝心《かんじん》なのは、できるだけ戦死者を出さないこと。たとえば、大佐《たいさ》、あなたが倒《たお》れたら、代わりになる人はいないのですからね」

ウィッツは、ぽっと顔を赤らめた。女王から直接呼びかけられると、いつもこうなるのだ。彼はミックルのあとについて、地図の置かれたテーブルに近寄った。まだ、栄光ある犠牲《ぎせい》への希望を失ってはいない。

「ここでは戦わないほうがいいと思う」ミックルは言った。「彼らをどんどん前進させるのよ。彼らが進めば進むほど、彼らの補給線は長く伸《の》びる。こちらは撤退すればするほど、こちらの補給線は短くなる。いくら彼らが攻撃《こうげき》をしかけても、こちらが先に撤退していれば、空っぽの袋《ふくろ》をたたいているようなもの。彼らはカルルスブルックを砲撃《ほうげき》したけれど、――でも、わが軍はそこにいなかった。彼らは砲弾《ほうだん》を無駄《むだ》使いし、わが軍は一発も損しなかった」

ラス・ボンバスが、まださっきのビスケットを嚙《か》みながら、話に加わった。「すばらしい戦略だ。かつて戦場で名を馳《は》せた者として、我輩《わがはい》は、まっさきに敵と正面から対戦することを推薦《すいせん》したいところだが、しかしいまは、その時ではない。このところ、ドミティアン山脈の中にいるフロリアン派の部隊が、われわれの仕事をわれわれに代わってやってくれている。報告を総合すると、彼らは、われわれの招かざる客どもをさんざんな目にあわせているらしい。ケストレル大佐《たいさ》とかいう新しい指揮官がいて、これがまた勇猛残忍《ゆうもうざんにん》、血に飢《う》えた男で、レギア兵を震《ふる》えあがらせているというじゃないか」

「ルーサーの話だと、テオは、ドミティアン山脈に行こうとしていたそうだわ」ミックルはそれだけ言って、口をつぐんだ。彼女は心の中に垣根《かきね》をつくり、個人的な不安や感情を垣根の一方の側に、戦争のことを別の側に置くようにしていた。その垣根はしばしば壊《こわ》れた。

「心配いらないよ」ラス・ボンバスは言った。「彼は何とか切りぬける。なにしろ、注意深くて思慮《しりょ》深い。これは、少なくとも現在のような状況《じょうきょう》下では、大事な資質だよ」

ミックルは、ふたたび地図に向かった。もちろん、すっかり覚えているから別に見る必要はない。ただ目を向けているだけだ。彼女はこの数日、一人でひそかな計算をしていた。もしかするとウィッツも、反撃《はんげき》を求める勇敢《ゆうかん》さのかげで、すでに同じことをしたのではないだろうか。ラス・ボンバスは抜《ぬ》け目ないから、計算するまでもなく、それを見ぬいているに違《ちが》いない。たぶん彼らは二人とも知っていて、あえてそれを認めたくないのだろう。ほかの幕僚《ばくりょう》たちが来る前に、いちばん近しいこの二人に、自分の気持ちを話してしまおう……。

「もう手の打ちようがないの」ミックルは、ウィッツから伯爵《はくしゃく》へと視線を送りながら、言いはじめた。「わが軍はもう、だめだわ。勝ち目はないの」

ウィッツは呆気《あっけ》にとられたようだった。次の瞬間《しゅんかん》、女王にたいする礼儀《れいぎ》作法も忘れてはげしく抗議《こうぎ》しはじめたが、ミックルは片手を上げてそれを制した。

「勝ち目はないの」彼女はくり返した。「いまの状況のままでは、ね。わが軍は、彼らの進撃《しんげき》を遅《おく》らせることはできるし、食い止めることもできるかもしれない。でも、わが軍には、彼らをこの国から追い出すほどの力はない」

ウィッツは黙《だま》りこくってしまい、みじめそうに口ひげを嚙《か》んでいる。冷たい雨が窓をたたきはじめた。その音が、遠い銃撃音《じゅうげきおん》と混ざり合う。フロリアン軍の兵士たちが戦っているのだ。フロリアンは、この努力に見合うだけのものを要求してくるだろう。ミックルには、よくわかっていた。フロリアンが彼女にそのように語ったのだった。全体の指揮を彼にゆだねてしまいたいと思ったこともあった。王位さえ譲《ゆず》ってもいいと思ったこともあった。にもかかわらず、ミックルは、できるだけ明るい声でつづけた。

「そのことがひとつ。もうひとつのこともある。わが軍は勝てないけれど、レギア軍も勝てないの。日が短くなっている。冬が近づいている。冬が来れば、敵も味方も動きがとれなくなる。そして次の春、戦争を再開。相変わらずの状態がつづく。わが軍がどうしたら敵にたいして優位に立てるか、わたしにはわからない。そして、敵がどうやってわれわれにたいして優位に立つのかも、さしあたってはわからない。いずれにせよ、そのあいだに、この国は荒《あ》らされる。いまだってじゅうぶんに悪いのに、ますます悪くなる一方だわ」

「たしかにそのとおりだな」ラス・ボンバスは言った。「しかし、いったいどうしたらいいのか我輩《わがはい》には——」

「どうしたらいいのか、わたしは知っている」ミックルは言った。「戦争を終わらせるのよ」

「降伏《こうふく》するので？」ウィッツは悲痛な声をあげた。「陛下——それは問題外です！　だめです。そんなことできません——」

「わたし、降伏するとは言ってない」ミックルは答えた。「終わらせると言ったの。和平交渉《こうしょう》を申し入れるの」

「陛下、それは同じことです」

「いや、違《ちが》うわ。わたしは彼らにウェストマークの土地を一インチもあたえない。そもそも、彼らはなぜ、わが国をほしがったりするのか？　この国を占領《せんりょう》したら、蜂《はち》の巣をつついたような騒《さわ》ぎになるのは目に見えている。国じゅうが彼らにたいして歯をむき出している中で、秩序《ちつじょ》を維《い》持《じ》することなんかできっこない。手を焼くに決まっている。そんな目にあわずにすむことを、彼らは喜ぶべきよ。でも——わたしは、もっとよいものを彼らにあたえるつもり。国境をオープンにして、双方《そうほう》の側のだれもが自由に行き来できるようにするの」

「いい考えだ」ラス・ボンバスは言った。「しかし、彼らはそれでは手を打つまい」

「まだあるの。レギアにはよい港がない。みんな小さくて狭苦《せまくる》しい。だから、彼らは長年にわたってウェストマークの港を使って高い停泊《ていはく》料を払《はら》ってきた。それを、今後ただで使えることにするの。ほかにも貿易のことや関税を下げることについて、考えていることがある。でも、それはさしあたり表に出さずにおいて、先方との交渉の中で提案していくつもり」

「それはいい取引だ」伯爵《はくしゃく》は言った。「ふむ、読めてきたぞ。あんたは、これ以外にも何かすごいことを考えているな」

「陛下」ウィッツは懇願《こんがん》した。「そのようなものを敵にわたすことなどできません。わが国の栄《えい》誉《よ》をお考えください」

「栄誉を守って破滅《はめつ》するよりは、ましよ」ミックルは言った。「わたしがあたえようとしているものは、公平さだけ。戦争があろうがなかろうが、もともと、わたしはそうするつもりだった。ずっと前にそうすべきだったのよ。もちろん、彼らはそんなことを知る必要はない。大事なことは、和平条件がすばらしいこと。断われば彼らはバカよ」

「いろいろ厄介《やっかい》なことが入りこんできそうだな」ラス・ボンバスは言った。「将軍たち、政治家たち、そして宮廷《きゅうてい》に巣食うろくでもない役人たちが、いっせいにくちばしを入れはじめる――」

「わたし、そういうことはジュリアナで経験している」ミックルは言った。「だから、そういう人たちとはいっさいかかわりを持たない。コンスタンティン王に直接申し入れるつもりなの」

伯爵は鼻を鳴らした。「コンスタンティン！　彼はただの少年だ。まだ子どもだと言ってもいい」

「そう」ミックルは言った。「だからこそ、わたしは、彼が、彼の将軍たちや大臣たちよりもよいセンスを持っているだろうと思うの。わたしは彼と一対一で会って話すつもり」

「そんなことは無理だ」ラス・ボンバスは言った。「報告を総合して判断すれば、彼の司令部はムルの近くにある。彼にここに来るようにと説得することは、あんたにもできまい」

「彼に来てもらおうとは思わない。わたしが行くの」

「それも無理な話だな」ラス・ボンバスは言った。「あんたはまず、休戦の旗を持って出発する。それから第一線司令官との公式の会見、それからその上官との会見、そしてまたその上官、という具合に延々とつづく。もちろん、コンラッド大公や数十人の顧問官《こもんかん》たちとも会わなければならない。これは、すべてがうまくいったと仮定してのこと。話そのものが、始まる前に壊《こわ》れてしまう可能性だってあるんだからね」

「それもわかっているわ」ミックルは言った。「だから、そういう人たちとは接触《せっしょく》しないの。全部飛び越《こ》してまっすぐムルに行く。コンスタンティンはわたしに会うと思う。それは約束するわ」

「ねえ、娘《むすめ》っ子くん」ラス・ボンバスは言った。「正気を失ったのかい？　とても無理だよ！　渓谷《けいこく》にはレギア兵がうようよしている。それはあんたもよく知ってるじゃないか」

「だからこそ、わたしは気づかれないのよ」ミックルは言った。「わたし、レギア軍の制服を着て行くんだもの」

そう言うと、マスケットに向かって、「お願い。あなたと、あなたの友人の幾人《いくにん》かで、一着、手に入れてちょうだい。やり方はおまかせするわ」

ウィッツ大佐《たいさ》は啞然《あぜん》として聞いていたが、やがて声を取りもどし、「しかし──陛下、お許しください。わたしは、もっとも強い言葉でもって抗議《こうぎ》しなければなりません。あなたがそれを単独で行なわれるのは、まことに失礼ではありますが、まったくもって無謀《むぼう》なことです」

「そのとおりよ」ミックルは言った。「マスケットには、レギア軍の軍服を、わたしの分のほかにもう一着、手に入れてもらうわ。ラス・ボンバス伯爵《はくしゃく》の分をね」

伯爵は、ベンチに腰《こし》を下ろした。「ねえ、娘っ子くん。これは正気を失ってるとか何とかの問題だけじゃない。われわれの命がかかった問題だよ。あんたをマリアンシュタットから連れ出したときの我輩《わがはい》もバカだったが、あんたに、そんなくわだてをやらせるなら、我輩は二倍のバカになってしまう。そんなこと、ぜったい、うまくいかないよ」

「あなたといっしょなら、うまくいくわ」ミックルは言った。「あなたは、だれだって、だまくらかすことができる。平然とレギア軍の士官になりすますことができる。わたしたち、ここにいるよりもきっと安全だわ。特別の密使でも何でもいいから、それらしい書類や通行証をつくってちょうだい。わたしの知るかぎり、軍隊の書類って、ごちゃごちゃしていればいるほどよいらしいわね。きっとうまくいく。わたし、あなたのこと、ぜったいに信頼《しんらい》してるんだから」

「そう言われてもなあ」ラス・ボンバスは答えた。「だめだ。今回は自信がないんだ」

「陛下」ウィッツが言葉をはさんだ。「たとえあなたがコンスタンティン王に会えても、彼があなたを捕虜《ほりょ》として拘束《こうそく》しないという保証はありません。あるいは、こんなこと口にするのもはばかられることですが、あなたを処刑《しょけい》しないという保証はないのです」

「それはだいじょうぶだと思う」ミックルは言った。「各国の君主のあいだには、一種の職業的儀礼《ぎれい》があって、どんな場合でもおたがいに敬意を払《はら》うことになっているの。もちろん、危険があることは認めるわ。でも、兵士たちは毎日、危険をおかしているのだもの」

「陛下」ウィッツは言った。「あなたの代わりにわたしが行くことをお許しください。あなたの特使として」

「それはどうかな、大佐《たいさ》。これはわたしの仕事。わたしが自分でやるべきことだわ」

「では」ウィッツは言った。「わたしがあなたと同行することをお許しください」

「それはだめよ。あなたには、ここで指揮をとってもらわなくてはならない。できるだけ、いまの陣地《じんち》を守ること。もし、しかたなければ撤退《てったい》する。どんな状況《じょうきょう》においても、戦闘《せんとう》をしかけたり、無謀《むぼう》なことをしたりしてはならない」にこりと笑って、「無謀なことは、わたしにまかせてちょうだい」

「これはきわめて変則的です」ウィッツは言った。「軍の規律は、君主が敵兵に変装することについては何も言っておりません。しかし、一大佐が一国の軍隊を指揮することは、明白に禁止しています」

「あ、忘れるところだった」ミックルは言った。「あなたはもう将軍になっているの。おめでとう」

両頬《ほお》にチュッチュッとキスをされて、ウィッツは真っ赤になった。わたしが将軍だなんてそれはあんまりです、とか何とか言いつづけるウィッツには耳も貸さず、ミックルはマスケットを大声で呼んだ。「お願いね、コロコロちゃん。そんなわけだから――」

ラス・ボンバスは小男の腕《うで》をつかみ、みじめそうにため息をついた。「しかたない。我輩《わがはい》のもよろしくな。我輩の体が入るやつを見つけてくれよ」

マスケットはすがたを消して、夜になっても帰らなかった。翌朝、ひょっこりもどってきて、誇《ほこ》らしそうにレギア軍の制服二着を広げて見せた。どうやって手に入れたか、ミックルは聞かなかったし、小男も語ろうとはしなかった。ただ、いま敵の陣地に、裸《はだか》でぶるぶる震《ふる》えている男が二人いるかもしれないよ、と言っただけだった。

ラス・ボンバスは不満だった。ミックルの計画については、もうあきらめて付いていくつもりだった。しかし、なんだこの軍服は……。

「もっと腰《こし》まわりの大きいものが手に入らなかったのかね」彼はマスケットに文句を言った。「肩《かた》のところはこんなに広くなくていいんだ」

「それで間に合わせてくださいよ」マスケットは言い返した。「おいらはあんたの御者《ぎょしゃ》だ。あんたの仕立て屋じゃないんだからね」

「無礼千万な」伯爵《はくしゃく》はブツブツ言った。「これが戦争なんだな。目上の者を敬うということがすたれてしまった」

ミックルはもう、レギア軍の准尉《じゅんい》の服を着こんでいた。女王の印鑑《いんかん》のついた指輪ははずして首にかけ、上着の内側に下げていた。

「うまくいくわよ」彼女は伯爵《はくしゃく》に言った。「わたしはあなたの副官。ムルに着くまで、おしゃべりはあなたにまかせるわ」

「マスケットのやつ」伯爵はうなった。「我輩《わがはい》をただの大尉《たいい》にしおった。せめて少佐《しょうさ》の制服を盗《ぬす》むくらいに頭は回らなかったのか」

それをおぎなうために、ラス・ボンバスは道具箱を掻《か》きまわして、勲章《くんしょう》だの飾《かざ》り紐《ひも》だのをあれこれとりだし、胸に飾った。その一方で、ニセの証明書類を最終的に完成させた。

「りっぱなものじゃない」とミックルは言った。「そういう書類や勲章のおかげで、もしかするとレギア軍は、ムルまでの道中ずっと、わたしたちを警護してくれるかもしれないわね」

「そうだね」伯爵はため息をついた。「そして壁《かべ》の前に立たせてパパーンとやるかも」

雨はやんでいた。冷たい靄《もや》が、まわりの畑にたちこめていた。ありがたい、とミックルは思った。この靄にまぎれて出発することができる。

ウィッツは、レギア軍の最前線近くまで送ってきてくれた。彼は、マスケットの協力のもと、女王親衛隊の一部を使ってちょっとした陽動作戦を起こし、女王と伯爵が敵陣《てきじん》に入りこみやすくしてくれていた。

「陛下、し、失礼ですが、な、なにとぞ——」ウィッツが真っ赤な顔で、つっかえながら言いはじめたが、緊張《きんちょう》のあまりあとがつづかなかった。

「ええ、ありがとう。じゅうぶん気をつけるわよ」ミックルは言った。「いずれ連絡《れんらく》するわ」

ラス・ボンバスはすでに出発していた。ミックルはそのあとを追って馬を走らせた。最後に振《ふ》り向いたとき、しぶしぶ馬を返してもどっていくウィッツが見えた。彼女がこれまでに見た、もっとも悲しそうな将軍だった。

数日のあいだ、旅は順調だった。伯爵の胸にかがやく勲章の列、特別の使命を証明する書類の束《たば》、そして彼の高飛車《たかびしゃ》な軍人的態度は、二人を、ひとつの現地司令部から次の現地司令部へとすいすい通過させた。ラス・ボンバスは、りっぱな証明書にものを言わせて、元気な馬たちを提供させ、将校用の食事を支給させた。彼はわずかに元気づき、もしかすると、ミックルの計画はうまくいくかもしれないとさえ思いはじめたのだった。

だが、エシュバッハの町で、困難に突《つ》き当たった。二人はその日、もうかなり夜遅《おそ》くなって到《とう》着《ちゃく》したのだが、そんな時間にもかかわらず、町は、行進する兵隊たちと補給品を運ぶ荷車とでごった返していた。検問所に立つ重武装の警備兵は、ランタンを持ちあげて、彼らの書類をしげしげとながめていたが、やがて当直士官を呼んできた。

ラス・ボンバスはどっと冷や汗《あせ》をかいた。ミックルも心臓が破裂《はれつ》しそうだった。ラス・ボンバスのつくった通行証明書に何かまずい点があったのかしら、と思った。

士官は逆に、感銘《かんめい》を受けていた。ミックルが望んだよりもはるかに強く感銘を受けたのだ。彼は、こちこちになって気を付けをし、折り目正しく敬礼した。しかし、どうしたことか、彼らを通過させようとはしなかった。

「将軍は、このような重要任務を持つ将校に出会う機会を逃《のが》すはずはありません」彼はラス・ボンバスに言った。「あなたも、もちろん将軍にお会いになりたいでしょう」

「もちろんだ」伯爵《はくしゃく》は言った。「ぜひともお会いしたいところだが、今回は無理だ。いずれ、またの機会に。われわれの任務は、最高の外交的デリカシーを持つものであるからして」

「それなら、ますますお会いにならなければ」士官は答えた。「将軍は、それについてお聞きになりたいでしょうし、あなたと意見交換《こうかん》もなさりたいでしょう」

ラス・ボンバスはいまにも卒倒《そっとう》しそうだったが、がんばって、できるだけ横柄《おうへい》にふるまった。

「問題外だ。通したまえ。われわれには将軍と話をする時間がないんだ。——その、何という将軍か知らないが」

士官はびっくりして、彼を見つめた。「聞いておられないのですか？　エシュバッハはいまや最高司令官司令部の所在地なのです。つまり、エルズクール将軍自身の司令部の——」

16 洗濯《せんたく》娘《むすめ》の短剣《たんけん》

司令部は市庁舎に置かれている、ぜひとも将軍に会って行ってほしいと言って、士官は、二人のための護衛を呼んでくれた。そこまで言われて断わったら、疑惑《ぎわく》を招くだろう。ラス・ボンバスはしかたなく承知した。

「あんたはエルズクールに会ったことはないんだね？　彼はあんたを見たことがないんだね？」混《こ》んだ街路を馬で通りながら、ラス・ボンバスは小声で聞いた。「ない？　よし、じゃ、まだチャンスがある。よっぽどのことがないかぎり口を利《き》かないこと。あんたは単なる副官だ。下っ端《ぱ》の准尉《じゅんい》だ。将軍は目もくれないだろう」

伯爵《はくしゃく》が心からほっとしたことに、最高司令官は、訪問者たちをすぐに迎《むか》える余裕《よゆう》がないということだった。市庁舎で彼らを迎えた副官は、――エルズクール将軍は残念ながら、翌朝の朝食時までお二人に会えないのだ、と言った。ここでくつろいでくださいと言われて、伯爵とミックルは、市庁舎の上の階にある続き部屋に通された。事務室兼寝室《けんしんしつ》として使われているようだった。簡素ではあるが、心地よい感じに家具が並べられていた。兵舎風の簡易寝台《しんだい》ではなくてほんとうのベッドがあり、ちゃんと枕《まくら》もある。二人だけになったとたん、伯爵《はくしゃく》の軍人的態度は消え失せた。彼は興奮して室内をせかせか歩きまわり、小さな贅沢《ぜいたく》を評価するどころではなかった。

「裏切り者め！　足止めされるだけでもいい迷惑《めいわく》なのに、それが、よりによってエルズクールに会うためだとは！」

「時間があるわ」ミックルは言った。「明日の朝までには何とか逃《に》げ出せるわよ。もっと悪い状《じょう》況《きょう》に置かれたかもしれないんだから」

「これ以上悪い状況なんて、そうそうあるもんじゃないよ」伯爵はうめいた。「ねえ、娘《むすめ》っ子くん。だから、ろくなことにはならないって言っただろうが」

まもなく、当番兵が、明日までゆっくり過ごしてくれという最高司令官の伝言とともに、食事を運んできた。伯爵の食欲はどんな環境《かんきょう》にあってもおとろえない。まるで料理がエルズクール本人ででもあるかのように、猛烈《もうれつ》な勢いで皿に襲《おそ》いかかった。

「やつは裏切り者だが、しかし、なかなかよいディナーを出すな。変節者め！　我輩《わがはい》はやつが裁かれる日が来ることを望むが、まあ、今日ばかりは、純粋《じゅんすい》な報復の気持ちでやつの食い物を食ってやろう」

ミックルは、窓ぎわに行っていた。見たところ、荷馬車や兵隊たちの数が減っている。どうやら、ひとつの部隊が町を通り過ぎたらしい。彼女は立ったまま、しばらくながめていた。何か変だという気がした。心にひっかかるものがある。しかし、これだと名指しはできない。それが厄《やっ》介《かい》だった。

食欲が満たされて、ラス・ボンバスはいくらか本来の自分にもどっていた。「ここから逃げ出すことを試みるべきかどうか、ちょっと疑問だな。黙《だま》って消えれば、当然、怪《あや》しまれ、あとあと面倒《めんどう》なことになる。少なくとも我輩がエルズクールに会うのが賢明かもしれない。きみが彼に顔を見せるのはあまりにも危険だ。我輩が彼に、若い士官は、たちの悪い風邪《かぜ》にかかって寝《ね》こんでいると言っておこう。エルズクールはなにしろ軍務でいそがしい。たまたまやってきた士官たちに長くかかずらっている時間はないはずだ。せいぜい二、三分、退屈《たいくつ》な会話をすればすむのかもしれない」伯爵は、しゃべっているうちに少し明るくなった。「話の持って行き方によっては、彼を説得して、われわれのために、ムルまで警護隊をつけてもらえるかもしれないぞ」

「あなたなら、できるかもしれないわ」ミックルは言った。「でもね、わたし、気になることがある。ちょっと考えたいの」

「われわれがここから消えたら何が起こるか。それについて考えてほしいね。それがいまいちばん大事なことなんだ」

ミックルは、まだ落ち着かなかった。「町をひとまわりしてきたいの。何かが起きている。それをこれだと指でさすことはできない。もし町のようすを見られたら――」

「町で見られるのはレギア兵ばっかりだよ。司令部のある町なんて、どの町も同じながめさ。これが軍隊のこまった点のひとつでね。何もかも、どこもかしこも、ぜんぜん変化ってものがない」

それでもミックルが言い張るので、ラス・ボンバスも、最後には首を縦に振《ふ》るしかなかった。二人は部屋を離《はな》れ、階段を下り、ごった返す事務室を通りぬけて、市庁舎の玄関《げんかん》に出た。彼らの馬は、ラス・ボンバスの判断によれば、となりの建物にある厩舎《きゅうしゃ》につながれているらしい。馬を引き出そうとして、また余計な質問を受けるのも面倒《めんどう》だ。歩いていこう、とミックルは考えた。

ところが、玄関先の警備兵が通過させなかった。伯爵《はくしゃく》がわめきちらし、兵士の鼻先で証明書の束《たば》をぱたぱた振ってみせたが、相手は断固としてひるまない。きわめてていねいな口調で、ラス・ボンバスに、移動中の士官は、エルズクール将軍の厳命によってその居室内にとどまることになっております、とくり返すだけだった。

「どうも気に入らないな」伯爵はブツブツ言っていた。「兵舎に閉じこめる？　重要な任務を持つ士官たちを？　これは明日の朝、エルズクールと話し合うべき議題のひとつだな。あの男は、裏切り者であるだけではない。同僚《どうりょう》たる士官に対して無礼だ。そういうことを聞くだけで、我《わが》輩《はい》は、かつて不運にも何年にもわたって味わった感覚を思い出すんだよ。牢屋《ろうや》に入っていたころの思いがよみがえってくるんだよ」

ミックルはあきらめなかった。ますます町を見て歩きたくなったのだ。ラス・ボンバスが引きとめた。――やはりここは将軍の命令にしたがおう。さもないと厄介《やっかい》なことになる。ミックルはしぶしぶ、ラス・ボンバスについて部屋にもどった。

ドアを開けて、ミックルはおどろいた。金髪《きんぱつ》の娘《むすめ》が一人、彼らの鞍袋《くらぶくろ》や持ち物の上に身をかがめている。ラス・ボンバスがベッドのわきに置いておいたものだ。娘はあわてて立ちあがり、くるりとこちらを向いた。

「おいおい」ラス・ボンバスはさけんだ。「いったい、どういうことだ?」

娘は一瞬《いっしゅん》めんくらって、ほほえみ、ぺこりとお辞儀《じぎ》をした。「わたし、洗濯係《せんたく》なんです。洗い物を取りに来ました」

「これはこれは、チャーミングな洗濯娘さん」ラス・ボンバスは、ウインクしながら言った。目いっぱい、勇敢《ゆうかん》な軍人を演じている。「エルズクール将軍は、客にいろいろ気を遣《つか》ってくれるんだね。我輩も、それに見合うだけのことは彼にしてあげなくては。いいとも、いくつかお願いしよう。しかし、きみ。洗って、ちゃんと仕上げて、朝いちばんに持ってこなければならないんだよ」

「あんた、どういうつもりなんだ?」ミックルは足を踏《ふ》み出して、士官らしい口調で聞いた。「われわれは、洗濯係なんかたのんでないぞ」

「そう、たのんでない」ラス・ボンバスは言った。「我輩が思うに、将軍が気を利《き》かしてくれたのだよ、きっと洗濯物があるだろうと」

「そして、われわれのバッグの中を掻《か》きまわさせたってわけか?」ミックルは、するどく少女を見つめた。「何を探しているんだ? シャツを探しているわけではなさそうだな」

「ちょっと片づけていたんです」娘《むすめ》はそう言って、もう一度お辞儀《じぎ》をした。「あなた方のシーツを取り替《か》えて、前のシーツを洗うつもりでした」

「なるほど、なるほど」伯爵《はくしゃく》はほほえんだ。「さあ准尉《じゅんい》。このすばらしい娘さんに仕事をしてもらおうじゃないか」

「シーツは新しいものでした」ミックルは言った。「取り替える必要などないはずです」

「え?」ラス・ボンバスは、目をぱちくりさせた。「ああ、そうだったかな。ふむ。そうなると、この娘さんのかよわい手にお願いするまでもないわけだな」

ミックルは、さっと手を伸《の》ばして娘の持っているバスケットを奪《うば》い取り、リネンの下を探ったかと思うと、二挺《ちょう》のピストルをとりだした。「やっぱり。――われわれのピストルです」

「チェッチェッ。これはまずいな」伯爵はいかめしい顔をして、娘を見つめた。「若い娘は、ピストルなんかもてあそぶものではないぞ。ましてやそれを盗《ぬす》むとは。我輩《わがはい》の若き戦友の言うことに理があるかもしれん。きみは洗濯《せんたく》女かもしれないが、泥棒《どろぼう》だと見たほうがたしかかもしれない。いや、もっと別のものかもしれない。きみと我輩とで、ちょっと話し合いをしたほうがよさそうだな」

娘はすばやく動き、ドアから飛び出そうとした。伯爵がその腕《うで》を捕《つか》まえたが、娘は体じゅうの力をこめて腕を取りもどし、そのはずみでバランスを失い、だだっと後ろによろめいて壁《かべ》にぶつかった。ラス・ボンバスが駆《か》け寄ろうとすると、娘はショールの下から短剣《たんけん》をとりだした。

「こりゃ、ほんとに洗濯女だな！」伯爵はさけんだ。「まず、洗濯するものを取りに来て、それから、われわれを殺そうってわけか！」

ミックルは、バスケットを投げ捨てて娘に飛びついた。娘ははげしく暴れた。伯爵はミックルに加勢しようとして駆けつけた。娘は、ミックルの両腕から体をもぎ離《はな》しかけている。

「腕を持って」ミックルは言った。「彼女、われわれを殺そうとしているのじゃない。自分を刺《さ》そうとしてる」

もし、ミックルとラス・ボンバスが、二人の全体重と全体力でもって床《ゆか》にねじふせなかったなら、洗濯女だと自称《じしょう》する娘は、短剣を自分の胸に突《つ》き刺すことに成功していただろう。伯爵は武器を彼女の手からもぎ取って、わきにほうり投げた。

娘は顔を上げ、挑戦的《ちょうせんてき》なまなざしで二人をにらんだ。「さあ、殺すなり、拷問《ごうもん》するなりしなさいよ。何をされようと、へっちゃらよ」

「殺す気も拷問する気もない」ミックルは言った。「しかし、逃《に》がしてやる前に聞いておきたいことが――」

娘は吐《は》き捨てるように言った。「おまえたちに何も言うものか。おまえたちみんな、地獄《じごく》に落ちるがいい」

「まあまあ、おだやかにいこうじゃないか」ラス・ボンバスが言った。「きみは、あまりレギア人を好いていないらしい。このことはよくわかる。しかし、ほかのことについては、少し説明してもらいたいことがあるんだよ」

娘《むすめ》は歯を食いしばった。ミックルは、彼女を引き起こしてベッドに腰掛《こしか》けさせた。「こっちの言うことをよく聞いて」ミックルは静かに言った。「われわれだって、レギア人をそんなに好いてはいないんだ」一瞬《いっしゅん》、自分が何者であるかを娘に話したくなった。が、考え直した。「われわれはただ、あんたを助けたいのだよ」

「嘘《うそ》つき！」

「まあ、落ち着きなさい」ラス・ボンバスは言った。「われわれは、きみが思っているような人間とはまったく違《ちが》うのだ」

「あんたたちはレギア兵だ」娘はどなった。「それでじゅうぶんだ」

ラス・ボンバスは、ミックルの顔をちらりと見て、「さあどうする？」

ミックルは、両手を娘の肩《かた》に置いた。「まず、われわれを信用してほしい。そうすれば、こっちもあんたを信頼《しんらい》して、あることを話してやろう。そしたら、あんたも、なぜわれわれの部屋に忍《しの》びこんでいたか、話してくれるね」

娘はあざけるような目でミックルを見つめたが、ミックルは気にするようすもなくつづけた。

「われわれはあんたの味方だ。ほかにもいろいろな事情があるが、でも、あんたはそれを知る必要はない。われわれは、あんたを逃《に》がしてやるつもりだ。もし、味方でなかったなら、そんなこと、しないだろう？」

「嘘ばかりついて。罠《わな》にかける気だ――」

「そんなことはない。わかった。証拠《しょうこ》がなくては信じろと言っても無理だね。あんた、フロリアンを知っているか？」

「だれもが知っている」

「わたしは彼に会ったことがある」ミックルは言った。「彼がどんな顔立ちかを、あんたに話すことだってできる。これだけではじゅうぶんじゃないかな？　彼の友だちの何人かにも会ったことがある。テオという名の男を知ってるかい？　ストックという名の詩人は？　ジャスティンはどう？」

娘の顔がさっと青ざめた。いまの言葉が、彼女の心の奥《おく》の神経に触《ふ》れたのだった。ミックルはつづけた。「ジャスティンは、一度ひどい傷を負った。わたしはしばらく彼を見ていない。でもきっと、まだあの傷痕《きずあと》は残っていると思う。ほかにも赤い髪《かみ》の娘、ザラがいたな。もう一人の娘のことも、よくうわさしていたっけ――」

「リナのことね」娘は言った。「そう、わたしがリナ。あなたたちのこと、信じるわ。でも、わからない――あなたはだれなの？　わたしたちの同志なの？」

「そう――そう言って、言えなくもないが」ミックルはほほえんだ。「でも、やはり、同志とまでは言えないな。あんたたちもわれわれも、たがいに協力しあっているのだ。さあ、あんたの話を聞かせてもらおうか」

リナはしばらく黙《だま》っていた。気持ちを落ち着かせ、敵と思いこんでいた二人が実は味方なのだということを、しっかり心に刻みこんだのだ。それから口を開いた。「ピストルのことだけど――そう、わたし、ピストルがほしかったの。町の人たちは武器をたくわえている。レギア軍はここに来たとき、武器のたぐいを没収《ぼっしゅう》しようとしたけれど、わたしたち、ほとんど隠《かく》してしまった。サーベルとかマスケット銃《じゅう》とかピストルなんかをね。だから、かなりストックを持っている。もちろん、すごくたくさんってわけじゃない。だから、盗《ぬす》めるものは盗んでるの。手榴弾《しゅりゅうだん》だっていくつか手に入れたわ」

「なるほどね」ラス・ボンバスは言った。「ちょっとした武器庫をつくりあげたわけだ。それでもって、あんたたち、何をするつもりなんだね？」

「時期が来たら蜂起《ほうき》するつもり」リナは答えた。「これはまだ、レギア軍が見つけ出していない秘密なの。この町の人たちのほとんどが、それに加わっている。わたしもふくめてね。合図がありしだい、すぐ立ちあがる用意はできてるの。でも、いちばんいい瞬間《しゅんかん》を選ばなくてはならない。いったん立ちあがったら、チャンスは一度しかない。レギア軍を二度、不意討ちすることはできないもの。報復はきっとものすごいでしょうね。だから、わたしたちは待っていたの。女王の軍隊が反撃《はんげき》に転じてこの渓谷《けいこく》をさかのぼってくるんじゃないかと思いながら、ね。わたしたちはまだ待っている」リナは暗い声で付け加えた。「ずいぶん長い時間だわ」

「ほんとだね」ミックルは言った。「早く戦争が終わればいいのだが——あんたたちがそういうことをする前に、終わるといいんだが」

「蜂起をたくらむ洗濯女《せんたく》か、え？」ラス・ボンバスは言った。「おまけに、それがかわいい娘《むすめ》さんなんだから、まるで物語だよ」

「もっとすごいわよ」リナは言った。「わたしは、山岳《さんがく》地帯にひそんでいる攻撃《こうげき》部隊のためにも働いている。彼らの役に立ちそうな情報を聞きこんで、知らせているの。あなたたちは、ここに初めてやってきた。だから、きっと特別の命令とか指令とかを持っているだろうとにらんだの。わたし、エシュバッハで起きていることが、まだよくつかめない。ただ、それが重要なことだってことはわかる。軍隊の動きがあわただしいの。一度に多くではない、でも、かなりの期間にわたってつづいている。ますます活発になっている。それを知らせたいんだけれど、このところ、山岳の攻撃部隊に連絡《れんらく》がとれてない。隊長はシュライクって名前の人なんだけれど。彼はフロリアンの軍隊の重要幹部なの」

「あんた、テオについて何か知ってる？」ミックルは聞いた。「彼についてどんなニュースでも聞ければ、うれしいのだけど」

リナは首を振《ふ》った。「すみません。もうこれ以上言いたくありません。知る必要のないこと、というものもありますしね。それに、わたし、もう行ったほうがいい。どうなったのかと心配されるかもしれませんから」

「我輩《わがはい》の洗濯物《せんたくもの》を忘れなさんなよ」ラス・ボンバスが口をはさんだ。「それは、ただ洗いを必要とするだけじゃなくて、きみがここにもどってくるよい口実だ。明日朝、わたしはエルズクールといっしょに朝食をとることになっている。彼から聞き出せることは何でも聞き出してやろう」

リナが急いで立ち去ったあと、ミックルは言った。「わたしもまた、エルズクールといっしょに朝食をとったほうがいいと思うの。彼の言葉を直接聞きたいのね。たしかに危険だけれど、やってみたい。まだ髪《かみ》も短いし。ひげを生やすことはできないけど、少し黒いものでも塗《ぬ》ればごまかせる。そのうえ、あなたの言うとおり、彼は准尉《じゅんい》なんかに目もくれないと思うわ」

ラス・ボンバスは首を振《ふ》った。「賢明《けんめい》なことかどうか、何とも言えないな。よく考えるんだね。今夜はもう寝《ね》て、明日の朝、決めてもよい。さあ、寝よう、寝よう」

ミックルは疲《つか》れていたが、まだ寝る気になれなかった。となりの部屋に行ったが、ベッドには入らず、ふたたび窓辺に立った。気になっていたことの一部が、ようやくわかってきた。なぜ、すぐ気がつかなかったのだろう、と自分に腹を立てていた。ウェストマークの地図が、眼前に広げられたかのように、くっきりと頭の中に浮《う》かんできた。

彼女は最初、エルズクールが新しい兵力を送っているのは、アルトゥス・ビルケンフェルド方面でウェストマーク軍と対峙《たいじ》しているレギア軍部隊を、支援《しえん》するためだと思っていた。だとすれば、彼女が見た兵員と装備の流れは西に向かっているはずだ。ところが、それらは、南に向かって移動しているようだった。

17 ジャスティンの裁決

一瞬《いっしゅん》にして目が覚めた。声も立てず、何ひとつ無駄《むだ》な動きもせず、まるでけだものが目を覚ますときのようだった。起こしたのは、ベックだった。もとからいる隊員の一人で、ロサーナの後任になっている男だ。

「レーブンが来ている。ジャスティンが幹部全員を招集している」

テオは、自分の巣穴から這《は》い出した。彼らの部隊がエシュバッハを見下ろす位置にあるこの山地に落ち着いて、何ヵ月かが過ぎている。もう冬に備えなければならない時期だった。兵士たちは、すでに長持ちのする住まいをつくりはじめていた。地下壕《ちかごう》を掘《ほ》り、小屋を建てた。木の枝でつっかいぼうをし、屋根に芝土《しばつち》を載《の》せた低い小屋だった。ジャスティンは、自分のために大きめな建物をつくらせて、司令部兼寝室《けんしんしつ》として使った。斜面《しゃめん》につくられていて、半分は洞穴《ほらあな》のように地面に入りこんでいる。地表に出ている部分は木の枝におおわれていて、まるで、つくりかけのビーバーの巣だった。

テオは、いままで夢を見ていたのだった。どんな夢だったのかは思い出せない。楽しい夢だったという感覚だけが残っている。いま感じるのは空腹だけだ。しかし、もう空腹には慣れている。これからも、ますますひもじい思いをすることになるはずだ。

このところ、敵の補給部隊への襲撃《しゅうげき》をほとんどやっていない。ジャスティンは、ともかく確固とした足場を築くまでは、自分たちに関心が集まること、居場所を知られる危険が高まることを避《さ》けていた。その結果、食糧《しょくりょう》は減っていく一方だった。平地の農場まで降りていって食べ物を徴発《ちょうはつ》してくるのは、あまりにも危険になっていた。テオが予測したように、この秋、ほとんど収穫《しゅうかく》がなかった。ジャスティンはかつて、その問題は何とかすると言った。だから、何とかしてくれるのだろう。テオはそう思って満足していた。ただ、襲撃を再開したいという気持ちはつのるばかりだった。

星が大きく見える。ジャスティンの小屋に向かって歩いていく、いくつかの人影《ひとかげ》が見えた。テオは、となりを歩くベックに言った。「モンキーには話したかい？　彼もいっしょのほうがいい」

「彼、キャンプにいないんだ」

テオは低く悪態をついた。モンキーはふたたび、農家荒《あ》らしを始めていたのだ。テオはベックに言った。見張り番の兵士のところに行って、モンキーが帰ってきたらすぐジャスティンの小屋に来るよう、伝えておいてくれ。

入り口をくぐって中に入ると、ジャスティンとほかの幹部たちが、ランタンの明かりの中で、地図を地面に置いてうずくまっていた。

ルーサーが目を上げて、テオを見た。すぐにテオだとは気づかなかった。それが表情にあらわれていた。テオを見知らぬ人として見つめていた。テオは戸惑《とまど》った。たしかに、ひげ面《づら》に、よれよれの衣服という風体《ふうてい》だ。ほかの隊員たちと区別がつかないのも無理はない。が、やがて、ルーサーはにっこり笑い、テオに向かってうなずいた。明らかに、会えたことを喜んでいた。しかし、その微笑《びしょう》には、どこかしら妙《みょう》な、悲しげな翳《かげ》りがあるようだった。

ベックが少し遅《おく》れて入ってきた。ジャスティンは、もうモンキーのいないことに気づいていた。モンキーのやり方に慣れてしまったのか、ほとんど無視しているようだった。みんながそろったのを見ると、ジャスティンは怒《おこ》ったような顔で、ただこう言った。「レーブンは悪いニュースを持ってきた。われわれは移動しなければならない」

テオはがっくりした。住まいをつくるためのあの苦労が水の泡《あわ》になることも残念だったが、自分の巣穴を去ることもつらかった。いまの宿営地が、ドミティアン山脈に入って以来初めて得た安住《あんじゅう》の地のような気がしていたのだ。「いつ移るんだ？」

「いますぐだ」ジャスティンは言った。「完全にここを引きはらう。フロリアンからの指令だ」

「きみは、ぜんぜん知らなかったのかい？」ルーサーが言った。「リナからは何も？」

ジャスティンは首を振《ふ》った。「このところ連絡《れんらく》がとれていないんだ。初めてのことだがね。彼女はまだ、おれたちがどこにいるか知らない。いずれ、こちらからエシュバッハに連絡を入れるつもりだ」

「それはわたしがやっておく」ルーサーは言った。「きみたちは急がなくては。ほかの土地で必要とされているのだ」

ルーサーは地図をのぞきこんだ。「フロリアンは、すでにアルトゥス・ビルケンフェルドで女王にメッセージを送った。われわれは、少し前に何かが動いているようだと推測した。いまや、われわれは確信している。これを見たまえ。エシュバッハはサブリナ渓谷《けいこく》の上流部分にある。サブリナ川は、ドミティアン山脈と、そして――ここ――この細長い丘陵《きゅうりょう》地帯のあいだを、南西方向に流れている。流域は起伏《きふく》のはげしい土地がつづく。が、そこを通りぬけてしまえば、北に向かってベスペラ川まで平野が広がっている。マリアンシュタットへは一直線だ」

ルーサーの言葉を聞いているうちに、彼が言おうとしていることがわかってきた。テオは、それを聞きたくなかった。ましてや、それを信じたくなかった。

「エルズクールは、新しい師団をいくつかあたえられている。彼は、それらのすべてをサブリナ渓谷方面に送っている。われわれのつかんでいるところでは、彼はまた、カルルスブルックから兵員を動かしている。もちろん彼は、アウグスタの反撃《はんげき》をまたげるだけの兵力は残すだろう。しかし彼の軍隊のほとんどは、サブリナ渓谷に入りこもうとしている。彼は賭《か》けているのだ。難路を越えていくたいへんな進軍だ。しかし、距離《きょり》は短い。時間はかかるが、いったん渓谷を抜《ぬ》ければ、じゅうぶん取りもどせる。彼をさまたげる何ものもなく、一気にマリアンシュタットを衝《つ》くことができる。これに対応するには、女王は、動かせるだけの兵力を全部動かすしかない。フロリアンもそうだ。——兵力をここに集中するのだ」

ルーサーは、地図上の一点を指で突《つ》いた。「ラ・ジョリー。モンモランの領地のひとつだ。きみはここでフロリアンに合流する。エルズクールの横腹をチクチクやるのは、いまや時間の無駄《むだ》遣《づか》いだ。象を嚙《か》むノミのようなものだ。そのうえ、エルズクールは、きみたち全員を一掃《いっそう》するだけの部隊を派遣《はけん》することだってできる。フロリアンはきみたちを必要としている。ラ・ジョリーで、彼はきみに新しい命令をあたえるだろう」

ルーサーは上体を起こした。「以上だ。われわれは、エルズクールをラ・ジョリーで食い止め、冬まで対峙《たいじ》する。それができなければ、もうお手上げだ」

「われわれにできるかな?」テオは聞いた。

「わからない。やってみるしかない、そうだろ? もし、きみたちが迅速《じんそく》にここを撤収《てっしゅう》して、丘陵《きゅうりょう》地帯を通りぬけ、エルズクールの先発部隊よりも先回りできれば、不可能ではない。われわれのほうも賭《か》けをするわけだ。小人数のゲリラは、重装備の大軍団よりも足が速い」

ルーサーは、その後も、ジャスティンやほかの者からの質問に答えて、あれこれ補足説明をした。それが終わり、みんながジャスティンの小屋からぞろぞろ出ていきはじめたとき、ルーサーはテオの腕《うで》をつかんだ。

「ストックのことは残念だった」

「うん」

「彼の後任になった男。ケストレルと言ったね。彼はよくやっている」

「うん、そう思う」

ルーサーは、じっとテオを見つめた。「きみがケストレルだよね」

質問ではなかった。あっさりと断定している言葉だった。テオはおどろき、一瞬《いっしゅん》ためらった。それから短くうなずいた。どうやって知ったのか、あるいはどうやって推測したのかは聞かなかった。ルーサーは、それについてはもう何も言わなかった。ただ、悲しみに満ちたまなざしで彼を見つめていた。テオにはそう思われた。


モンキーがもどっていた。ジャスティンの小屋の前で、兵士たちの何人かと談笑していた。空は明るくなりはじめていた。冗談《じょうだん》を言い合う兵士たちの吐《は》く息が、白く煙《けむ》っていた。ジャスティンが小屋から出てきた。

「きみはここにいるべきだったぞ、モンキー」ジャスティンは冷たく言った。「細かい話はあとで聞かせてやる。ともかく、移動の準備だ。大砲《たいほう》をたのむ」

モンキーは、いかにも申し訳なさそうに、軽く敬礼し、頭をぴょこんと下げた。「運よく、いつもより獲物《えもの》が多かったんだ。喜んでくれよ。これから移動ってときに余分の食糧《しょくりょう》が手に入ったんだ」

モンキーの運んできた大きな袋《ふくろ》が二つ、かたわらに置かれていた。すでに中身の一部が二、三人の兵士に配られて、兵士たちはありがたそうにもぐもぐやっていた。

「そうと知っていれば、もっと取ってきたんだが」モンキーは言った。「農場のばあさんが大騒《おおさわ》ぎをしやがって。やつら、抜《ぬ》け目がないったらありゃしない。しこたま隠《かく》し持ってるくせに、うちには食い物なんてひとかけらもありません、と大嘘《おおうそ》をつくんだ。いけずうずうしい連中だ！しかし、あのばあさんも、いまじゃ後悔《こうかい》しているだろう」

モンキーはくすくす笑い、ウインクした。テオは思わず立ちどまった。「きみ、何を言ってるんだ？」

モンキーは両手を広げて、あいまいな動作をしてみせた。ジャスティンが近寄った。

「規律を守るんだ、モンキー」彼は言った。「食い物あさりはもうやるな。少なくとも移動中は厳禁だ。今回、きみはほとんどひと晩じゅう、外に出ていた。それだけでも、実に危険なことなんだ」

「ずっと前にもどってこれたんだよ」モンキーは答えた。「ところが、レギア軍のパトロール隊と出会っちまった」誇《ほこ》らしそうに、にやりとして、「でも、まんまと逃《に》げ出したんだ。あのポンツクどもの鼻を明かしてやったんだ」

「きみ、捕《つか》まったのか？」テオは聞いた。「モンキー、きみは大バカだ。どうやって逃げ出したんだ？」

「かんたんさ」モンキーは言った。「エシュバッハに着いたとたん――」ジャスティンが言葉をはさんだ。「それからどうした？」

「エシュバッハに連れていかれたのか？」ジャスティンが言葉をはさんだ。「それからどうした？」

「いや、大佐《たいさ》。別にどうってことはなかった。やつら、おれに何も面倒《めんどう》なことはしかけなかったよ」

ルーサーが前に出た。「どのくらいの時間、捕《つか》まっていたんだ？」

「ほんのちょっとの時間さ。うまくだまくらかしてやった」モンキーは笑って頭を振《ふ》った。「バカな連中だった。みんな新兵でね」

「その食べ物を取りあげられなかったのは、幸運だったな」ルーサーが言った。

「いやあ、全部取りあげられそうになったんだが、ワインのボトル二本で勘弁《かんべん》してもらったのさ」

「きみはいま、うまくだまくらかしたって言ったじゃないか」テオが口をはさんだ。

「そうそう。だまくらかした。やつらがおれを尋問《じんもん》したあとでね――」

モンキーは不意に言葉を切り、口をぴたりと閉じた。ジャスティンが顔面蒼白《そうはく》となり、モンキーの胸もとをつかんだ。「尋問された？　やつらに何をしゃべったんだ？」

「何もしゃべってない！」モンキーはさけんだ。「何ひとつしゃべっちゃいない！　大佐、天地《てんち》神明《しんめい》に誓《ちか》って！」

ジャスティンは、モンキーを絞め殺《し》そうしているかのようだった。モンキーの目が飛び出し、きょろきょろとはげしく動いた。おびえているモンキーを、テオは初めて見た。

「まあ待て」ルーサーが命令した。真剣《しんけん》な表情だった。

ジャスティンは手をゆるめた。

「はっきりさせようじゃないか」ルーサーは言った。「彼はやつらに捕《つか》まった。尋問《じんもん》された。そこまではわかった。やつらがいったい彼から何を聞き出したのか。それを知らせてもらおう」

モンキーはふたたび、自分は何も話していない、と誓いはじめた。「嘘《うそ》ばっかり話したんだ！ バカ話ばっかりを！ あのバカどもは、どんなでたらめでも本気にしちまうんだ」

ルーサーがテオに小声で聞いた。「もし彼がしゃべったとして、どんなことを話せたと思う？ 彼は、どれだけ多くのことを知っているのかね？」

「すべてのことを知っている」テオは言った。しだいに不安が高まっていた。「この宿営地の位置、われわれの兵力。――それにルーサー、彼は、リナがエシュバッハでわれわれのために働いていることも知っている」

ジャスティンも同じことに気づいていた。傷痕《きずあと》がひくひくとうごめき、顔の片側が吊《つ》りあがった。「ラップウイングのことを何か話したのか？」

「ひと言も！」モンキーの口調が、冗談《じょうだん》めかした、おだてるようなものに変わった。「おれのことはよくわかっているだろうに、大佐《たいさ》。はじめっからの仲間じゃないですか。ずっといっしょに苦労してきた仲じゃないですか――」

ジャスティンは答えなかった。モンキーは、今度はテオに向かって、「あんたもおれを知っている。おたがいに気心の知れた仲だ。同志だ。あんたは、おれがいなかったら、これまでやってこれなかっただろう。ほんとだぜ。おれはずっとあんたといっしょだった、そうだろ？　おれたちはいっしょに戦ってきた。兄弟みたいに仲良くしてきた――」

「そうだ」テオはさけび返した。「そうだとも、モンキー。おれたちは一心同体だった」

「決着をつけてしまおう」ジャスティンは言った。「これは一種の軍法会議だ。いまここにいるわれわれ幹部三人で、裁決しよう」テオを見て、「きみの意見は？」

「もし彼が真実を告げているのなら、何の被害《ひがい》もないわけだ。もし嘘をついているとすれば、彼は、われわれや、リナのことを敵に話したかもしれない。いずれにしても、確実なことはわかっていない」

ジャスティンはルーサーに向き直り、「きみは？」

「もし、きみが彼の言葉を信じるなら、叱責《しっせき》するだけで許してやればいい」ルーサーは言った。

「もし信じないなら、彼を銃殺《じゅうさつ》するしかない」

ジャスティンは、必死になって自分を抑《おさ》えていた。テオは、これほどおびえたモンキーを見たこともなかったが、これほど苦悩《くのう》にさいなまれているジャスティンを見たこともなかった。顔は土気色《つちけ》で、手はぶるぶる震《ふる》えている。ただ、声は冷たく落ち着いていた。

「おれは計算に入れなければならない、彼がこの部隊の最良の戦士の一人だということを。おれは計算に入れなければならない、われわれは、彼がいなければ、ここまで戦いぬいてこられなかったろうということを。おれは計算に入れなければならない、おれの知るかぎり、彼は一度もおれに嘘《うそ》をついたことがないということを。おれは計算に入れなければならない、彼がいま嘘をついているかもしれないということを」

ジャスティンの声は、不意に絶叫《ぜっきょう》に近いものになった。「おれは計算に入れなければならない、彼がここにいるわれわれを裏切ったかもしれないということを、リナを……裏切ったかも……しれないということを――」

リナの名を口にした瞬間《しゅんかん》、口ごもり、ほとんどつづけられなくなった。いままでテオは、ジャスティンがだれかを愛することがあるなどと思ったことはなかった。リナがジャスティンを愛していることは知っていたが、まさか、ジャスティンが彼女に同じ思いをいだいているとは……。いま、テオはとつぜん、ジャスティンの本心に気づいたのだった。

「リナ――」ジャスティンは言っていた。「可能性は存在する。可能性が存在する以上、うたがわしきは罰《ばっ》せず、と言って放置するわけにはいかない。ここは戦場なんだ。死刑《しけい》しか――」

ジャスティンが言い終わる前に、モンキーはわめきながら、くるりと向きを変えて駆《か》け出した。近くの兵士たちのわきをすりぬけ、全速力で走って、野営地のはずれまで行った。ジャスティンは目をらんらんと光らせて、あとを追った。

モンキーは向き直り、急いでピストルを引きぬき、発砲《はっぽう》した。弾《たま》は当たらなかった。モンキーは草の茂《しげ》みの中に飛びこんだ。ジャスティンもそれにつづいた。

テオは一瞬《いっしゅん》茫然《ぼうぜん》としたが、すぐに二人のあとを走った。ルーサーのさけぶのが聞こえたが、振《ふ》り返らなかった。茂みを肩《かた》で分けて進んだ。小枝がしきりに顔を打った。薄暗《うすぐら》くて、前を走る二人のすがたはよく見えなかった。もっぱら彼らの立てる音を頼《たよ》りに、突《つ》き進んだ。

地面に落ちた枯《か》れ枝に靴《くつ》をひっかけて、ばったり倒《たお》れた。息が詰《つ》まった。ようやく起きあがったが、そのあいだにジャスティンはかなり離《はな》れていた。モンキーは、森に慣れているらしく、木々のあいだをたくみに縫《ぬ》って走っていた。追跡《ついせき》するのが別の人間だったら、とても追いつくことはできなかっただろう。しかし、ジャスティンはただただ意志の力に駆り立てられて、少しずつ、間隔《かんかく》をちぢめていた。森のはずれに近づき、木々がややまばらになって、テオはまた二人のすがたを見た。

急ごうとしたとき、ほかのものが目をかすめて、思わず足を止めた。空が明るくなってきていた。一瞬、木々の葉の照り返しかと思った。違《ちが》った。木陰《こかげ》にひそむいくつものマスケット銃《じゅう》のにぶい光だった。テオはさけんだ。しかし遠すぎた。彼の警告はとどかなかった。

レギア軍のパトロール隊は発砲した。モンキーが前のめりに倒れ、そのまま動かなくなった。ジャスティンはピストルを構え、どちらに向こうかと戸惑《とまど》った。レギア兵は右からも左からも迫《せま》っていた。

レギア兵は、寄ってたかってジャスティンを捕《つか》まえ、暴れる彼を引きずって行った。テオは前に飛び出し、絶望から半ばすすり泣いた。レギア兵たちとその捕虜《ほりょ》とは、茂《しげ》みの中に消えた。テオは、あとをつけていき、しばらくあとで、レギア兵がつないであった馬たちの綱《つな》を解き、手足を縛《しば》られたジャスティンが、一頭の馬の鞍《くら》の上に横たえられるのを見た。パトロール隊はエシュバッハに向かって下山していった。

打ちのめされて、彼らに追いつく望みもなく、テオは向きを変えて斜面《しゃめん》を駆《か》けのぼった。とつぜん、ルーサーが数人の兵士たちといっしょに目の前にいた。テオは、ぜいぜい言いながら、いま見たことを話した。ルーサーはテオの腕《うで》をつかむと、野営地の方角に向けて彼をぐいぐい押《お》していった。

テオは抵抗《ていこう》してもがいた。もがきながら、ジャスティンを置いていくわけにはいかない、奪《うば》い返さなければならない、とさけんでいた。

「まず、ここから出ることだ」ルーサーは怒鳴《どな》った。「もう時間がない」

「彼は生きている。エシュバッハに連れていかれるんだ」それから、いっそうの恐怖《きょうふ》が襲《おそ》ってきた。「もし彼が尋問《じんもん》されたら？　拷問《ごうもん》されたら？　彼はそれこそ何でも――」

「それは問題ではない」ルーサーはぶっきらぼうに言った。「きみは出発するんだ。きみは彼を助けられないし、リナも助けられない」

「冗談《じょうだん》じゃない、ルーサー。ぼくは彼をあのままにはしない」

「きみは出発するんだ」ルーサーはテオの両肩をつかんだ。「きみは指揮官だ。きみはフロリアンの命令にしたがう。いますぐやるんだ。部下を移動させるんだ、ケストレル大佐《たいさ》」

「そう、ぼくは指揮官だ」テオはさけんだ。「部隊を指揮する権限がある。ぼくは、フロリアンの命令にしたがう。自分がもっとも適切だと判断する方法でしたがう。だから、わが部隊は、ジャスティン救出のためにエシュバッハに向かうのだ」

「きみ、正気じゃないぞ。そんなことをしたら、部隊が全滅《ぜんめつ》してしまう」

「いや、だいじょうぶ。部隊全部が行くわけじゃない。半分はラ・ジョリーに向けて出発させる。指揮官はベックだ。残り半分は、ぼくといっしょにエシュバッハに向かう。大砲《たいほう》も持っていく。きみはベックといっしょに行ってくれ。いずれ、追いつくつもりだ」

「何かを忘れているぞ」ルーサーは言った。「わたしはきみに命令される立場ではないんだぜ」

「じゃ、気の向くようにすればいい」

「きみは、バカ者であるだけじゃなくて、軍人としてもだめだな」ルーサーはそう言うと、少し間《ま》をおいて、「わたしはいま、きみの指揮下に自分を所属させているんだ」それから、にやりと笑って、「もしきみが、さっきの命令にそのましたがっていたら、わたしは自分だけでエシュバッハに行っていただろうよ」

18 エルズクール将軍の客

最高司令官は最高の気分だった。国王の司令部にいたころのときの不愉快《ふゆかい》な日々とは、大違《おおちが》いだった。モンモラン男爵《だんしゃく》は去った。どこへ何をしに行ったかは、エルズクールにはまったく興味がない。ともかく、モンモランは我慢《がまん》のならない存在になっていた。エルズクールは、レギア軍の参謀団《さんぼうだん》に参加せざるを得なかったことを苦しみ悩《なや》んで、多くの眠《ねむ》れぬ夜をすごした。それなのに、モンモランはその苦しみを評価しなかった。もう彼に会わずにすむと思うと、エルズクールはほっとした。

コンスタンティン王もまた、夏の終わりごろには、耐《た》えがたい存在になっていた。自分に直接かかわりのない、また自分に理解できない軍事問題にやたらとくちばしを突《つ》っこんだ。もし王がいなかったなら、エルズクールはもっと幸福であっただろう。コンラッド大公も同じことを感じ、それを口にしていた。

エルズクールと大公は、たがいに非常にうまくいっていた。エルズクールは大公を嫌《きら》っていたし、先方も自分を嫌っているに違《ちが》いないと思っていた。心の中で、彼らは相手を理解し合っていた。それがたぶん、彼らが嫌悪《けんお》し合う最良の理由だった。

ともあれ、エルズクールにとっては重要な進歩があった。彼は、要求したすべての物資と兵員をあたえられていた。兵力が増強されたおかげで、彼は、新しい戦略を、すばらしい戦闘《せんとう》計画を策定することができた。彼は、大公のたっての要請《ようせい》によってカバルスと会談した。カバルスはいくつかのささいな提案をしただけだったが、そのくせ、この全体の戦略について自分が立案したようなことを言いふらしているらしい。実に腹立たしいことだ。

エルズクールはカバルスのことを頭の中から追いはらい、仕事に専念した。彼は、この仕事を高貴な使命だと思っている。彼はようやく理解するようになったのだ。――名誉《めいよ》と忠誠は、もっとも広い、もっとも非利己的な意味合いにおいて解釈されなければならない。だから、レギアに奉仕《ほうし》することで、わたしはもっとも忠実に祖国に奉仕している。この戦争が終わるまでには、わたしはきっと陸軍元帥《げんすい》に昇進《しょうしん》していることだろう。

客が二人いることで、将軍の朝は、いっそうおもむきのあるものとなった。ただし、ブロッサム大尉《たいい》の副官はどうも気に入らない。こんなやつが自分の部下にいなくてよかったと思った。こういう手合いのことは知っている。間違《まちが》いなく、りっぱな、たぶん高貴な家柄《いえがら》の息子《むすこ》だ。士官の階級は金《かね》で買ったのだろう。戦争を遊びだと思っている。軍人にしてはあまりにきゃしゃな優《やさ》男《おとこ》。いささか女々《めめ》しいところがある。コンスタンティン王とどこか似ていなくもない。エルズクールはわざと彼を無視した。すばらしい朝食が終わると、身を乗り出して、ブロッサム大尉《たいい》の任務について質問しはじめた。

ラス・ボンバスは、不安のあまり軍服の下は汗《あせ》びっしょり、できるだけ少なく、できるだけ口早に話そうと思っていた。「閣下、これはきわめて微妙《びみょう》でデリケートな事柄《ことがら》です」

「言いかえると、政治的なことだな」エルズクールは言った。彼は、政治家と外交官を軽蔑《けいべつ》していた。そして、政治家と外交官の真似をしたがる軍人たちを、よりいっそう軽蔑していた。そういうことは、軍人としての堕落《だらく》にほかならないと思っていた。

「と言うより、最高の重要度を持つ用件と申しますか」ラス・ボンバスは、いかにも食後のくつろぎを楽しんでいるかのように、椅子《いす》にゆったりと寄りかかり、さりげなく言葉をつづけた。「たとえ閣下でありましょうとも、これは明らかにしないほうがよろしいかと存じます。ただ、その緊急性《きんきゅうせい》だけは強調しなければなりません。正直申しまして、閣下、本官は、宿舎から一歩も外に出られぬとは思っておりませんでした。もちろん、部屋の居心地は最高でありましたが」

「外出禁止はもう適用されない。あなたは、もう完全に自由だ。もちろん、外出禁止にはそれなりの理由があったのだ」

「わけをお聞かせ願えますかな?」

「いいとも」エルズクールは、屈託《くったく》のないおおらかな気分になっていた。外交にたいする軍事的駆《か》け引きの優越性《ゆうえつせい》を説明する機会を得て、うれしかった。「基本的には予防措置《そち》なのだがね。秘密は——外交的な秘密でさえ——あまりに長く保つことはできない。しかし、それでも秘密保持には万全の注意を払《はら》わなければならない。じっさい、大尉、その秘密は、ただいまこの瞬間《しゅんかん》から秘密ではなくなる。そしてすぐに、敵にも知られることになる。ま、やつらは絶望することだろうがね」

ミックルは、ひそかにくちびるを噛《か》んだ。彼女はいま、下っ端《ぱ》の士官、ミカエル准尉《じゅんい》でしかない。彼女にできるのは、伯爵《はくしゃく》とエルズクールが丁重な言葉をかわし合って時間を浪費《ろうひ》しているあいだ、沈黙《ちんもく》を守ることだけだ。彼女はおびえていた。正体を知られる不安からではない。伯爵が言っていたとおり、エルズクールは彼女にはほとんど目もくれない。そうではなくて、夜のあいだに、彼女のあの疑念がますます深まってきたのだ。まだ確信はない。彼女はただ、自分が間《ま》違《ちが》っていることを願うばかりだった。

「まさに軍事的芸術だ」エルズクールは言った。「ひと言で言えば、大尉、わが軍はいま、勝利に向かって進軍しつつあるのだ」

「ほう——それはすばらしい」ラス・ボンバスは言った。

「外交だの政治だのではこういう結果は得られないのだよ、大尉」エルズクールは言った。「まっとうな軍事的方策のみが獲得《かくとく》できる成果なのだ」

エルズクールは立ちあがり、壁《かべ》に貼《は》られた地図のところに行った。「いたって単純な戦略だ。すぐにわかるだろう？　わが軍は、サブリナ溪谷《けいこく》の悪路を突破《とっぱ》する。いったん平地に出ると、ラ・ジョリーという名の荘園《しょうえん》の先を一気に北上。マリアンシュタット攻略《こうりゃく》に向かうというわけだ」

ミックルは胸が痛んだ。エルズクールは、意図せずに、彼女がいちばん聞きたくなかったことを話してくれたのだ。彼女はすでに、レギア軍の攻勢《こうせい》の危険を、エルズクールが描写《びょうしゃ》したと同様の正確さで見ぬいていた。このような攻勢をかけるには、莫大《ばくだい》な費用をかけて新しい兵力を送りこんでくるレギア側の意志が必要だ。そのことも彼女は知っていた。唯一《ゆいいつ》の疑問は、レギアはそのような負担を受け入れるだろうか、だった。

彼女は彼女なりの答えを――打開策を持っていた。それを実現する上で、二つのポイントがある。彼女の思いは、その二つのあいだをはげしく揺《ゆ》れ動いた。わたしは自国の軍隊の司令官でなければならない。わたしはコンスタンティンに接触《せっしょく》しなければならない。どちらかひとつだけ――両方やることはできない。すぐにエシュバッハから出なければならない。もしかすると、どちらの方法を選ぶにしても、遅《おそ》すぎるかもしれない。

押《お》し黙《だま》ったままいらだちと苦悩《くのう》にさいなまれているミックルを尻目《しりめ》に、エルズクールは話しつづけた。「そういうわけで、わたしは、移動中の士官たち――事実上、佐官《さかん》クラスをふくむすべての士官たち――が、民間人、とくにエシュバッハの魅力的《みりょくてき》な女性たちと軽率な会話をかわすことを防ぐために、外出を禁止したのだ。しかし、これはもはや必要ではない。わが軍の行動はもう準備を完了しており、何ものもそれをストップできない。外出禁止のもうひとつの理由は、こっちのほうが重要なのだが、わたしは士官たちが捕《と》らえられることも避《さ》けたかったのだ。山にひそんで悪行をくり返しているテロリストどもは、わが軍の兵士を捕《つか》まえて、情報を得るために拷問《ごうもん》することをためらわない。いくらでもその証拠《しょうこ》はある。やつらは野蛮人《やばんじん》だ。まともな文明的な戦争の規則など、初めから無視しているんだ。たとえば、悪名高いケストレル。彼はもっとも悪質でもっとも冷酷《れいこく》だ——いや、シュライクという名で知られるもう一人のやつと、その性格を共有している。こういう連中は、全員根絶やしにしなければならない」

エルズクールはデスクにもどった。「きみ、テロリストの実物を見てみたいかい？　きみたちお上品な外交官的軍人には、いい勉強になるだろう。昨夜、ほかのやつを捕まえたんだが、わけあって、あとで解放した」

「何とも慈悲《じひ》深い行為《こうい》ですな」ラス・ボンバスが言った。「しかし、解放したというと、いまいるのは——」

「われわれは、あの連中に慈悲などかけたりはしない。ちょっとしたゲームをしかけてみたのだ」エルズクールはくすくす笑った。「そう、われわれは、農家から食料を盗《ぬす》んでいた男を捕まえた。略奪《りゃくだつ》そのものが犯罪行為だ。われわれはやつに、ものの道理を説いて聞かせ、寝返《ねがえ》らせた。そのうえで帰してやったのだ。やつは、シュライクがどこに新しい司令部をつくったかを教えてくれることになっていた。当方としても、すぐに攻撃《こうげき》をかけるつもりはない、むしろ、かかった魚を遊ばせておくようなものだ。そいつは、仲間のところにもどって、ときどきわれわれに報告してくれることになった。やつが、ほんとうに約束を守ったかどうかは、もはやだれにもわからない。今朝方、手違《てちが》いがあって、やつは死んでしまった。

それをおぎなうために、もう一人捕《つか》まえた。もっと上等そうな獲物《えもの》だ。もしかするとシュライク自身かもしれない。いま、それをはっきりさせようとしているところだ。来たまえ、大尉《たいい》。その副官もいっしょに来るんだ。お坊《ぼっ》ちゃまには、とりわけ有益で教訓的な経験になるはずだ」

否《いや》も応もなかった。エルズクールはラス・ボンバスの腕《うで》を捕まえて、部屋から連れ出した。廊《ろう》下《か》を歩き、階段を下りた。ミックルは、自分を落ち着けようと努力しながら、あとにつづいた。

着いたところは、もともとは市の記録保管室で、いまは捕虜《ほりょ》の尋問《じんもん》のために使われている部屋だった。唯一《ゆいいつ》の窓は、黒いペンキをべったりと塗《ぬ》られている。キャビネットはみな、すみに押《お》しやられて、真ん中にテーブルとベンチが置かれている。書類が片すみに積みあげられ、食べかすのようなものが床《ゆか》に散らばり、すえたようなにおいが立ちこめている。一人の兵隊が、水たまりをモップで拭《ふ》いている。ワイシャツすがたの士官が二人、椅子《いす》に縛《しば》りつけられた男のかたわらに立っていた。

彼らは、エルズクールを見ると、いっせいに気を付けをした。エルズクールはテーブルからろうそくを取って、縛られた男に近寄った。男は意識がない。首がだらりと垂れている。

「これが、われわれのゲストだ」エルズクールは、ラス・ボンバスとミックルに言った。「礼儀《れいぎ》知らずなやつだ。ふて寝《ね》を決めこんでいる」

この男、質問に答えることを拒否《きょひ》しております、と士官の一人が報告した。エルズクールは肩《かた》をすくめた。「答えるさ」それから伯爵《はくしゃく》に向かって、「パターンどおりだ。最初は傲慢《ごうまん》な拒絶《きょぜつ》。しばらくは虚勢《きょせい》を張っている。が、遅《おそ》かれ早かれ、あらゆる質問に答える。こっちが聞いてないことまでぺらぺらしゃべりだす。例外なく、そうだ。時間と忍耐《にんたい》の問題だ。しかし今回は、その時間を極力短くするつもりだ。事態が差し迫《せま》っているからね」

エルズクールが男の顔を持ちあげた。傷だらけだった。血で固まった毛髪《もうはつ》が額《ひたい》をおおっている。しかし、ミックルにはすぐジャスティンとわかった。思わず声をあげそうになり、やっとこらえた。ラス・ボンバスは顔面蒼白《そうはく》となり、ググッと小さく喉《のど》を鳴らした。

「きみたちには刺激《しげき》が強すぎたかな？」エルズクールはほほえんで、首を振《ふ》った。「われわれはここで、われわれ流の外交交渉《こうしょう》をやるのだ。言っておくが、われわれはこの男から、外務大臣の情報分析《ぶんせき》より多くの真実を引き出せるはずだ。——きみ、彼を起こせるかね？」エルズクールは士官に聞いた。「ブロッサム大尉にいくつか質問してもらおうじゃないか。彼は弁舌さわやかだから、うまくいくかもしれない。きみはどうやら、さっぱりだめだったらしいが」

司令官にじろりとにらまれて、たじろいだものの、士官はすぐ、兵隊に、水の入ったバケツを持ちあげるよう身振《みぶ》りで伝えた。その瞬間《しゅんかん》、エルズクールの副官が部屋に入ってきた。

「ん？　何の用だね？」エルズクールは聞いた。副官は将軍をわきに連れていって、早口にささやいた。エルズクールのほほえみはたちまち消えうせ、顔は赤黒い色に変わった。副官は何事かをささやきつづけた。ミックルが聞き取ろうとして耳をそばだてたが、無理だった。エルズクールは、ろうそく立てをガタンと下ろした。

「バカな！　あんまりじゃないか！　耐《た》えられない！」そう言うと、ラス・ボンバスに向かって、「すべての家族と同様に、軍隊という家庭にも、ときどき不都合なことが起こるものだ。そのひとつが起きかけている。これからそっちに行かなければならない。わたしの部屋にもどっていてくれ。すぐ行くから」


エルズクールが出ていったとき、ミックルは、よほどあとに残ろうかと思ったのだが、ラス・ボンバスが彼女の腕《うで》をつかみ、こうささやいた。「彼の言うとおりにするんだ。さしあたり、ほかのことは何もするんじゃない」

廊下《ろうか》を歩きながらも、ミックルは必死に脳みそをしぼり、ジャスティンをあのままにしてはおけないと言いつづけた。

「かわいそうだが」伯爵《はくしゃく》は低い声で言った。「彼を助ける方法はない。きみの名案だって、すっ飛んでしまった。いまは、もと来た道をもどるしかない。どこもかしこも大混乱だから、何とか、アルトゥス・ビルケンフェルドに行き着けるだろうさ」

「救い出す方法を考えなくては」ミックルは言った。「一度にいろんなことが起きてしまって、頭が回らないけれど。アルトゥス・ビルケンフェルドなら、ウィッツがいるわ。彼がうまくやってくれるはず——」

リナがとつぜん、廊下の曲がり角を回ってあらわれた。二人に駆《か》け寄ってきた。顔はまだらになり、目は腫《は》れていた。洗濯籠《せんたくかご》の中を探すふりをした。通りかかる者にとっては、洗濯係の女がレギア軍士官二人と仕事のことで立ち話をしているという、ごく当たり前の光景でしかなかった。

「彼は生きている」リナが口を開かないうちに、ミックルは早口でささやいた。「そう、ジャスティン。顔を見た」

「彼、拷問《ごうもん》されるわ」リナは、なかばすすり泣いていた。「どっちみち、殺されてしまう」

「泣いてはだめだよ」ラス・ボンバスが口をはさんだ。「人が見ているぞ」急に声を張りあげて、「そうだね、たのんでおいたシャツに関しては——」

「彼は何もしゃべっていない」ミックルはリナに言った。「いちばんまずいのは、やつらが彼のことを——何という名だったか——そう、シュライクかもしれないと思うこと」

「彼がそうなの！」リナはさけんだ。「わからないの？　彼は指揮官で——」

「低い声で！」ラス・ボンバスがささやいた。それからまた声を張りあげて、「ああそうだ。糊《のり》の度合いの問題だが——」

「彼がここに連れてこられたって、友だちが知らせてくれたの」リナは言った。「わたしたち、計画を練ったわ。みんな、やる気なの。何とかして彼を解放する。もう用意はできている。わたしが合図すれば始まるわ」

「何もしてはだめ」ミックルは命令した。「いまは何も。あんた、聞いてる?」リナはいま、パニック状態にあるようだった。「聞いて。エルズクールがもどってきたら、わたしは、またジャスティンに会わせてほしいと言う。それからどうするかは、まだ自分でもわからない。少なくともそばにいてあげることはできる。彼がもっとひどい目にあうのを防ぐことはできるはず」

ミックルは急に口をつぐんだ。副官があらわれたのだ。二人の士官がまだ廊下《ろうか》にいるのを見ておどろいている。ラス・ボンバスは、いやあ、ここでばったり洗濯《せんたく》係のお嬢《じょう》さんに会ったんでね、などと言い訳をしたが、副官はそんなことには無頓着《むとんちゃく》に、彼らをエルズクールの部屋に連れていった。

「正気じゃない」ドアが閉まるやいなや、ラス・ボンバスはさけんだ。「こまった娘《むすめ》だ! 町じゅうの人全部を牢屋《ろうや》に入れてしまうつもりだ。一人の男のために? 完全に狂《くる》ってる」

「そうじゃない」ミックルは言った。「彼女はただ彼に恋《こい》しているの」

「ますます悪い!」ラス・ボンバスはうめいた。「どんなバカなことをやらかすか、知れたものじゃない! なんてこった。彼女は昨日言ったばかりじゃないか、いったん決起したら、チャンスは一度しかないと。彼を脱出《だっしゅつ》させることができたとしても、それから先どうなるんだ? それでおしまいじゃないか」

ラス・ボンバスは、口をぴたっとつぐんだ。エルズクールが入ってきたのだ。将軍は相変わらず不機嫌《ふきげん》だった。彼が腰《こし》を下ろすやいなや、眉《まゆ》をひそめるラス・ボンバスを尻目《しりめ》に、ミックルが話しだした。

「何？　何を言いたいんだね？」エルズクールは、いらだちのはけ口をこの若い士官に求めた。だいたい、許可も求めずに、いきなり最高司令官に声をかけるのも怪《け》しからんことだ。

「例の捕虜《ほりょ》のことですが――」

「この副官は、大いに感銘《かんめい》を受けたのであります」ラス・ボンバスが口をはさんだ。「彼は捕虜尋問《じんもん》に立ち会うことを望んでいます」

「おお、そうか？」エルズクールは眉を上げた。「この若者にはいささかきびしすぎる経験だと思ったのだが、そうか、それなら、案外、りっぱな軍人になるかもしれんな。うん、いいだろう、いっそう教訓的な場面が見られるかもしれんぞ。実はいま、ある男に来てもらった。まことに優《ゆう》秀《しゅう》な人間でね、この道の専門家だ。わたしもそういう専門的な手法を見てみたいと思っているのだ。ああ、大尉《たいい》、ちょっと失礼するよ」

エルズクールはデスクに向かって何やらせっせと書きはじめたが、そこへまもなく、副官が新しい客を連れてきた。客は、小柄《こがら》でずんぐりした男だった。地味だが仕立てのいい服を着て、片手にソフト帽《ぼう》、もう一方の手に黒い革《かわ》かばんをさげている。ラス・ボンバスは愕然《がくぜん》とした。恐怖《きょうふ》にとりつかれ、見開いた目をミックルに向けた。彼女の顔も真っ青だった。

男はスケイトだった。二人の下級士官にはほとんど見向きもせず、まっすぐエルズクールに近寄り、頭をぴょこんと下げた。陽気で親しげな、まったく軍人的でない敬礼だった。

エルズクールはペンを置いた。

「ただいま到着《とうちゃく》しました」スケイトは言った。「これでも大急ぎだったのです。何と言いますか、商売道具を選ぶのに多少手間取りましてね。口を割らせるのに欠かせない大事な道具ですから、慎重《しんちょう》に選ばなくては。急がば回れと言いますからね」

「そうだな」エルズクールは、いらいらしながら言った。「道具のことはきみにまかせる。わたしはその方面については素人《しろうと》だ」

「おっしゃるとおりで」スケイトは、ピンク色に縁《ふち》どられた片目でウインクした。「人それぞれに専門分野というものを持っているわけですな」

「あとでわたしも見に行く」エルズクールは言った。「専門家の働きぶりを見るのは楽しいものだ。われわれは、きみのような人たちからもっともっと学ばなければならないのだ。ここにいる士官たちも、きみのやり方を見学する。もちろん、きみが職業上の秘密ってやつを持っていなければ、だが」

「技能だけです。秘密などありません」スケイトは答えた。「見ていただければ光栄です」

エルズクールは二人の士官のほうに向けて片手を振《ふ》り、「ブロッサム大尉《たいい》と彼の副官だ」

スケイトはお辞儀《じぎ》をした。「どうぞよろしく。それでは、わたしについてきてください」そう言って背を向けたが、すぐくるりと向き直って、眉《まゆ》をひそめた。首を振《ふ》り、一瞬《いっしゅん》、目をぱちくりさせた。

「将軍」スケイトは言った。「こいつらはレギア軍の士官ではありません」ラス・ボンバスのほうに向かって首をぐいと動かし、「この男は――」

「なんだと！」ラス・ボンバスはさけんだ。「きさま、何をとち狂《くる》ってるのだ。でたらめをぬかしおって。我輩《わがはい》を侮辱《ぶじょく》するのか。この密告野郎《やろう》め！」

もし、スケイトの心にいささかの疑念があったとしても、伯爵《はくしゃく》のはなばなしい罵声《ばせい》でそれは吹《ふ》っ飛んだ。「スパイです！　こいつらをいますぐ逮捕《たいほ》してください！」

エルズクールはすでに立ちあがっていた。が、そのとき、パパパパーン。マスケット銃《じゅう》の一斉《いっせい》射撃《しゃげき》の音がして、エルズクールの後ろの窓ガラスが砕《くだ》け散った。ミックルが大声をあげた。街路ではげしい銃撃音《じゅうげきおん》がした。警戒《けいかい》のさけびが廊下《ろうか》から聞こえてきた。エルズクールは質問もためらいもなく、デスクの上のピストルをつかんだ。

彼が狙《ねら》う前に、リナがバッとドアを開けて飛びこんできた。彼女の後ろ、廊下は大騒動《おおそうどう》だった。はげしい銃声《じゅうせい》が聞こえ、銃弾《じゅうだん》がビュンビュン飛びかっていた。武装した町の人々が、すでに建物に入りこんでいた。リナは、一秒以上は立ち止まっていなかった。エルズクールがピストルを上げているのを見ると、ダダッと前に出て、とびかかった。とつぜんの襲撃《しゅうげき》にエルズクールは後ろによろめき、ピストルは宙に向かって発射された。

ミックルとラス・ボンバスは、エルズクールともみ合っているリナを助けようと、駆《か》け寄った。が、スケイトがクサリヘビのようにすばやく動いた。彼の腕《うで》はほとんど動くとも見えなかった。一枚の薄《うす》い刃《は》がひらめいた。リナはウーンと低くうめいて後ろに倒《たお》れた。憤激《ふんげき》の声をあげて、ラス・ボンバスはずんぐり男の喉《のど》をつかんだが、スケイトは太鼓腹《たいこばら》に思いっきり膝蹴《ひざげ》りを食らわせ、伯爵《はくしゃく》がひるんだすきに飛びすさった。

ミックルは、リナのわきに両膝《ひざ》をついた。娘《むすめ》は彼女を見つめたが、その目はもう何も見てはいなかった。ひと声絶叫《ぜっきょう》すると、ミックルは死体から向き直り、エルズクールにとびかかった。

将軍はふたたび、ピストルに弾《たま》をこめはじめていた。

その瞬間《しゅんかん》、マスケット銃《じゅう》を持った一人の町民が、ドアロにある副官の死体を飛び越《こ》えて入ってきた。ほかの者たちもそれにつづいた。最初の男が、エルズクールを真正面から撃《う》った。それから前に走って、倒れかかった将軍をマスケット銃でぶん殴《なぐ》った。

スケイトは消えていた。ラス・ボンバスはミックルを捕《つか》まえ、さあ、ここを出ようとさけんだ。町の人々はエルズクールのまわりに寄って、マスケット銃の床尾《しょうび》で殴っていたが、その中の一人が、一瞬《いっしゅん》、振《ふ》り返って、ミックルと伯爵に気づき、仲間たちに向かってさけんだ。

「逃《に》げろ」ラス・ボンバスが吠《ほ》えた。「レギア兵と間違《まちが》えられている！」

19 エシュバッハ市街戦

ルーサーは引きさがらなかった。部隊の半分がベックの指揮のもとラ・ジョリーに向けて出発したあと、白髪《はくはつ》のレーブンは、テオがいくら説得しても耳を貸さなかったのだ。

「わたしがまずエシュバッハに行く」ルーサーは言った。「一人で行く。わたしはあの町を知っている。きみは知らない。彼がどこに連れていかれているか、わたしなら探り出すことができる。たぶん市庁舎だろうと思うが、正確にはまだわからない。もう生きていないかもしれない。その場合は――」と、顔をしかめて首を振《ふ》り、「その場合は、きみはただちに、この作戦を中止して、大至急ラ・ジョリーに向かう」

「それで、彼が生きていたら？」テオの馬には、すでに鞍《くら》が置かれていた。テオはマスケット銃《じゅう》を肩《かた》に吊《つ》って、少し震《ふる》えながら、ルーサーのかたわらに立っていた。風の冷たい朝だった。

「そのときは、わたしができるだけ早くもどってくる。話し合ってどうするか決めよう」

「リナは？　もし彼女が危険な状態にあるなら、救い出したい」

「できれば、ね」

「できるさ。やるんだよ」

ルーサーは作戦を自分の考えどおりにやりたがったが、テオは譲《ゆず》らなかった。――テオとその部隊はなるべくエシュバッハに近いところまで行って、そこで待機する。そうすれば、ルーサーは早く合流できるはずだ。

「ここまでもどってくるのは時間の無駄《むだ》だ」テオは言った。「われわれは、町はずれ近くまで行ってきみを待つよ。そのぶん、きみはじっくり偵察《ていさつ》できることになる」

「町はずれまで？　真っ昼間に？　攻撃《こうげき》されたらどうするんだ？」

「そのときはそのときだ。きみが心配することではないよ」

大砲《たいほう》は牽引《けんいん》用の二輪車につながれていた。部隊は用意ができていた。テオは出発の合図をした。ルーサーはそれ以上反対しなかった。しかし、丘陵《きゅうりょう》を下りはじめたとき、テオは、ルーサーは自分流の孤独《こどく》なやり方のほうを好んだのだろうな、と感じた。進みながら、彼らはたがいに、少しも言葉をかわさなかった。ルーサーは顔を引きしめ、物思いにふけっているようだった。太陽が出ていた。晴れた日になりそうだった。

テオは、心がはずむのを感じた。襲撃《しゅうげき》のために出発するときに味わう、あの高揚感《こうようかん》と同じだった。ルーサーが協力してくれたのがうれしかった。同時に、彼の協力がなくても、同じようにやれるだろうとは思っていた。

そして、モンキーが生きていて自分のそばにいてくれたらどんなにいいだろう、と思った。

とつぜん、すべてが変化した。エシュバッハの近くで、銃声《じゅうせい》を聞いたような気がした。おかしいなと思った。そんなことはあり得ないはずだった。しかし、町に近づくほど、音は大きくなった。やがて、はっきり銃撃音《じゅうげきおん》とわかった。テオはルーサーといっしょに、町がすっかり見下ろせる場所まで、先に馬を走らせた。望遠鏡をのぞいたが、すぐそれをルーサーにわたした。

「見ろ。市街戦だ」

ルーサーは望遠鏡に目を押《お》し当てた。喜びと当惑《とうわく》の表情が顔をおおった。「正気じゃない！　武装蜂起《ほうき》だって？　何てバカなんだ！　町を確保することなんてできやしない。皆殺《みなごろ》しにされてしまう。正気の沙汰《さた》じゃない――神よ、彼らを助けたまえ。しかし、何という偉大《いだい》な狂気《きょうき》なんだ！　さあ、きみの計画の出番だ。これからどうする？」

「どうする？　彼らを支援《しえん》するのさ」

テオは、ルーサーの返事を待たなかった。たとえルーサーが返事をしたとしても、耳に入らなかっただろう。部隊に合図したことさえ覚えていなかった。ただ、自分がまたがっている馬の緊《きん》張《ちょう》した筋肉を感じ、疾駆《しっく》するひづめの音だけを聞いていた。やがて、すさまじいさけびが耳をつんざいた。彼がひきいているケストレル隊の鬨《とき》の声だった。町の中心部に突入《とつにゅう》しながら、全員、口々にさけんでいるのだった。

テオは、ルーサーと別れ別れになっていたが、広場に来て鞍《くら》から飛び降りたとき、ふたたびルーサーのすがたを見た。広場のこちら側に荷馬車がひっくり返され、何人かの町民がそれをバリケード代わりにして、レギア軍と撃《う》ち合っている。そこに駆《か》け寄るルーサーが見えたのだった。

ようやく大砲《たいほう》が到着《とうちゃく》した。興奮して棒立ちになりたがる馬たちにゴロゴロガタガタと引かれてやっと着いた。テオは、兵士たちに砲撃《ほうげき》準備をさけんだ。市庁舎の一部が燃えていた。そこの窓から、太った男が、ロープで吊《つ》り下げられている。ぶざまな格好だ。将軍の制服を着ているらしい。顔は、緋色《ひいろ》の花のような赤い斑点《はんてん》におおわれていた。

ルーサーが帰ってきた。がっしりした体つきの男といっしょだった。硝煙《しょうえん》でよごれた顔、赤い髪《かみ》、何かの職人らしくエプロンをかけている。片腕《うで》に赤いリボンを巻いているが、その両端《はし》をだらりと長く垂らしていて、なにやらお祭りででもあるかのようなながめだった。

「大佐《たいさ》。大砲の係にあそこを砲撃してもらいてえんだ——」男は市庁舎最上階の塔《とう》を指さした。「おれたち、一階のほとんどは押さえたんだが、多くのレギア兵が塔の中にがんばっていて、こっちの仲間を狙《ねら》い撃ちしてるんだ」

「砲兵《ほうへい》に、直接言ってくれ」テオは言った。「わたしの命令だと言えばいい」

「彼の話だと、もうすぐジャスティンを救出できるそうだ」ルーサーが言った。「ジャスティンは生きている。尋問《じんもん》室に監禁《かんきん》されている。彼らはジャスティンを窓から連れ出そうとしている」

「リナは？」

「遺体が見つかった。彼らはそれも運び出すつもりだ」

「ああ！」悲憤《ひふん》のさけびを上げて、テオは、バリケード代わりの荷馬車めざして駆け出した。隊員たちにも、ついてくるよう身振《みぶ》りで伝えた。

そのとき、ドカーン！　大砲のとつぜんの咆哮《ほうこう》が耳をつんざき、砲手《ほうしゅ》たちが歓声《かんせい》をあげた。塔の一角が崩《くず》れたのだ。つづく砲弾《ほうだん》がもっとまともに塔にぶち当たった。砲手たちはふたたび弾《たま》をこめて、砲撃をつづけた。しばらくして、赤い髪の職人が両腕を振《ふ》りまわし、砲兵たちに、今度は別の方向に大砲を向けろとさけんだ。わきの横丁から、新しいレギア兵の部隊が馬を走らせてきたのだ。

テオは、荷馬車のかたわらにしゃがんだ。広場のまわりの家々の前に、ボロの塊《かたまり》みたいなものが並んでいる。そのボロたちがみな、赤い腕章《わんしょう》を細く長くはためかせている。決起した町民たちなのだった。

ジャスティンの大砲がその価値を証明していた。レギア軍の攻撃《こうげき》は弱まっていた。しかし、レギア兵の一部は、あちこちの建物の中に入りこみ、上の階の窓から射撃《しゃげき》をつづけた。反対側のすみでは、市庁舎の建物の影《かげ》の中で、町民の一団がレギア兵の一隊とはげしく撃ち合っていた。ここでも荷馬車を横転させ、木材を積みあげた急ごしらえのバリケードを楯《たて》にしていたが、敵の銃《じゅう》火《か》は猛烈《もうれつ》で、町民たちは押《お》され気味だった。テオは部下に、彼らを支援《しえん》するよう身振りで指令した。マスケット銃《じゅう》を肩《かた》からはずすと、ルーサーとともに広場を横断して突《つ》っ走った。

バリケードに着いてまもなく、建物の後ろから駆《か》けてくる数人の男たちが見えた。町の人々だ。彼らに抱《だ》きかかえられている淡《あわ》い色の髪《かみ》の男。ジャスティンだ。テオは部下たちに、ジャスティンの脱出《だっしゅつ》を成功させるべく、レギア兵への射撃《しゃげき》を強めるようにと命令した。一発の銃弾《じゅうだん》がテオの頭上をかすめて飛び去り、もう一発が荷馬車の車軸《しゃじく》を断ち割った。テオは、バリケードから足を踏《ふ》み出し、ジャスティンに手を振《ふ》った。

レギア軍の銃火《じゅうか》がゆるやかになっていた。味方の狙撃兵《そげきへい》たちが戦果をあげていたのだ。

ジャスティンはあえぎながら、荷馬車にたどりついた。テオをじっと見つめた。「ちくしょうめ！　ちくしょうめ！　きみ、何てことをやらかしたんだ？」

感謝ではなくて怒《いか》りの言葉が、テオの顔にたたきつけられた。テオは戸惑《とまど》って、口ごもりながら、「ぼくら、きみを救うために――」

「きみは命令を受けていた。きみは出発すべきだった」

「きみをここに残して出発などできない」テオは言い返した。「きみは拷問《ごうもん》される可能性もあった」

「もうやられたよ。きみはおれが口を割ると思ったのか？　いや、おれはやつらに何も話さなかった。どんな目に遭《あ》ったって話すものか。バカめ！　きみは、部隊の全員を失ったかもしれないんだ。いままでにどのくらい犠牲者《ぎせいしゃ》が出ている？」

傷だらけの顔の中で、すみれ色の目がギラリと光った。ジャスティンは傷ついた獣《けもの》のようなさけび声をあげた。「リナが死んだ！　知ってるのか？　リナが死んだ！　もしきみが命令にしたがっていたら――」

「蜂起《ほうき》は、われわれが来る前にすでに始まっていた。できれば彼女を救いたかった。われわれは危険を知っていた。ルーサーはとくによく知っていた。彼はどんなことがあっても、きみを救出するつもりだった」

ルーサーがひと言もしゃべっていない……。テオは気になって振り向いた。ルーサーは、荷馬車にもたれていた。白髪《はくはつ》の頭を木製の車軸の上に載《の》せて、休息しているようだった。なめし革《がわ》のような顔はおだやかだった。しかし、目はうつろだった。何も見ていなかった。傷らしいものは見えない。テオは駆け寄った。そのとき初めて、赤いしみがルーサーのシャツの胸に広がっていくのが見えた。

テオの憤怒《ふんぬ》は、ジャスティンの憤怒よりもすさまじく燃えあがった。彼は、バリケードの片すみまで走った。素手でレギア兵の群れに突進《とっしん》していきかねない勢いだった。彼は怒りをぶつける目標を見いだした。

市庁舎の建物のはずれから、馬に乗った二人のレギア軍士官が広場に駆けこんできたが、すぐ急角度に向きを変えると、近くの横丁に入りこんでいこうとした。テオはマスケット銃を持ちあげて発砲《はっぽう》した。

士官の一人が鞍《くら》の上でうつぶせになったが、馬は彼を乗せたまま疾駆《しっく》していった。もう一人の士官の馬はおびえて棒立ちになり、乗り手を地面にたたき落とした。

テオはマスケット銃《じゅう》を投げ捨て、サーベルを引きぬいた。起きあがろうとするレギア軍士官に襲《おそ》いかかり、刃《やいば》を振《ふ》りあげた。士官は向き直ると、サーベルを防ごうとして本能的に両腕《うで》をあげ、顔をかばった。

振り下ろそうとして、テオは動きを止めた。サーベルが手から落ちた。彼を見上げているのは、恐怖《きょうふ》にひきつったラス・ボンバス伯爵《はくしゃく》の顔だった。

ラス・ボンバスは一瞬戸惑《いっしゅんとまど》ったものの、すぐ、自分を切り殺そうとした男がテオだと知った。テオは伯爵を助け起こした。テオが次々と浴びせかける質問に、ラス・ボンバスは何の注意も払《はら》わず、「ミックルだ！　あれはミックルなんだ！」とさけぶばかりだった。

テオは最初、何のことかわからなかった。伯爵は顔をぐいと近づけて、「ミックルは我輩《わがはい》といっしょだったんだよ！　われわれは脱出《だっしゅつ》しようとしていた。あんたは彼女を撃《う》ったんだ！」

テオは愕然《がくぜん》とした。憤怒《ふんぬ》は消えた。自分のやったことへの新しい恐怖に、わしづかみにされていた。悪夢の中にいるようだった。生ぐさい血のにおいにむせ返りそうだった。ふたたびストックの死体が見えた。モンキーが見えた。ケストレルのさけびが耳の中で鳴った。こうしたすべてが、ぼくをここまでみちびいたのだ。そしてとうとう、ミックルまでも……。

ジャスティンがやってきた。「捕虜《ほりょ》はつくらない。そいつを殺せ。おれはもう、やった」

テオは言った。「これはラス・ボンバスだ。きみも知っているはずだ。彼は、ミックルといっしょにここにいたんだ。ぼくは彼女を殺したかもしれない」

ジャスティンはまだ呑《の》みこめなかった。ラス・ボンバスはすでに自分の馬にまたがって、テオをせきたてていた。

テオは、馬を置いておいた場所に駆《か》けもどった。ラス・ボンバスは、テオとジャスティンのあいだに馬を進めて、双方《そうほう》に聞こえるようにさけんだ。

「よく聞いてくれ！」ラス・ボンバスはさけんだ。「われわれは、レギア軍士官の服装をするしかなかったんだ。女王はムルへ行くとちゅうだった。女王とは、アウグスタ女王のことだ。わからないのか？　彼女、重傷を負ったかもしれない。あるいは死んでしまったかも――」

「みんなが死んでるんだ」ジャスティンは怒鳴《どな》り返した。「女王だって？　それがどうした？　おれには関係ないよ！」

赤い髪《かみ》の職人がエプロンをパタパタさせながら、数人の同志とともに駆けてきた。「やつらは追い出した。町はいま、おれたちのものだ」

ジャスティンは、さっと彼らのほうを向いた。「追い出しただと？　おまえたちのものだと？　持ちこたえられはしないよ。やつらは新手の部隊を送りこんでくるに決まってる」

「わかってるさ。しかし、おれたちだって、少しのあいだはそれを食い止められる」男は、にやりと笑った。「おれたち、死ぬのは覚悟《かくご》のうえだ。敵の部隊が接近中だが、これは、おれたちが引き受ける。その隙《すき》に、あんたたちは撤収《てっしゅう》してくれ。あんたたちはおれたちを助けられないが、おれたちはあんたたちを助けられるのさ」

テオは馬に乗って、伯爵《はくしゃく》のそばに駆《か》け寄った。ジャスティンはテオの持つ手綱《たづな》をつかんで、「きみは命令にしたがうんだ。部下を集めろ」

「指揮権はきみにもどったんだ」テオはさけんだ。「きみが部隊を撤収させせろ。きみがいれば、ぼくはいなくてもいい。ぼくはミックルのあとを追う」

ジャスティンは、懸命《けんめい》の努力で自分を抑《おさ》え、ひややかな声で言った。「いったい何を言ってるんだ。これは敵前逃亡《とうぼう》だ。軍法会議ものだぞ。もしきみが、いまこの瞬間《しゅんかん》にラ・ジョリーに向けて出発するならば、なかったことにしてやろう。きみは、自分のやろうとしていることがわかっていないんだ」

「ぼくは、自分のやろうとしていることを、ちゃんとわかっている」テオは馬の向きを変えた。ジャスティンを広場に残し、テオとラス・ボンバスは、ミックルが去っていった方向に向かって馬を走らせた。

あまり遠くへ行かないうちに馬を止めていてくれたらと思って、テオはあちこちへ視線を走らせた。乗り手のいない馬はまったく見えず、ミックルは影《かげ》も形もない。町の方角ではふたたび銃《じゅう》声《せい》が聞こえていた。

テオの見るところ、ミックルは、高い山々のつづくドミティアン山脈の方向には行っていない。エシュバッハの西、やや低い丘陵《きゅうりょう》地帯の方角に向かっているはずだ。彼は馬を急がせた。ラス・ボンバスはフーフーあえぎながらついてきた。丘陵地帯に近づき、森の始まるあたりに着いたときには、テオの乗った馬は汗《あせ》みどろだった。伯爵はここらでひと休みしようとさけび、馬の歩みを止めた。

森はだいぶ葉を落とし、うつろな感じで広がっていた。落ち葉を踏《ふ》む音はしないだろうか、テオは耳をそばだてた。「もっと遠くに行ったんだな。でも、どこかで止まらなくてはならないはずだ」

ラス・ボンバスは、レギア軍士官の軍服を脱《ぬ》ぎはじめていた。「このろくでもないもののおかげで、市庁舎で殺されるところだったよ。レギア軍の士官だと思われたんだ。われわれとしては逃《に》げ出すしかなかった。そしたら、今度はあんただ！」

「ぼくにわかるわけないだろう？　レギア兵を殺すのがぼくの務めなんだもの」

「あんたは制服を殺してるんだ！」ラス・ボンバスはそう言い返したが、ふっと顔をやわらげ、悲しそうにテオを見つめた。「ごめんよ。あんたは、そうせざるを得なかったのだものな。よし、若者くん、いっしょに彼女を見つけよう。だけど、ちょっとだけ待ってほしい。我輩《わがはい》はまだ、シヨックから立ち直っていないんだ——そんな風なあんたを見て。自分の目が信じられないのだ。若者くん、我輩はまだよくあんたを知らなかったらしい。あんたはまるで狂人《きょうじん》のように見えた。

我輩《わがはい》はあんたのことを、そう——あの血に飢《う》えた男、ケストレルだと思ったのかもしれない」

「あんたの思ったとおりさ、ぼくはあのケストレルなんだ」テオは言った。「いや、ケストレルだったと言うべきだな」

20 水ネズミの洞穴《ほらあな》

ウィーゼルは元気を取りもどしていた。しかし、スパロウはまだ弟のことが心配だった。これは、彼女にとっては新しい感覚だった。以前、ウィーゼルが彼女をどんなにいらだたせ、どんなに手を焼かせても、彼女は決して弟の健康のことを深刻に気にしたことはなかった。ウィーゼルは生まれてこのかた、一日だって病気をしたことはなかったのだ。

あの領主館が焼き打ちされるのを見たすぐあとで、ウィーゼルは病気になったのだった。何の病気なのか、スパロウには見当もつかなかった。熱病のようにも見えたが、さわってみても額《ひたい》は熱くはなかったし、特別にあたたかくさえもなかった。

二人の水ネズミはあの夜、森の中に逃《に》げこんだのだった。そして、まるで何か怪物《かいぶつ》めいた、恐《おそ》ろしい、名のないものに追われているかのように、そこに身をひそめていた。スパロウは弟のために、木々の茂《しげ》みの中に居心地のよいねぐらをつくってやった。しかしウィーゼルは、しばしば体をけいれんさせて、ほとんど眠《ねむ》らなかった。たまに眠ったときには、世にも悲しそうな声で泣き出し、結局、自分を目覚めさせてしまった。

スパロウは、精いっぱい弟の世話をした。たくさんの食べ物を盗《ぬす》んできてやったが、ウィーゼルはそれを食べようとしない。これはたしかに病気だ、とスパロウは思った。しかし、どうしてやればいいのかは、さっぱりわからなかった。ただ、自分なりの看護をしてやるしかなかった。夜も昼もそばにいて静かに見守り、彼が泣いたりわめいたりしたときには、髪《かみ》をなでて心を静めてやるのだった。

とつぜん、彼は回復した。ある朝、目を覚まし、きょろきょろ見まわして、食う物をくれとさけんだ。スパロウがたくわえておいた食べ物を全部、がつがつと平らげた。ふたたび以前のウィーゼルらしくなっていた。しかし、完全に元どおりになったわけではない。スパロウには、これが心配だったのだ。彼の細い顔は土色になったままだったし、体も病気前より痩《や》せていた。よりいっそう、ウィーゼル（「イタチ」の意）という名前にふさわしくなっていた。起きてうろうろするようになり、以前と同様に悪ガキぶりを発揮するようになったあとでも、やつれて見えた。ときどき、奇妙《きみょう》な、とりつかれたような目で虚空《こくう》を見ているのだった。

ケラーを見つけられさえしたら、何もかもよくなる。スパロウはそう信じていた。ケラーがいないと、なぜこんなにみじめな気がするのか、彼女にはわからなかった。いま味わっている悲しみ苦しみを、何と表現してよいかもわからなかった。そもそも、自分が悲しみ苦しみを味わっていること自体、はっきりとは自覚していなかったのだ。ともかく、ケラーを見つけなくてはならない。スパロウは一途《いちず》にそう思いつづけていた。ウィーゼルが疲《つか》れたようすを見せたり、何かにおびえて自分の中に引きこもったりしたとき、彼女は彼にケラーの話をした。まるですばらしいおとぎ話を聞いたかのように、弟はいつもそれで元気づいた。

二人は東に向かって進んだ。森を抜《ぬ》け、ゆるやかに起伏《きふく》する丘陵《きゅうりょう》を越《こ》えて、並んで歩きつづけた。もしこれほど機転が利《き》かなかったなら、飢《う》え死にしたことだろう。もしもっと想像力に富んでいたら、自分たちの目標が達成する見込《みこ》みのないことを悟《さと》って、あきらめてしまったことだろう。彼らはただ、黙々《もくもく》とその日その日の行動をつづけるばかりだった。

彼らは、フィンガーズでの〈拾い屋〉時代のやり方を適用した。かつては、川が運んできたものを求めてボートで入江《いりえ》のあちこちを探しまわり、ときには、マリアンシュタットの港まで漕《こ》ぎ入ったものだが、今度は、土の上をてくてく歩いて、小さな農場や集落を探して入りこみ、ほしいものを恵《めぐ》んでもらったり盗んだりした。

ときどきは失望を味わうこともあった。ひとつの村に着いて、そこがまるごと棄《す》てられていることがあるのだ。家々は略奪《りゃくだつ》され、破壊《はかい》され、焼け焦《こ》げになっていた。こういう例は、東に進むにつれて多くなった。こんなときは、もっとよく探そうという気持ちも起きないまま、手ぶらでその場を去るしかなかった。というのは、二人とも、以前とは違《ちが》って、人間の死体を見るのが恐《おそ》ろしくなっていたのだ。ウィーゼルは、とくにそうだった。なるべく死体を見ないようにしていた。死体がないとわかっているのは、レギア軍の基地だった。彼らはしばしばそこに忍《しの》びこんだ。危険もめっぽう大きかったが、獲物《えもの》もめっぽう大きかった。

夜が冷えこむようになっていた。どこかに安定した隠《かく》れ家をつくらなければ、とスパロウは思った。一夜ごとの、草むらの中の仮の宿り以上のものが必要な時季になっていた。冬の食糧《しょくりょう》をたくわえられるところ、一日の終わりに帰れるところ――彼女は〝家〟がほしかったのだ。

やがて、彼女はその場所を見つけた。岩と岩の重なり合いの中にできた、かなりの大きさの空間だった。二人は、草木を集めてきて、屋根や入り口の衝立《ついたて》めいたものをつくり、洞穴《ほらあな》風の住まいを完成させた。

彼らが気に入ったのは、何よりもまず、ここが町に近いことだった。マリアンシュタットを離《はな》れて以来見る最大の町だった。ケラーの情報も得られるだろう。いや、ケラー本人に会えるかもしれない。それに獲物も多そうだ。だいたい、レギア兵がうじゃうじゃしている。これはますます都合がいい。最近わかってきたことだが、レギアの兵隊はいつも、いろいろうまそうなものを食べている。うまくやれば、ごっそり、こっちにいただけそうだ。

スパロウはその町の名を知らなかった。そんなことはどうでもよかったのだ。もし知ったとしても、彼女にとっては何の意味もないことだった。町の名はエシュバッハだった。

二人は、次の朝、町を見てくることにした。まるで何かいいことが待っているかのような、幸せな気分で出発した。

が、エシュバッハに近づくにつれて、ウィーゼルはひどく落ち着かなくなった。はげしい銃《じゅう》撃音《げきおん》が町から聞こえてきたのだ。銃声《じゅうせい》ばかりか、重苦しい大砲《たいほう》の炸裂音《さくれつおん》まで聞こえてきた。黒い煙《けむり》が澄《す》んだ空に広がっている。ウィーゼルは震《ふる》えはじめた。顔にしわを寄せている。あの病気以来、彼は大きな音を聞くとようすが変になる。また具合が悪くなるのではないかとスパロウは心配だった。弟の手をとって、もと来た道を引き返した。町に行くのはこの騒《さわ》ぎが静まってからでいい。

しばらく歩いて、彼女は不意に足を止め、ウィーゼルに泣くのをやめるよう身振《みぶ》りで伝えた。一頭の白い馬が見えたのだ。鞍《くら》も置かれ手綱《たづな》もついていて、木につながれている。これはすごいぞと彼女は思った。新しい視野が開けた感じだった。馬は乗り物として、また荷物の運搬《うんぱん》手段として大いに役立つ。拾い集めた獲物をうんとこさ運ぶことができるだろう。ウィーゼルも、さっきまでの泣きべそはどこへやら、すっかり明るい顔になった。

次の瞬間《しゅんかん》、スパロウは、丸い石に腰《こし》をかけている若い男に気づいた。レギア軍士官の軍服を着ている。またしても幸運が舞《ま》いこんだと彼女は思った。これまでの経験からして、士官はふつうの兵隊よりも金持ちだとわかっている。いろいろ金目《かねめ》のものも持っているだろう。若いレギア人は彼らが近寄るのを聞いていなかった。腰を下ろし前かがみになって、頭を膝《ひざ》のあいだにうずめている。まるで病気みたいだった。

姉と弟はそっと忍《しの》び寄った。ウィーゼルが、うっかり乾《かわ》いた小枝を踏《ふ》んだ。その音に、レギア人は上体を起こして振《ふ》り向き、当惑《とうわく》したような顔つきで二人を見つめた。その一瞬《いっしゅん》の間に、スパロウは、その男の顔に、自分を心配させたウィーゼルの表情と同じ、とりつかれたような表情が浮《う》かんでいるのを見た。士官は、片手をあげて何かを防ぐような身振《みぶ》りをし、立ちあがろうとしたが、もう遅《おそ》かった。スパロウとウィーゼルが飛びかかっていた。

襲《おそ》われたとたん、士官は活発になった。ほっそりとした体だったが、かなり力はあった。二人を振りほどこうとして大暴れしたが、二人は頑強《がんきょう》にしがみついた。一瞬、士官は、ウィーゼルをわきに突《つ》き放すことに成功した。が、これはただ、自分の敗北を確実にしただけだった。ウィーゼルはふたたび攻撃《こうげき》をかけ、固くにぎりしめたこぶしを士官の鼻にゴツンとばかり、たたきつけたのだ。

レギア人は、腰を落とし、むせたり鼻をくんくん言わせたりしていた。鼻血がだらだら流れ出ている。このときとばかり、スパロウとウィーゼルは彼の上着を飾《かざ》っているモールをもぎとり、これを紐《ひも》がわりにした。士官はもはやほとんど抵抗《ていこう》せず、たちまち両腕《うで》を縛《しば》りあげられてしまった。肩《かた》を落として、うつむいて、見るからにしょぼくれている。ウィーゼルのこぶしのせいもあったのだろうが、もともと、闘《たたか》う気力がなくなっているようだった。

姉と弟は、彼の身体捜査《そうさ》を始めた。ポケットを全部裏返しにし、上着の中をまさぐったが、何ひとつ見つからず、大いにがっかりした。ブーツも、あまりに大きくて、彼らのどちらにも合わなかった。しかし、衣類は何かの役には立つだろう。それに、何といっても馬を手に入れたのはうれしいことだった。

それにもかかわらず、ウィーゼルはいらだっていた。この士官、何か隠《かく》しているに違《ちが》いない。彼はまたしても、士官の体をまさぐりはじめた。

「やめたまえ」士官は言った。「わたしは金《かね》を持ち歩かないんだ」

「どういうわけかな」ウィーゼルはスパロウに言った。「おれたちの捕《つか》まえるレギア兵って、みんな貧乏《びんぼう》なんだね」

「もし金が目当てなら」士官は言った。「あとで、ほしいだけあげてもいい」

「金なんて、ここでは何の役にも立ちゃしない」スパロウは言った。「こっちがほしいのは、食べ物よ」

「食べ物だってあげられるよ。わたしを帰してくれれば、何でもほしいものをあげるよ」

スパロウは、しげしげと獲物《えもの》を観察した。男は、最初思ったよりも若い。口ひげを立てようとしているらしいが、まだまだ見栄《みば》えのしないものでしかない。そして、なんだか具合が悪そうだ。ウィーゼルに殴《なぐ》られたところ以外、何の傷も負っていないのに、えらく元気がない……。銃声《じゅうせい》がまた始まっていた。前よりもはげしい音だ。レギア軍士官は、弾丸《だんがん》にでも当たったかのように身を震《ふる》わせた。

「先に払《はら》うものを払ってくれたら、解放してあげる。あとで払うっていうのはお断わりだよ」スパロウは言った。「もし、あんたがいろんなものをくれるのなら、もらうまでは、あんたのことを見張っていなくちゃならない」

「じゃ、きみたちに恭順宣誓《きょうじゅんせんせい》をあたえよう」

「何だい、それ？」ウィーゼルは聞いた。「いま、それを持ってるのかい？」

「戦争の決まりごとのひとつだ」若いレギア人は言った。「士官が身柄《みがら》を拘束《こうそく》された場合、彼は敵に恭順宣誓というものをあたえることになっている。つまり、逃亡《とうぼう》をくわだてないという誓《ちか》いをする。約束をするわけだよ」

「それだけじゃ不満だね」スパロウは言った。「さあ、行こう。あんたを町に連れていく。そして、もらうべきものをもらうまで、あんたから離《はな》れずにいる」

「まるで身代金《みのしろきん》をもらうみたいだな」若い士官は言った。

「何と呼ぼうとかまわないが」ウィーゼルは言った。「おれたちはそれがほしいんだ。さあ行こう」

「いや――いまはだめだ」士官は青ざめていた。「まだ戦闘《せんとう》中だ。いまは行けない。待ってくれ。いずれ終わるはずだ」

スパロウの頭に、ぴんと来るものがあった。「あんた、怖《こわ》がってるんだね？　あんた、臆病者《おくびょうもの》なんだ」

レギア人は答えなかった。スパロウは満足していた。そうか、そういうことだったのか。言葉を継《つ》いで、「ちっとも恥《は》ずかしいことじゃないよ。たいていの人がそうだって、ケラーは言っている。それがふつうの感覚なんだって」

　それにしても、このレギア人は、けっこうな獲物《えもの》というよりも、厄介《やっかい》なお荷物になりかけている。もし二人で彼を町に連れていけば、レギア人たちが、払《はら》うべきものも払わずに彼を奪《うば》い返してしまうかもしれない。ウィーゼルを町にやってレギア人たちと交渉《こうしょう》させ、そのあいだ、わたしがこの男を見張っていることも考えられる。でも、ウィーゼルを一人で行かせるのは気が進まない。この子の身に何が起こるかわかったものじゃない。ましてや、戦闘がふたたび始まっているのだもの……。スパロウはあれこれ思いをめぐらせた。結局、いちばん安全なのは、この士官をあの洞穴《ほらあな》に連れていき、そこに置いておくことだ。そのうちによい考えが浮《う》かぶだろう……。ウィーゼルが馬を引き、スパロウが士官を連れて、姉と弟は洞穴への道を引き返していった。

　士官は、頭の上にどんなものであれ屋根があるというだけで、ありがたそうだったが、スパロウが出した食べ物には、あまりありがたそうな顔をしなかった。彼女とウィーゼルは、彼を縛《しば》っておくことにした。いくら恭順宣誓とやらをもらったところで、安心はできない。だから彼女は、ひと口ひと口、彼に食べさせてやらなければならなかった。彼がレギア人であることは、彼女にとってどうでもいいことだった。彼が死んでいたら、彼のポケットのものをくすねたことだろう。彼が具合が悪そうだったので、世話をしてやるのだ。

　ウィーゼルは、初めの失望などすっかり忘れて、この士官に夢中になっていた。なにしろレギア人と言葉をかわすのはこれが最初だった。別にふつうの人間と変わっていないように見えた。ウィーゼルが名前を聞くと、士官はためらった。

「そうだね――まあ、コニーと呼んでもらっていいよ」

「あんた、戦っていなくちゃいけないんだろ？」ウィーゼルは聞いた。「ここで何をしてるんだい？」

士官はしばらく答えなかった。重荷をこらえているかのような顔をしていた。

ようやく、それが重荷をとりのぞく唯一《ゆいいつ》の方法でもあるかのように、しゃべり出した。「きみは戦ったことがあるのか？　戦闘《せんとう》を見たことがあるのか？　わたしは今日まで、なかった。わたしが護衛の者――いや仲間たち――と町に入ったときに、戦闘が始まった。敵は――つまり、きみたちの仲間は――大砲《たいほう》を持っていて、われわれめがけて撃《う》ちこんできた。わたしの副官は、わたしのすぐとなりにいたんだが、砲弾《ほうだん》が彼を――」

レギア人は言葉を切った。この人、嘔吐《おうと》するかワッと泣き出すか、それともその両方を一度にやるんじゃないかしら、とスパロウはハラハラした。

「あんた、逃《に》げ出したのかい？」ウィーゼルは言った。

「恥《は》ずべきことだった。卑怯《ひきょう》なことだった」コニーは言った。「自分でもどうしようもなかったんだ。わたしは、戦争がほんとうはどんなものなのか、ぜんぜん知らなかった。逃げ出すつもりなどなかった。ひとりでに起きてしまったことなんだ。きみ、だれにも話したりしないだろうね？」

「そんなこと、わたしに関係ないよ」スパロウは言った。「それにわたし、それが恥ずかしいことだとか卑怯なことだとは思わない。あんただって悪い人には見えない――レギア人にしてはね」

「わたしを憎《にく》まないのかい？」

「なぜ憎まなければならないの？」スパロウは言った。「あんたのことをほとんど知らないのに」

若いレギア人は、じっと彼女を見つめた。「きみ、変わった女の子だね。平民なのに、すごくユニークだ」

「彼女はとても平凡《へいぼん》さ」ウィーゼルが口をはさんだ。「ユニークなんかじゃないよ」

「きみたち、森に暮らしているのか？」レギア人は聞いた。「何か仕事をしているの？」

「おれたち、ケラーを探すのが仕事だ」ウィーゼルが言った。「あんた、彼がどこにいるか、知らないか？　ケラーはおれたちに、新聞記者の修業をさせてくれている。おれは、まえ、泥棒《どろぼう》だった。でも、もう二度と泥棒はしない」

レギア人は物思いにしずみこんでいた。ウィーゼルは一日の働きに疲《つか》れ果て、丸くなって眠《ねむ》りに入った。スパロウはずっと目覚めていた。レギア人もやがて目を閉じたが、ときどき体をはげしくけいれんさせた。スパロウは、弟にしたのと同じように彼をなでてやった。彼が不意におびえて目覚めたときは、おだやかに話しかけ、額《ひたい》をなでてやった。

一度、そんな折に、なかば目覚め、なかば眠《ねむ》ったままで、レギア人は体を起こして、じっと彼女を見た。じっさいには、彼女を通して、遠いかなたにある何かを見定めようとしているのだった。スパロウは彼にやさしく言葉をかけてやり、彼はふたたび横になった。

眠りこむ前に、自分でもあきれたような声で、彼は言った。「知ってるかい――わたしは、おもちゃの兵隊でもって遊んでいたんだよ」


ウィーゼルは、自分の幸運が信じられなかった。レギア軍の士官たちって、みんな捕虜《ほりょ》になりたいのだろうか。翌朝、彼はもう一人、捕《つか》まえたのだ。

その朝、スパロウは、ウィーゼルにこう話していた。――ウィーゼルがまず町を偵察《ていさつ》する。エシュバッハに入ってはならない。ただ戦闘《せんとう》がやんでいるかどうか見るだけ。ウィーゼルが帰ってきたら、コニーもふくめ三人で、これからどうするかを話し合う。……コニーは、前日のおびえた状態からいくぶん回復していた。

それでウィーゼルは出発したのだ。彼には重すぎるコニーのサーベルで武装し、彼には大きすぎるコニーの軍帽《ぐんぼう》をかぶって。洞穴《ほらあな》を出ていくらも行かないうちに、ウィーゼルはハッとして足を止めた。別のレギア軍士官が、馬を引いて、よろよろとこちらに向かってやってくるではないか。このレギア人は、コニーよりもはるかに具合が悪そうに見えた。上着の片側は血によごれていた。ほとんど立っていられない感じだった。

大声あげてスパロウを呼び、それから、肩《かた》にかついでいたサーベルを鞘《さや》から引きぬき、振《ふ》りあげて突進《とっしん》した。自分では突進したつもりだったが、扱《あつか》いにくいサーベルのせいで、それほどスピードがあったわけではない。速度で欠けているものを猛烈《もうれつ》さでおぎなった。恐《おそ》ろしいさけび声をあげ、ものすごい形相《ぎょうそう》で向かっていった。そのせいで、相手はすっかり度肝《どぎも》をぬかれた――と、ウィーゼルは思った。ともあれ士官は、ばたりと倒《たお》れてしまったのだ。

スパロウも駆《か》けつけていた。最初彼女は、新しいレギア軍士官は死んだのだと思った。しかし気絶しただけだった。すぐに意識を取りもどし、おぼつかない足取りではあるが、姉弟《きょうだい》に両側から支えられて歩くことができた。

「もう一人来たよ」洞穴に第二の獲物《えもの》を運びこむと、ウィーゼルは得意そうに言った。「おれ一人で捕まえたんだ」

歩いたのがこたえたのか、すでに弱っていた新しい捕虜は、またしても気絶した。スパロウはコニーを手招きした。「あんた、来て見たほうがいい。この人、あんたよりも具合が悪いよ」

「じゃ、紐《ひも》をほどいてくれ」

スパロウはためらった。二人のレギア軍士官を――いくら一人は意識がないにしても――縛《しば》りもせずに身近に置いておくなんて、だいじょうぶだろうか。

「恭順宣誓《きょうじゅんせんせい》をしたんだからね」コニーは言った。「約束するよ」

「わかった。恭順宣誓だよね」スパロウは弟に向かってうなずき、彼は、間に合わせのロープをほどいた。「あんた、こんなふうに傷を負ったとき、どうしたらいいか知ってる？」

「知らないなあ」コニーは認めた。「前に、狩猟《しゅりょう》をしているときに事故があった――わたしの国でね。そのときは医者を呼んだ」

「ちぇっ。ぜんぜん助けにならないな」スパロウは不満そうな声を出した。

「これは銃弾《じゅうだん》による傷だ」コニーは、ぐったりと横たわった士官の上にかがみこんでいた。「最初に見なくてはならないのは、弾《たま》が貫通《かんつう》しているかどうかだ。うん、これは貫通してる」

「この男、知ってる？」ウィーゼルが聞いた。

「いや、知らない。それに実のところ、これは男じゃない。娘《むすめ》だよ」

ウィーゼルは目をぱちくりさせた。「ほんとう？」

スパロウは弟をわきに押《お》しやり、コニーに手を貸そうとした。そのときとつぜん、洞穴《ほらあな》の入り口に立てられていた仕切りが、引き破られた。ウィーゼルはサーベルに飛びつき、スパロウは片手を自分の口に当てて、悲鳴を押《お》し殺した。ひげだらけのきたならしいものが、スパロウを見つめていた。

これは怪物《かいぶつ》だ、とても人間とは言えなかった。と彼女は思った。

21 二人の君主

ミックル捜索《そうさく》は二日目に入った。テオと伯爵《はくしゃく》は、昨日一日かけて森の奥《おく》深くまで探しまわったのだが、ミックルは見つからなかった。テオは最初、ミックルは丘陵《きゅうりょう》地帯の奥に入りこんだのだろうと思ったのだが、もしかするとそれは間違《まちが》いで、もっと町に近いところに身を隠《かく》しているのかもしれなかった。

今日、二人は、昨日急いで通り過ぎた土地を念入りに探していた。やがてテオが、二頭の馬を見つけた。馬たちはつながれていた。そのかたわらの重なり合った岩のあいだに、木の枝を集めてつくった扉《とびら》のようなものが見える。馬のうちの一頭はミックルのものだと、ラス・ボンバスにはひと目でわかった。もう一頭の白いのは、レギア騎兵《きへい》隊の馬だった。

ミックルは敵の手に落ちたのではないか。テオは不安にかられて、敵の隠《かく》れ家らしきものに押《お》し入った。地面にひとつの人影《ひとかげ》が横たわり、その上に一人のレギア軍騎兵士官がかがみこんでいるのを見たとき、テオは、自分の不安が的中したと思った。おんぼろすがたの小鬼《こおに》みたいなものが二匹《ひき》ちらりと見えたが、そいつらにはかまわず、士官に飛びかかった。

「やめろ！　やめろ！」小鬼の一匹がさけんだ。「コニーに何をするんだよ！」

ラス・ボンバスは、ミックルのかたわらに膝《ひざ》をついていた。「彼女、生きてる」

騎兵《きへい》士官がぜんぜん抵抗《ていこう》しようとしないので、テオは彼をわきに押《お》しやった。ラス・ボンバスはすでに、ミックルの傷を調べはじめていた。テオのマスケット銃《じゅう》の弾丸《だんがん》は、きれいに肉を貫通《かんつう》していた。肋骨《ろっこつ》は傷つけられていない。しかし彼女は、多くの血を失っていた。彼女を抱《だ》きあげようとするテオを、ラス・ボンバスはさえぎった。

「ミックルはだいじょうぶだよ、若者くん。我輩《わがはい》が診《み》てあげる。我輩の職業のひとつでもあるからね。ああ、我輩調合のあの万能薬エリクシルと飲み薬があればなあ――」

「ああいうものが何の役にも立たないってことは、知ってるんでしょう？」

「ああ、そうだよ。でも、何も飲ませないよりは、ましだ」

騎兵士官が、小鬼たちに付き添《そ》われて、テオにそろそろと近寄った。

スパロウが士官をかばうようにして、テオに言った。「コニーは、わたしたちの捕虜《ほりょ》なんだ。わたしたち、彼の身代金《みのしろきん》をもらう。彼は恭《きょう》順宣誓《じゅんせんせい》をしたの」

「そのとおりだ」騎兵士官は言った。「あなた方が何者であるかは知らないが、戦争の法規は守ってくれるだろうね」

「あんたが守るのと同じくらいにね」テオは言った。

ミックルのほうばかり見ていたラス・ボンバスが、視線を騎兵士官に移した。そのとたん、ラス・ボンバスは目を見張って立ちあがった。こんなに呆気《あっけ》にとられた伯爵《はくしゃく》を、テオは見たことがなかった。ラス・ボンバスはしげしげと見つめ、眉《まゆ》をひそめ、首を振《ふ》った。

騎兵士官は後ろに下がっていた。ラス・ボンバスは彼に近づいた。「あんた！　いや、あなた。いったい、どなたなんです？」

士官は答えなかった。ラス・ボンバスは士官の顎《あご》を片手で持ち、ぐいと横に回した。

「我輩は自分の目が信じられんよ」彼はテオに呼びかけた。「この横顔を見たまえ。レギアの金貨に刻まれたこの顔を、我輩は一千回も見てきた――いや残念ながら、そんなに頻繁《ひんぱん》ではないな――。ともかく、これはまぎれもなくレギア王家の顔だ」

士官は後ろに下がった。

ラス・ボンバスは、地面に転がっていたサーベルを拾ってにぎりしめ、「もし、あなたがコンスタンティン国王でないなら、あなたが二人いることになる。一人、余分ってわけだから――」そう言いながら、コンスタンティン金貨だってしゃべりださずにはいられないような、猛烈《もうれつ》な勢いで詰《つ》め寄った。

若い男はうなずいた。「いかにも、わたしはレギアの国王、コンスタンティン九世だ。わたしは身分にふさわしい待遇《たいぐう》を受けることを要求する」

「あんた、自分が国王だとおれたちに言わなかったじゃないか」ウィーゼルが言った。「やつら、あんたのためにもっと払《はら》うかな？」

ラス・ボンバスは、今度はウィーゼルとスパロウにおどろきの目を向けた。「きみたち、チビの案山子《かかし》たち、何も知らないんだな。彼にどれだけの値打ちがあると思ってるんだ？ ひとつの王国と同じ値打ちがあるんだぞ！」

テオは、ほとんどラス・ボンバスの言葉を聞いていなかった。ミックルのことだけを考え、ほかのだれのことも気にしていなかった。彼女は身動きしはじめていた。まもなく目を開いた。テオとわかるのに手間取ったルーサーとラス・ボンバスとは違《ちが》って、ミックルは一瞬《いっしゅん》にして、このひげ男がテオであることを見ぬいた。

「わたし、言ったでしょう、あなたを見つけるって」ミックルはほほえんだ。「あなた、どうしちゃったの？ ひどい顔だわ」

伯爵《はくしゃく》も大喜びだった。さっそくミックルに、捕虜《ほりょ》の名前と身分を教えてやった。

彼女は、ようやくコンスタンティンの顔を見た。

「レギアの国王ですって？ よかった。わたし、あなたと話がしたかったのよ」

ラス・ボンバスは、これまで、種々雑多な資格で数多くの王族や高官に接してきたと言っている。その彼も、こんな経験は初めてだとあきれ返るしかなかった。そもそも、二人の君主が会見をする場所として、この姉弟《きょうだい》の洞穴《ほらあな》ほど変わったところが使われたことがあるだろうか。それだけではない。テオの話によれば、ミックル女王はかつて、フィンガーズで、スパロウとウィーゼルがいた同じ小屋に住んでいたという。しかも、このおんぼろ姉弟は、有名なケラーとともとても親しい関係にあるだけでなく、白髪爺《しらがじい》さん、すなわちウェストマーク王国の宰相《さいしょう》とも知り合いなのだという。

コンスタンティン王はしぶしぶ、ここに自分がいるわけを説明した。そして、この若い女がアウグスタ女王であることを、彼女の指輪に彫《ほ》られた女王の印鑑《いんかん》を見せられたこともあって、受け入れた。

「あなたは〈物乞《ものご》い女王〉って言われているそうだね」彼は、つらそうな声で言った。「きっとわたしは〈臆病《おくびょう》王〉って呼ばれることになるな」

「コニー」スパロウが口をはさんだ。「そんなこと気にするなって言ったでしょう」

「わたしは、エルズクール将軍にメッセージを送ったのだ」コンスタンティンは言った。「それはたぶん、あなたが彼に会った朝、彼のもとにとどいたはずだ。わたしは彼に、これからエシュバッハに向かうと告げたのだ。叔父《おじ》も、わたしが行くことに同意したのでね。ともかく、わたしは本物の戦闘《せんとう》を見たかったんだ。そして、この目で見た。もし、もっと早くエシュバッハに着いていたら――」

「エルズクールといっしょに殺されていたでしょう」とテオは言った。

コンスタンティンはうなずいて、「そのほうがましだったかも。名誉《めいよ》の戦死だもの」

「何をバカなことを言うの、コニー」ミックルは言った。「わたしたちが二人とも生きている。それがよいことなのよ。あなたと会えたおかげで、わたしはムルまで行かずにすんだ。わたしたち、二人で話し合って、いろんなことをただちに解決できるわ。——あなたにその気があれば、だけど」

「いいよ」コンスタンティンは言った。「わたしは、この血みどろの恐《おそ》ろしい騒動《そうどう》をやめさせたい。わたしは最初、ちょっとドンパチやるのって刺激的《しげきてき》ですばらしいだろうな、と思ったのだ。だれもがそれをやりたがった。エルズクール、モンモラン、わたしの叔父《おじ》……。とりわけカバルスはやりたがった。彼は最初から、ありとあらゆることに口を出した。帰国したら、彼についでは決着つけようと思う。いまは、わたしが望んでいるのは、この戦争を終わらせることだけだ」

さっそく、ミックルが国王に、自分の和平協定案を説明しはじめたが、ラス・ボンバスが身を乗り出して、指をくちびるに当て、「ねえ、娘《むすめ》っ子くん」と、ささやいた。「あんたは切り札を持っているんだ。まさにキングを、ね！ 国王の身柄《みがら》をこちら側がにぎっているんだ。あんたは何も先方にあたえる必要はない。あんたは将軍としてはすばらしいが、外交的駆《か》け引きについてはまだまだ慣れていないからね」

ミックルは、忠告はありがたいけれど、わたしは、相手がどんな状況《じょうきょう》にいようとも同じことを提案するつもりだ、と言った。彼女は、コンスタンティンに何も隠《かく》さなかった。コンスタンテインには、じっさいのところ選択《せんたく》の余地などなかったが、彼は喜んで受け入れた。だいぶ元気が出てきたようだった。この和平協定締結《ていけつ》に指導力を発揮すれば、エシュバッハでの自分の行動の埋《う》め合わせができるだろう。

「〈臆病王《おくびょうおう》〉と呼ばれずにすみそうだな」と彼は言った。「コンスタンティン〈和平王〉ってことになるかもしれない」

そのあとの話し合いは、少しギクシャクした。ミックルが、体が弱ってはいるけれど、ただちにコンスタンティンといっしょに、エシュバッハまたは最寄《もよ》りのレギア軍現地司令部に行く――という提案については、テオとラス・ボンバスが反対した。

たとえコンスタンティンは善意で協定に同意しても、レギア軍の軍人たちが何と言うかわからない。彼らが国王を奪《うば》い取って、ミックルたちを捕《つか》まえたり殺したりしないという保証はないではないか。そのうえ、レギア軍はすでに、サブリナ渓谷《けいこく》を通って進軍している。これを停止させる時間はない。協定締結があろうとなかろうと、ラ・ジョリーではまた血みどろの戦いが起こるだろう。それを防ぐには、戦闘《せんとう》が始まる前にラ・ジョリーに行って、協定締結を知らせることしかない。国王は、ただちにフロリアンの野営地に向けて出発すべきだ、とテオは主張した。自分が国王を案内しよう。ミックルは、ラス・ボンバスや姉弟《きょうだい》といっしょにあとから来ればいい。

「いいわよ。コニーはフロリアンのところに行くのね」ミックルは言った。「それには同意するわ。でも、あとのことには同意できない。わたしたちはみんな、いっしょに行動するの。別々にはならないの」

ミックルは、この点をぜったいに譲《ゆず》ろうとしなかった。きみは旅のできる状態ではない、二、三日ここにとどまって、ラス・ボンバスとスパロウたちに世話をしてもらったほうがいい、とテオは口をすっぱくして言ったが、ミックルは首を振《ふ》るばかりだった。

「わたしは、あなたたちのだれとも同じぐらいうまく馬に乗れるわ」ミックルは言った。「あなたがわたしの横腹を撃《う》ってくれたおかげで、鞍《くら》も無事だったし」

言い出したら聞かないミックルだ。テオはあきらめて、スパロウとウィーゼルに、食料のありったけを荷造りし出発の用意をするよう、たのんだ。ラス・ボンバスとコンスタンティン王は、彼らに手を貸した。テオはそのあと、少しの時間、ミックルといっしょにいた。彼女は、準備がととのうまで少し体を休めると約束したのだった。

「わたしがムルに向けて出発する前」ミックルが言った。「あなたに何が起きたのかぜんぜんわからないでいたとき、母がわたしにあることを言ったの。母はこう言ったわ。あなたが帰ってこないのは、だれかほかの人と仲良くなったからだろうって」

「そんなことはない。きみだってそれは知っている」

「そう。でも、それ以来、思うことがあるの。たとえ、だれかほかの人と仲良くならなかったとしても、あなたはいろんなことを感じたんじゃないかなって――」

「ルーサーにたのんで伝言を送ったつもりだけどな。きみを愛しているって。ああ、まるでむかしのことのようだ」

「ほんとにむかしみたいね。でも、いまは違《ちが》う。わたしたち、愛し合っている。それが、いまの現実だわ」

「そう」テオはためらった。ミックルにじっと見つめられて、ようやく言葉を継《つ》いだ。「そう、ぼくはきみを愛している。いま、精いっぱい愛しているつもりだ」

ミックルはいぶかしそうな目をした。それから、そっと言った。「精いっぱい？　それって、前より多くってこと？　それとも、前よりも少なくってこと？」

「そういうことじゃなくて――」テオは言った。「つまり、ぼくはずいぶん長いあいだ、すさまじい憎悪《ぞうお》の感情に支配されてきた。ひどい体験だった。そのことを思うと吐《は》き気がしそうになる。だから、いまでも、自分という人間がよくわからないんだ。愛するとは何かということが自分にわかっているかどうか、自信がないんだ」

ミックルはうなずいて、静かに言った。「あなたに自信がもどる日まで、わたしは待たなければならないってことね」

22 領主館の銃声《じゅうせい》

ウィーゼルは、テオといっしょに鞍《くら》にまたがっていた。スパロウは、コンスタンティン王といっしょだった。コニーがレギアの国王であることを知っても、スパロウはいっこうに畏怖《いふ》の念に打たれたようすはなかった。彼女が感銘《かんめい》を受けたのは、彼が、同じ名前の先祖を八人も持っているということだった。

「わからないなあ、あなた、どうやってその人たちのことを区別しているの？」彼女は聞いた。

「なかなかむずかしいんだよ」コンスタンティンは言った。「戦争が終わったら、わたしの国に来て、ブレスリン宮殿《きゅうでん》をたずねてよ。彼らの肖像画《しょうぞうが》を見せてあげるよ。でも、たいした違《ちが》いはない。うちの家系はみんな同じような顔をしているんだ」

「わたし、宮殿って行ったことがある」スパロウは言った。「ぜんぜんおもしろくなかった。あなたの宮殿は、少しはましかもしれない。そうね、あなたの先祖たち、いつか見てみたいな。わたしって、一人も先祖がいないんだもの」

「そのほうがいいよ。先祖や親戚《しんせき》って重荷になることもあるからね。とくに、叔父《おじ》さんってやつは厄介《やっかい》だ」

コンスタンティンは、それ以上言わなかった。立てつづけに、生まれて初めての経験を味わった。あんなに恐怖《きょうふ》にさらされたこともなかった。鼻をなぐられたことだって一度もなかった。そして今度は、自分の意志で、アウグスタとのあいだにりっぱな和平協定を結んだ。そう思うと心がおどった。いまは叔父とのいさかいのことなど話すときではない……。


テオは、ジャスティンの部隊に追いつこうとはしなかった。どちらも、もちろん同じ方向に進んでいる。しかし、ジャスティンはたぶん、よりふもとに近い、歩きやすい土地を選んで進んでいるはずだ。テオは、丘陵《きゅうりょう》地帯をまっすぐ突《つ》っ切ることにした。難路ではあるが、こちらのほうが距離《きょり》は短い。小人数だし、足手まといになる荷物もない。貴重な時間を節約できるだろう。運がよければ、週が終わるまでにはラ・ジョリーに到着《とうちゃく》できるかもしれない。

テオは、ひたすら先を急いだ。ミックルは彼のとなり、コンスタンティンはすぐ後ろ、ラス・ボンバスはしんがりだった。ジャスティンは敵前逃亡《とうぼう》のかどで軍法会議を要求するだろう、とテオは思った。これについて、彼はミックルに何も言っていない。あまりにも疲《つか》れ、あまりにも心が屈《くっ》して、そのことを気にするゆとりもなかった。ただ、この一団を早く、安全にフロリアンのもとに連れていくことだけを考えた。

次の数日、希望していたよりもスムーズに進むことができた。ミックルもいっしょに進んでいた。しかし、日がたつにつれて、かなり無理をしているようすがテオには見えてきた。彼が速度をゆるめようとすると、彼女は、わたしはだいじょうぶだからもっと速く行こう、と言い張った。一種の強がりだった。ミックルが、得意の技能を発揮して元気そうに見せかけても、事実を隠《かく》すことはできなかった。

ラ・ジョリーにあと十数マイルというところで、彼女の傷がふたたび開いた。疲労《ひろう》と出血が重なって、ミックルは明らかに弱っていた。テオは、その夜は夜通し移動するつもりだった。そうすれば翌日の朝には向こうに着くはずだった。しかし、それをやめ、夜営することにした。今回は、ミックルは抗議《こうぎ》しなかった。

いっそうまずいことに、レギア国王が、馬の鞍《くら》をはずそうとして背中を痛めた。コンスタンティンの苦痛をやわらげようとラス・ボンバスもいろいろ治療《ちりょう》を試みたが、何の効果もなかった。国王はほとんど動けず、馬に乗って移動することなどとうてい無理だった。スパロウとウィーゼルは出発のときと同様に元気はつらつだったが、伯爵《はくしゃく》もまた鞍ズレが出来ていて、しかも疲労困憊《こんぱい》、せめて何時間か休ませてくれ、と情けない声を出していた。

ここまで来て、何時間か遅《おく》れることは耐《た》えられなかった。一刻も早くフロリアンに情報を伝えなければならない。それで、テオはラス・ボンバスに言った。——ミックルと国王の世話をたのむ。自分は先に行く。みんなは、明日の朝、なるべく早く出発してくれ。もしミックルと国王の状態がよくなくて旅ができないようなら、フロリアンにたのんで、救援《きゅうえん》の人たちを派遣《はけん》してもらう。

夜通し、山道を急いで、早朝、平地に出た。フロリアン軍の野営地はラ・ジョリー荘園《しょうえん》の牧草地に広がっている。その真ん中に、焼け焦《こ》げた領主館が見える。テオは、馬に鞭《むち》を当てた。あともうひと息だ。

天幕の群れの中を通っていくうちに、炊事《すいじ》をしているイェリネックのすがたも見えた。馬から降りるやいなや、ザラが駆《か》け寄ってきた。サーベルとピストルとで武装したマスケットも、ちょこちょこ走ってきた。テオは二人と抱擁《ほうよう》をかわした。将軍の徽章《きしょう》をつけた若い男も見かけた。この男は、女王親衛隊の先遣《せんけん》隊とともにちょうど到着《とうちゃく》したところだった。ザラはテオに、領主館に行くようにと身振《みぶ》りで伝えた。

破壊《はかい》された大広間に入った。砕《くだ》かれた窓に、切り裂《さ》かれ焼け焦げたカーテンが、ぼろきれのように風に揺《ゆ》れている。フロリアンは、いつもの青い外套《がいとう》を着て、小さなテーブルに着いていた。彼の向かい側に年配の男が一人すわっていて、二人のあいだには、一本のワイン・ボトルと二つのグラスが置かれている。足を組み、ゆったりと、これも半分焼け焦げた紋織《もんお》りの椅子《いす》にもたれて、フロリアンはテオにうなずいて見せた。テオの出現に、それほどおどろいたようすはない。むしろ、何かに心を奪《うば》われているかのようだった。

テオは、なるべく手短に、すべてを報告した。フロリアンは特別喜びもせず、おだやかに、物悲しそうな微笑《びしょう》を浮《う》かべて聞き入っていた。

「戦争の奇妙《きみょう》な巡《めぐ》り合わせだね」彼は言った。「昨日それを聞けば、状況《じょうきょう》が一変したかもしれない。しかし今日になってみると――どうかなあ。すでに、われわれはサブリナ渓谷《けいこく》から進出してきたレギア軍と正面からの大会戦をやったのだよ。犠牲《ぎせい》は大きかった。敵の司令官はコンラッド大公のようだ。彼は、わたしが予期した以上の軍隊を持っている。味方のウィッツ将軍はよくやっているが、敵のほうがはるかに数が多い。コンスタンティンは、多くの生命を救うのには遅《おそ》すぎたかもしれないな。もしコンラッドが軍事的センスを少しでも持っているなら、もうすぐ、総《そう》攻撃《こうげき》をしかけてくるだろう」

フロリアンは言葉を切り、年配の男のほうを向いた。男は椅子《いす》から立ちあがっていた。「失礼しました、モンモラン男爵《だんしゃく》。紹介《しょうかい》させてください。こちらは、わが軍の幹部将校の一人で、彼の好む呼び名にしたがえば、ケストレル大佐《たいさ》です」

テオはびっくりした。「ぼくがその名を使っていたこと、だれから聞いたのだい？」

「ケストレルについては、いろんな話が聞こえてくるのさ」フロリアンが言った。「わたしはただ、推測しただけ。いや推測というより仮定だな。わたしは、きみが思っている以上に、きみを知っているんだよ」

モンモラン男爵は優雅《ゆうが》にお辞儀《じぎ》をした。衣服はよごれて少しすりきれていたが、念入りにブラシがかけてある。「フロリアン将軍とわたしは、ある重要な事柄《ことがら》について話し合っていたのです。つまり、このワインの質について。このワインは、わたしの小作人たちが大挙してこの前ここをおとずれたとき、なぜか、見過ごされていたものです。どうやら、運命のいたずらなのでしょうな。ともあれ、これは、すばらしいヴィンテージの最後のもの、わたしの生まれた年に貯蔵されたものです。将軍は、この香《かお》りに魅《み》せられると言いますが、わたしの好みから言うと、この少し酸《す》っぱいところが何とも言えない。どうです、あなたも意見を――」

男爵は不意に口をつぐみ、テオの背後を見た。テオも振《ふ》り返った。ジャスティンがドア口に立っていた。テオは近寄って手を差し伸《の》べたが、ジャスティンは彼を肩《かた》で押《お》しのけ、すたすたとフロリアンに歩み寄った。

「きみの副司令官が、きみより先に到着《とうちゃく》した」フロリアンは言った。「彼は興味深いニュースを持っているんだ」

「彼はおれの副司令官ではない」ジャスティンは言った。「彼には何かを指揮する権利などない。彼はエシュバッハで――」

「そのことは知っている」フロリアンは言った。「それはさしあたり関係ない。テオの報告によれば、レギア国王が捕《と》らわれている。もし彼をここに早く連れてくることができたら役に立つかもしれない。もしそれができないと――」フロリアンは肩をすくめた。「ともあれ、ちょっと失礼する。きみとはあとで話し合おう。わたしはこのモンモラン男爵と――」

「モンモランだと？」ジャスティンはさけんだ。怒《いか》りで顔が黒ずみ、傷痕《きずあと》が鉛色《なまり》に光った。「あんたは彼を生かしていたのか？　彼といっしょにワインを飲んでいたのか？　裏切り者は銃殺《じゅうさつ》されるべきだ」

「今日じゅうには銃声《じゅうせい》が聞こえるさ」フロリアンは言った。「しばらくの辛抱《しんぼう》だよ」

「いますぐやるべきだ」ジャスティンは言い返した。「レギア軍が攻撃《こうげき》してくる前にやるべきだ。さもないと、レギア軍に彼を奪《うば》い返されてしまう。彼は、全軍兵士の前で処刑《しょけい》されなければならない。こっちはそれをやるだけの正義があるんだ」

「あんたは、わたしには裁判が必要ないと言うのかね？」モンモランが口をはさんだ。「人間が自分の弁護のために話す権利を認めることは、あんた方の高潔な大義のひとつだと思っていたのだが――わたしの誤解だったのかな？　正義は、もしかすると、それを無視することによって、もっともよく役に立つというわけか？」

「あんたにそれを言われたくはないね」ジャスティンは吐《は》き捨てた。「裁判だと？　あんたは、あんたの裏切りのせいで殺されたすべての男と女によって裁かれ、判決を受けているんだ」

「そうですかな」モンモランは、うんざりしたような微笑《びしょう》を浮《う》かべて答えた。「そういう裁判の合法性は認められませんな」

「われわれだけにしてくれないか、ジャスティン」フロリアンがおだやかに言った。

ジャスティンは動かなかった。彼の目は、ワイン・ボトルのかたわらに置かれた銀づくりのピストルの上に落ちていた。一瞬《いっしゅん》、テオは、ジャスティンがそれをつかんで、彼の言う判決をその場で実行するのではないかと思った。

「われわれだけにしてくれ」フロリアンはくり返した。「これは命令だ」

ジャスティンは怒りの視線をフロリアンに向けた。フロリアンはそれ以上は言わなかった。しかし、目は冷たい光を放っていた。ようやく、押《お》し黙《だま》ったまま、ジャスティンはくるりと踵《きびす》を返し、部屋を出ていった。

その間沈黙《ちんもく》していたモンモランは、立ちあがった。「とんだ邪魔《じゃま》が入った。将軍、結局、われわれの議論は結論にはいたらなかったと考えてよさそうだね？　さあ、もうこれ以上用事はないらしい――」

フロリアンは立ちあがり、モンモランにお辞儀《じぎ》をした。テオはフロリアンについて広間を去ったが、そのとき初めて、怒りの言葉を吐き出した。

「きみ、モンモランを自由の身にするつもりじゃないだろうね！　いや、即座《そくざ》に銃殺《じゅうさつ》するというんじゃない。ジャスティンの言い方は間違《まちが》っている。しかし、モンモランはこの国を裏切った。きみはそれを知っている。その事実を無視することはできない。彼は裁判にかけなければならない」

「彼は、自分で自分を裁いているんだ」フロリアンは言った。「わたしは、銃殺隊の前の彼を見たくない。絞首台《こうしゅだい》の上の彼を見たくない。彼が何をしたのであろうと、それはわたしには耐《た》えられない。わたしの弱さと言いたければ言っていい」

そのとき、領主館から一発の銃声《じゅうせい》がひびいた。フロリアンは歩きつづけた。足取りに乱れはなかった。振《ふ》り返ることもなかった。

「彼は、自分で自分を処刑《しょけい》したのだ」フロリアンは言った。「ああ、この館が完全に焼けてしまえばいい。何ひとつなくなればいい」一瞬《いっしゅん》口を閉ざしてから、「ザラは知っている。だから、きみも知っていていい。ほかの者はだれも知らない。わたしのほんとうの名前はモンモランだ。男《だん》爵《しゃく》はわたしの父だった」


午後になって、ラス・ボンバスがラ・ジョリーに駆《か》けこんできた。とほうもない知らせを持っていた。コンスタンティン王が脱走《だっそう》したのだ。

23 休戦の旗

「国王としての約束を破ったのだ！」ラス・ボンバスはさけんだ。「国王の風上にもおけないやつだ！　和平王コンスタンティンだと？　逃亡王《とうぼうおう》コンスタンティンのほうがぴったりだ！　誓約《せいやく》を守る気なんか、ぜんぜんなかったんだ。背中を痛めただって？　いんちきな嘘《うそ》をつきおって。気を許すんじゃなかった。あの小せがれの手足をふんじばっておくべきだった」

「もし彼に会ったら」ウィーゼルが、こぶしを振《ふ》りながら口をはさんだ。「おれ、もう一発、鼻にぶちかましてやる」

テオはミックルのところに行き、馬から降りるのに手を貸してやった。彼女は、前日にくらべてたいしてよくなっているようには見えなかった。青白く、いくぶん熱っぽかった。傷の痛みと国王の逃走《とうそう》への心痛。その双方《そうほう》に苦しんでいるようだった。

「まさか、コニーが逃《に》げるとは思わなかった」彼女はつぶやいた。「わたし、彼とはいい関係になったのだと、ほんとうに信じていたの」

「こうなると、もはや、戦うか降伏《こうふく》するかしかないな」フロリアンが言った。

フロリアンは会議を招集した。場所は彼のテントの中。ザラはジャスティンを呼びに行き、テオとウィッツ将軍は、両わきからかかえるようにしてミックルを連れてきた。

「陛下」ウィッツは言った。「報告させていただきます。わたしは全力を尽《つ》くして戦いました。わがほうがアルトゥス・ビルケンフェルドから撤退《てったい》を始めたとき、レギア軍が襲《おそ》ってきたのであります。わたしは、敵を食い止めるために、一部の部隊をそこに残さざるを得ませんでした。したがって、ここでは、わがほうは半分の兵力しかありません。わたしの計算によれば——」

「ねえ、ウィッツ」ミックルは、目を血走らせた将軍に言った。「だれだって、あれ以上によくはできなかったでしょうよ。それにもう、すんだことだわ。何が起きようと、いちばんいい仲間がここにいっしょにいる。もうだいじょうぶよ」

テオがミックルをフロリアンのテントの中に入れたとき、爆発音《ばくはつおん》が聞こえた。つづいて、吹《ふ》きすさぶ風のような轟音《ごうおん》。振《ふ》り向くと、ラ・ジョリーの領主館が炎《ほのお》に包まれていた。

会議に招かれないスパロウとウィーゼルは、二人で歩きまわっていた。コンスタンティンが約束を破ったこと、ウェストマーク軍のほとんどが壊滅《かいめつ》させられる可能性があること、この野営地自体が数時間のうちに強襲《きょうしゅう》されるかもしれないこと、そういったことは、スパロウには、ほとんどうでもいいことだった。もっと緊急《きんきゅう》なあることで、頭がいっぱいだったのだ。

彼女は、ウィーゼルの手をしっかりにぎって、きびきびと歩いた。急いではいないが、しかし何かをめざしているような、自信に満ちた足取りだった。馬たちのつないである場所を過ぎ、テントが連なり、マスケット銃《じゅう》のスタンドが並び、正規軍、市民軍双方《そうほう》の部隊がたむろする野原を進んだ。方角を聞くことも情報を求めることもせず、かつて川でやったのと同じように、確信ありげに動きまわった。

野営地のほとんどを探しまわったあとになって初めて、彼女の確信は揺《ゆ》らぎはじめた。彼女はウェストマーク国の半分を歩きまわった。病気のウィーゼルを看護した。一国の王を捕《と》らえた。思いも寄らない数の死と破壊《はかい》を目《ま》のあたりにした。こうした中でも、彼女は、三つのことだけはたしかだと思い、その思いにすがって生きてきた。つまり、自分と、ウィーゼルと、そしてケラーは、決して傷を負うことはない、と信じていた。最初の二つについては、いままでのところ、だいじょうぶだ。が、三番目はいまや、大いにうたがわしくなってきた。

自力《じりき》でケラーを見つけられなかったのだから、兵士たちに聞いてみるしかない、いったんそう思ったが、すぐに思い直し、聞かないことにした。

答えはほしかった。しかし、得られるかもしれない答えが怖《こわ》かった。

とうとう、敵襲《てきしゅう》に備えてつくられた土塁《どるい》の近くまで来て、スパロウは足を止めた。こちらに背を向けて一人の男が、木の樽《たる》に腰《こし》を下ろしている。マスケット銃に弾《たま》を詰《つ》めているらしい。戦友たちと同じように、みすぼらしいコートの腕《うで》のまわりに、赤いリボンを結んでいる。

「ケラー！」

男は振《ふ》り返った。やつれた顔は、よごれた粘土《ねんど》の色だった。消耗性《しょうもうせい》の病気にかかっているように見えた。彼は、マスケット銃《じゅう》と込《こ》み矢（弾《たま》を銃身《じゅうしん》の底に突《つ》き入れるための棒）を下ろした。

スパロウは弟よりも先に走り寄り、ケラーに抱《だ》きついた。

彼女に関するかぎり、戦争はいま、まさに終わったのだった。


会議は合意に達しなかった。ウィッツは、撤退《てったい》することなく最後の一兵まで戦うべきだと言った。自分がその最後の一兵になるつもりだった。しかし、女王を、強力な護衛隊をつけてただちにマリアンシュタットにもどすべきだというテオの主張には、同調した。

ジャスティンは、会議の始まる前、テオがリナの話をしようとしたとき、聞きたくもないという顔でそっぽを向いたのだったが、いまは、だれとも言葉をかわさず、自分の中に引きこもっているようだった。彼はただ一度、口を開いた。――自分の部隊は、またすべての市民軍部隊は、負けると決まった戦闘《せんとう》において女王の側を支援《しえん》すべきではない。自分は、フロリアンが同意しようがしまいが、部隊をひきいて丘陵《きゅうりょう》地帯に帰るつもりだ。

「あら、すばらしい」ミックルは言った。「もう内輪もめを始めるわけね。レギア軍はやりやすくなって大喜びでしょうよ。ジャスティン、今度のことはほんとに残念だった。でも、わたし、あなたが駄々《だだ》っ子みたいにふくれっ面《つら》して引き返すのを、はい、そうですかって見送ったりはしないわよ。あなたがここで必要とされていることがわかってきたら、あなたはきっととどまってくれる。あるいは、わたしと話し合ってくれる。それからテオの意見だけど、もしわたしが命惜《お》しさにここから逃《に》げ出すと思っているのなら、大間違《おおまちが》いよ。ウィッツ将軍にも言っておくけれど、わたしたちはこれまで協力して、なるべく死傷者を出さないようにして軍隊を維持《いじ》してきた。それを、無意味な戦いのために投げ捨てることはしたくないの」

「また撤退するのですか？」ウィッツは言った。彼は、みごとに戦死してみせることで、自分の存在を女王の心に焼きつけたいと思っていた。その道を閉ざされるのは不本意だった。「陛下、お願いですから――」

「お願いですから、わたしの命令にしたがって」ミックルは言った。「そう、やむを得ない場合、わが軍はベスペラ川まで撤退する。そしてそこで防衛線を敷《し》くの」

「川を背にして、ですね」フロリアンが警告した。「それにしても、その時間的ゆとりがあるかどうか。わたしの部隊があなた方の撤退を援護《えんご》する。しかし、長い時間、防衛線を維持できるかどうかは疑問だな」

「いずれにせよ、レギア軍は側面に回りこむかもしれない」ザラが口をはさんだ。「移動しているところを攻撃《こうげき》される可能性がある」

「撤退《てったい》中の軍隊は、殻《から》のない牡蛎《かき》のようなものだからね」とラス・ボンバスは言い、それからミックルに向かって、「テオの言ったとおりだ。あんたはマリアンシュタットにいるべきだ。あんたがマリアンシュタットに無事到着《とうちゃく》するよう、我輩《わがはい》がひと肌脱《はだぬ》ごうじゃないか――つまり、あんたといっしょに行こうじゃないか」

　フロリアン軍の士官の一人が入ってきた。まっすぐフロリアンに近寄り、何事かささやいた。

　フロリアンは苦笑を浮《う》かべた。

「どう行動すべきか、われわれに代わって、敵が決めてくれたようだな。どうやら、敵の騎兵《きへい》隊がわれわれと一戦まじえたがっているらしい。コンスタンティン王は、われわれに敬意を表して一個連隊送りこんできたってわけだ」

　全軍に武器をとれと指令するようウィッツにうながすと、フロリアンはコートの襟《えり》を立てて、テントを出ていった。最前線まで行き、自分の目でレギア軍の動きを観察するのだ。ほかの者もつづいた。ミックルも、もちろんいっしょに行くつもりだった。

　テオとラス・ボンバスは、しばらくあとに残った。マリアンシュタットにもどるのをミックルが拒絶《きょぜつ》することは、二人とも最初からわかっていた。ラス・ボンバスはすでに、マスケットに言って、フリスカと幌《ほろ》馬車を用意させていた。マスケットは指示どおり、テントの前で待っていた。

「マスケットは全部承知している」ラス・ボンバスはテオにささやいた。「彼女を幌馬車に乗せさえすれば、マスケットはまっしぐらにマリアンシュタットに向けて突《つ》っ走る。誘拐《ゆうかい》と呼びたいなら呼ぶがいい。ともかく、彼女はここから離《はな》れることができるんだ」それから、ミックルに向かって、「さあ、乗りたまえ、娘《むすめ》っ子くん。前線までは馬車で行くほうが楽だからね。われわれは馬で行く。あとでいっしょになろう」

テオが安堵《あんど》したことに、ミックルはあっさり、じゃそうするわ、と言った。伯爵《はくしゃく》の幌馬車は、かなりガタが来て泥《どろ》まみれだったが、彼女にしてみれば、この戦争における最初の司令部だった。この乗り物のおかげでアルマ川の戦いに勝ったとも言えるのだ。ミックルは乗りこみながら言った。「今度は最後の司令部になるかもしれないわね。ともかく、これがいま、わたしにとって、ホームって感じのする唯一《ゆいいつ》の場所だわ」

テオと伯爵は、刈《か》り株《かぶ》畑を横切って馬を走らせ、土塁《どるい》のいちばん突出《とっしゅつ》した部分まで行った。フロリアンは先に着いていた。帽子《ぼうし》をかぶらず、だいぶ色あせた青い外套《がいとう》を秋の風にパタパタいわせながら、望遠鏡をのぞいていた。レギア軍の騎兵隊は、速度を増しながらしだいに接近している。

「もし、フロリアンが一個連隊を敬意の表現と言うのなら」ラス・ボンバスは暗い声で言った。「あれのことは何と言うのかな、あくどいまでのおべっか、とでも言うのかな?」

伯爵は指さした。突進《とっしん》してくる騎兵隊の背後に、レギア軍歩兵が隊伍《たいご》を組んで進んでくる。正面から右側面にかけて、隊列は、テオの目のとどくかぎりに長々と延びている。歩兵たちの銃《じゅう》剣《けん》の先が日の光にきらめいている。テオはさっき、あえてミックルにさよならを言わなかった。そんなことを言ったら、計画がばれてしまっただろう。しかし、いま彼は、もう少しだけミックルと二人でいられたらよかったのに、と心から思った。

幌《ほろ》馬車をいまひと目だけ見ようと、テオは振《ふ》り返った。マスケットはもう、向きを変えて、マリアンシュタット街道に乗り入れているはずだ。が、テオはぎょっとして、ラス・ボンバスに声をかけた。憂鬱《ゆううつ》そうにレギア軍の隊列をながめていた伯爵《はくしゃく》は、テオのさけびを聞いて、息を呑《の》んだ。マスケットはフリスカを全速力で走らせている――こちらに向かって、前線に向かって。テオはマスケットに止まれとさけび、ラス・ボンバスは、怒《いか》り狂《くる》って手を振りまわした。「バカ者！　こっちじゃない！　車を回せ！　引き返せ！」

マスケットが少し速度をゆるめると、ミックルが窓から頭を突《つ》き出して、さけんだ。「将軍は、敵の出方を予測できなければね。ま、この場合は敵じゃなくて味方の出方だけれどね」

服従しようとしない子分に向かって、伯爵はこぶしを振りたてた。「言われたとおりにするんだ！」

「言われたとおりにしてますぜ」マスケットは、にやりと笑って肩《かた》をすくめた。「おいらの見るところ、こうする以外のことは全部、反乱であり不服従なんでさあ。おいらは女王さまの命令のもとにあるんでね。陛下はおいらの指揮官だ。いま、おいらは大尉《たいい》に任命されたんでさあ」

フロリアンがテオを呼んでいた。レギア軍の騎《き》兵《へい》隊が停止していた。数人の士官が隊列を離《はな》れて、こちらへ近づいてくる。その中の一人が槍《やり》を上げると、巻かれていた旗が広がり、風にはためいた。

「あれはレギア軍の旗じゃない」ラス・ボンバスはさけんだ。「何もない――真っ白だ！　なんてこった、休戦の旗だぞ！」

ミックルは伯爵のさけびを聞いていた。マスケットも聞いていたらしく、幌馬車を停止させた。どうしていいか迷ったのだ。ミックルが中から出てきて、御者席《ぎょしゃ》によじのぼり、マスケットのとなりにすわった。フロリアンもまた白い旗を見ていて、急いで馬に乗った。テオとラス・ボンバスも同じことをしようとしたが、それより前に、ミックルは手綱《たづな》をさっとつかんで、歯のあいだから口笛を吹《ふ》き、フリスカを突進《とっしん》させ、土塁《どるい》を過ぎて外の野原へ、敵兵のいる方角へと、幌馬車を進めた。

ミックルが半分まで行く前に、ひとつのスリムな人影《ひとかげ》が士官の群れから離れて駆《か》け出し、彼女を迎《むか》えた。ミックルは馬を止め、御者台から飛び降りた。

「コニー！」

コンスタンティン王は馬を降り、片手を伸《の》ばして彼女に走り寄った。「叔父《おじ》がすぐ後ろにいる。幕僚《ばくりょう》将校たちもだ。わたしは彼らに待てと言った。わたしはまず、あなたと二人だけで話し合いたいのだ」

「じゃ、中に入ったら」ミックルは言った。「ここでは風邪《かぜ》を引いてしまう」

コンスタンティンは彼女にしたがって幌馬車の中に入り、急いで話しはじめた。「叔父やほかの将校連中が入りこむと、四角張った公式的なことになる。だから、わたしたち二人で話し合いたい。わかってほしいんだ。わたしは、モンモラン男爵《だんしゃく》との約束を破ったことがある。あなたとあなたの友人たちから逃《に》げたとき、わたしはまたしても約束を破った。でも、それには理由があった」

コンスタンティンは一瞬《いっしゅん》口をつぐみ、まともにミックルを見つめた。「わたしは、それほどの大バカではないんだ」

「わたし、一度もあなたのことをそんなふうに思ったことはないわ、コニー」

「叔父《おじ》は気づいていないが、わたしは、彼がわたしのことを国王としてどう考えているか、よく知っている。彼がエルズクールに語っているのをよく聞いたものだ。もし――もし、わたしという者がいなかったら、彼らはどちらももっと幸せだろう。叔父は、わたしがエシュバッハに向けて出発したとき、まったく止めようとはしなかった。かつて彼はいつも前線に行くのを止めていたのに、今度は気にしていないようだった。彼が何事か計画したと言うつもりはない。――彼がそこまでやるとは思わない。それでも、もしわたしが事故にあったなら、彼は不愉快《ふゆかい》ではないだろう。まあ、じっさい、わたしはほとんど事故にあったようなものだったが」

「あなた、なぜ逃げ出したの?」ミックルが聞いた。「わたしたち、あなたをフロリアンの司令部に連れていくつもりだった。あなたは完全に安全だった。わたしたち、レギア軍にこう知らせるつもりだった――あなたがわたしたちの捕虜《ほりょ》になっている。あなたを人質として拘束《こうそく》している。あなたの命はわたしたちの手ににぎられているって」ミックルは不意に顔をしかめた。「そうか、あなたの言おうとしていることがわかった」

「まさにそのとおりなんだ」コンスタンティンは悲しそうに言った。「人質としてわたしは何の価値もなかった。わたしの命がきみたちの手ににぎられている？　もしきみたちがわたしの命を奪《うば》ったとしたら、叔父《おじ》にとっては願ったりかなったりだ。いまきみに話していることは、ひとつの秘密だ。君主と君主のあいだだけの秘密だ。きみとわたしだけが知っていて、わたしが今後彼から目を離《はな》さなければ、それですむことだ。

わたしがもどったのは、叔父も、幕僚《ばくりょう》将校が大勢まわりにいるところでは妙《みょう》なことを仕掛《しか》けてはこないだろうと思ったからだ。それに、ああいうすばらしい協定を持って帰ったんだからね。

――そうだ、きみはペンとインクを持っていないのかい？」

コンスタンティンはつづけた。「それが必要だよ。それと、公的文書として効力を持たせるための国の印鑑《いんかん》やらいろんなもの。わたしは、協定の内容について話し合ったとき、言葉をいちいち書き止めてはいない。でも、それは、きみがあのとき話したのと同じだよね？　わたしはきみの言葉を信じているんだからね」

「そうよ、コニー」ミックルは言った。「そしてわたしも、あなたの言葉を信じているわ」

24 戦争の果て

トレンスは、大臣執務室《しつむ》の窓から外をながめていた。雨が降っていた。うれしかった。晴れているよりも、このほうがいまの気分にふさわしい。

悪天候にもかかわらず、マリアンシュタットでは二日二晩、街頭での歌や踊《おど》りがつづいた。戦争が始まったときと同様、戦争が終わったときも、お祭り騒《さわ》ぎだったのだ。だれもが歓呼《かんこ》して、女王と正規軍を迎《むか》え、市民軍の隊列を迎え、フロリアンとジャスティンを迎えた。民衆は戦争に勝ったのだと思い、そのことを無邪気《むじゃき》に祝っていた。トレンスの気持ちは、それとはほど遠かった。

アウグスタ女王は、トレンスが君主に望んでいたとおりの勇気と強さと知性をしめした。彼女は、名誉《めいよ》あるかたちで戦争を終わらせた。コンスタンティン王は自発的に、さまざまな譲歩《じょうほ》を行ない、レギア軍によって破壊《はかい》された町々の再建や、収穫《しゅうかく》できなかった穀物への補償《ほしょう》を約束した。

おたがいに勝利を宣言していたものの、どちらの側にも勝利などなかったのだ。トレンス自身、努力してさまざまな奇跡《きせき》を起こしていた。しかし、それを喜ぶ気持ちにはなれなかった。

女王はウェストマーク軍を団結させたが、トレンスは、ウェストマーク国民を団結させたのだった。彼は、兵員や糧食《りょうしょく》や武器を調達する以上のことをやってのけた。国民の精神を堅固《けんご》なものにした。彼は、ジュリアナ宮殿《きゅうでん》から、自分が絶望しかけているときでさえ国民に希望と勇気をあたえる言葉を吐《は》きつづけた。あちこちの土地の名前をあげ、じっさいにはなかった戦いがその土地で戦われ、味方が勝利したと言明したのだった。

彼は、戦争の成り行きに疑問を投げかけるような意見を話したり書いたり出版したりする者たちを取り締《し》まるきびしい法律をつくり、それを厳格に実行した。彼は、実はそれが不正義であることを認識しながら、正義を行なった。もし彼がここまでやらなかったなら、アウグスタは、たとえどんなに努力しても、完全に敗北していたことだろう。トレンスは、国民に確実な勝利を信じさせたのだった。だから、国民の受け止め方としては、ウェストマークはレギアを敗北させた。

しかしトレンスは、自分が自分を敗北させただけなのだということを知っていた。

カロリーヌ皇太后《こうたいごう》が、トレンスのデスクのそばのカウチに腰《こし》を下ろしていた。トレンスが王国全体を励《はげ》ましたとすれば、カロリーヌはトレンスを励ましたのだった。トレンスは、これを皮肉《ひにく》なことだと思った。カバルスの時代、彼は彼女を支えた人間だった。いまやそれが逆になった。

カロリーヌは、彼をおどろかしつづけた。彼は、フロリアンとジャスティンのことをひどく気にしていた。しかしカロリーヌは、彼ら双方《そうほう》に宮殿《きゅうでん》で接見した。今日、彼女は、娘《むすめ》――アウグスタ女王が勲章《くんしょう》や叙勲《じょくん》の問題を取りあげたかどうか、そして宰相《さいしょう》はどういう意見を持っているのかを知るために、やってきていた。

トレンスは、窓ぎわから向き直った。「アウグスタ女王は、そのことをわたしとまだ話し合っていません。政府としてどうすべきか、わたしはまだ決めかねています。彼らがその勇気のゆえに最高の栄誉《えいよ》に値《あたい》することは、わたしは大いに認めます。ただ、女王に気づいていただきたいことは、フロリアンとジャスティンが、彼らのめざす大義のゆえに民衆の広範《こうはん》な支持を得ていることです。そして、この大義は、われわれの大義とは異なるものです。彼らに勲章を授けることは、彼らに公式の承認をあたえることになりかねません。彼らの将来の行動を激励《げきれい》することになりかねません」

「彼らは、ウェストマーク金星勲章を授与《じゅよ》されなくては。彼らのやったことを考えれば、それが当然です」カロリーヌは言った。「彼らが将来やるかもしれないことなんて、このさい関係ない。彼らの行為《こうい》は、最大の勇敢《ゆうかん》さと、真実の英雄《えいゆう》だけが持つ無私の献身的《けんしんてき》精神を――」

カロリーヌは、いったん口をつぐんだ。ミックルが部屋に入ってきたのだ。「まあ、あなた。いま、トレンス博士と話し合っていたんだけど――」

「ええ」ミックルは言った。「聞こえたわ」

トレンスが近寄ると、ミックルはすっと体を引いた。母親が両手を伸《の》ばすと、それからも遠のいた。「あなた方、どちらも、ご自分の言葉をちょっとでも信じているの？　そうね。どうやら、本気で信じているのよね。それがいちばんこまったことなんだわ」

カロリーヌは眉《まゆ》をひそめた。「あなた、賛成しないの？　あなたは、だれよりもよく知っているはずだわ、彼らがどんなに――」

「ええ賛成よ」ミックルは言った。「もちろん大賛成。最大の勇敢さを発揮したから、勲章？　彼らが国のために自分をけだものに変えてしまったから、勲章？　どっちなんでしょうね。金のかけらとリボンをあげればいいじゃないの。死者たちにも一人残らず勲章をあげることね。きっとみんな泣いて喜ぶわ」

カロリーヌはトレンスに向き直った。「この子、どうしちゃったんでしょう？　お願いです、博士。彼女を見ていてください。わたしはテオに来てもらいます」

「テオですって？」ミックルはさけんだ。「ええ、来てもらって。もしできるなら来てもらってちょうだい。彼がどこにいるか知ってるの？　わたしは知らないの。彼、消えてしまったのよ」

テオは消えてしまったのだ。――マリアンシュタットからではなく、自分自身からすがたを隠《かく》したのだ。一刻も早く忘れてしまいたいこと。それを忘れることが彼には許されなかった。どんなふうにしてかはわからないのだが、うわさが、首都じゅうに一気に広まったのだ。マリアンシュタットの人々は大喜びだった。勇敢《ゆうかん》なケストレル大佐《たいさ》の正体がわかった。ほかならぬテオだった。女王の将来の夫君《ふくん》だった。テオが個人的な恥辱《ちじょく》だと思っていることが、公的な栄誉《えいよ》と見なされたのだ。

彼は助けを求めなかった。友人のラス・ボンバスにも、尊敬するフロリアンにも、愛するミックルにも。とりわけミックルには、ぜったいに助けを求めたくなかった。彼はまず、マリアンシュタットの下町に行き、少しばかり買い物をした。店で買えないものは、舗道《ほどう》や下水溝《げすいこう》で集めた。帽子《ぼうし》なし外套《がいとう》なしで、雨に濡《ぬ》れて、彼はケラーの編集室に向かった。そこ以上によい隠《かく》れ場所は思いつかなかった。

彼はケラーに、二つのことを求めた。秘密を守ることと、空き部屋を貸してくれること。新聞記者は、よろこんで二つとも承知した。彼はかなり健康を害しているようだった。

「かすり傷ひとつ負わずに戦争を生き延びたんだが、どうも体を壊《こわ》したらしくて、咳《せき》が止まらない。なかなかしつこくて、長い付き合いになりそうだ。医者にかかっても治しようがないらしい、かと言って、葬儀《そうぎ》屋の厄介《やっかい》になるにはまだ早すぎる。スパロウとマダム・バーサがとてもよく世話をしてくれるので、ありがたい。きみの必要なものも二人が用意してくれるだろう」

「ぼくは何も必要じゃないよ」とテオは言ったが、それは事実ではなかった。彼は、戦争を生き延びたが、自分が平和を生き延びられるかどうか自信がなかった。最後の手段として、心の重荷を取りのぞくために、記憶《きおく》のなかにわだかまりうずまくものを取りのぞこうと思ったのだった。

この日から、テオはケラーの家の屋根裏部屋に閉じこもった。この客の邪魔《じゃま》をしてはいけない、とケラーは厳重に言いわたしていたのだが、その言いつけは少なくとも部分的には守られた。これは、ケラー自身が戦場からもどって以来の習慣にくらべると、期待以上のことだった。彼は、スパロウとウィーゼルに、自分のまわりであまり騒《さわ》がないようにと言っていたのだが、それはまったく無視されていた。その二人が、テオについては、少しまともにふるまったのだ。

　とはいえ、スパロウとウィーゼルは、いつも言い訳をつくっては、テオの部屋の閉ざされたドアの前をうろついた。ウィーゼルは、何かのはずみでそのドアの鍵穴《かぎあな》に目を押《お》しつけたりした。それを見たスパロウは、弟の耳をピシャリとやった。彼女はこのところ、マナーにひどく気を使うようになっていた。鍵穴をのぞくなんて、失礼で下品なことだと思った。彼女はその代わり、ドアの下の割れ目越《ご》しにのぞいた。おかげで、目にゴミが入ってしまった。

「そーら見ろ」ウィーゼルは、まだ痛い耳をこすりながら言った。

　マダム・バーサは、独自のやり方で介入《かいにゅう》した。テオの部屋に食事のトレイを運ぶことにしたのだ。いつもほとんど口をつけてないので侮辱《ぶじょく》されたように感じ、ケラーに文句を言った。

　ケラーだけが、テオのプライバシーを尊重した。しかし何日かたつと、彼も心配になってきた。おれは新聞記者だ、何にでも首を突《つ》っこむ権利と義務があるんだ、と自分に言い訳しながら、ある朝、屋根裏部屋までのぼっていった。

　ドアが開いていた。テオはスツールに腰掛《こしか》けていた。床《ゆか》にもテーブルにも、たくさんの紙が広げられている。ケラーが黙《だま》って入りこむと、テオが振《ふ》り向いた。目が血走り、頬《ほお》はこけている。

しかし、ここをたずねてきたときの、取りつかれたような感じは消えていた。まるで、心の中の膿瘍《のうよう》が破れて膿《うみ》が出てしまったかのようだった。

「そうか、これをやっていたのか」ケラーはかがんで、それぞれの紙に描《か》かれた水彩画《すいさいが》をながめた。絵の数だけでなく、そのテーマの数にもおどろいていた。多くの肖像画《しょうぞうが》があった。テオ自身のものがいくつか、ミックルのがそれよりも多く、フロリアン、ジャスティン、そしてケラーの知らないほかの人たちの顔、顔、顔……。

「われわれがモンキーと呼んでいた男だ」ひとつを指さして、テオは言った。「これは――ジャスティンのテントで死んだ少年だ。名前は知らない。こういった人たち、みんな、ほかの人間にとってはどうでもいい人ばかりだ。無意味な存在だ。でも、ぼくは彼らを覚えている」

ケラーは一枚一枚ていねいにながめた。肖像画のほか、もっと数多く、さまざまな情景のスケッチがあった。引き裂《さ》かれた死体――おそらく詩人ストックだろうとケラーは思った――。街頭での蜂起《ほうき》。砕《くだ》かれた窓からぶらさげられている死体。

ケラーは、最初のおどろきを押《お》しころし、テオがいずれこの国の王族になることも忘れて、それぞれの作品を、冷静な職業的判断でもって観察した。

「全体として、よく出来ている。いや、それ以上だ。実にすばらしい。習練を積んではいない。しかしそれにもかかわらず、すばらしい。たぶん、習練を積んでいないからこそ、すばらしいのだろう。これを見ていると心が落ち着かなくなる。でもそれでいいのだ。くり返し見たくなる。

――そう、ほとんど装飾的《そうしょくてき》ではない。ただ何となく心になじんでくるんだ」

「そう」テオは言った。「なじんでくるんだよ」

「この絵でもって、きみは何をするんだね？」

「わからない。何もしない」

「もしそうなら、わたしにあずからせてくれないか」

「お好きなように」

「わたしの心を打つのは、ちょっと奇妙《きみょう》なことだ。きみはこれをインクと水で描《か》いている。しかし、きみのインク、不思議なんだ。まったくきわだった効果を出している。まるできみが、砂利《じゃり》か泥《どろ》を混ぜたみたいなんだ――」

「街角で集めたのさ。掃《は》きだめや排水溝《はいすいこう》で、拾ったり掻《か》き集めたりしたんだ。血を用いるべきだったかもしれない。でも血は、いままでにあまりにも流されてしまったから……」

「お世辞みたいで失礼だが、こう言わせてほしい」ケラーは言った。「きみは苦労して塵《ちり》あくたを芸術に変えた。敬服するよ。多くの人間が、芸術を塵あくたに変えているというのに」

25
三人の執政官《しっせいかん》

テオがようやくジュリアナに帰ってきた。ミックルは、彼がすがたを消していたことについては何の質問もしなかった。テオは、ケラーが、約束したにもかかわらず、ミックルに、テオがどこにいたかを話したのだろうかと思ったが、そのことに立ち入る時間はなかった。ミックルは会議を招集していた。場所は、国家のことを決めるさいに使われる大会議場ではなく、比較的《ひかくてき》小さな会議室だった。

彼らはテオを待っていたのだ。ラス・ボンバスはとびきり派手な制服を着ていた。フロリアンとジャスティンは普段着《ふだんぎ》で、赤い腕章《わんしょう》を巻いている。ミックルは、女王親衛隊の司令官としての服装だった。そのわきで、ウィッツ将軍は、メモや計算のための紙の束《たば》を持ってかしこまっていた。トレンスも、カロリーヌ皇太后《こうたいごう》と並んで出席していた。テオはあとになって知ったのだが、ジャスティンはこの二人の出席に猛烈《もうれつ》に反対したのだという。

「フロリアン将軍とわたしは、このあいだから新しい憲法のことを語り合っています」全員がテーブルに着くと、ミックルが口を開いた。「フロリアン将軍は、この件についていろいろ考えを持っておられるので、わたしは彼に、ひとつの草案をつくり、それをわたしたちにしめしてくれるよう、たのんでいます。わたしたちがまだ解決していないのは、新しい政府において君主をどう位置づけるかの問題です」

何か言おうとしたジャスティンをミックルは片手をあげて制し、「いや、むしろ、新政府において君主が位置を占《し》めるかどうかの問題、と言ったほうがいいかもしれません。わたし個人の考えを言うならば、自分がアウグスタ王女であることを知ったとき、そしていずれはこの国の女王になることを知ったとき、すぐに思ったのは、もし王座につきたい親戚《しんせき》がいるならば、その人に王位を譲《ゆず》りたい、ということでした。でも、そういう人は見つからなかった。王位を望まないという気持ちは、あのときよりも今のほうがもっと強くなっています。女王の身分など捨ててしまいたいのです。ですから、まず、わたしの退位のことを議題として取りあげてほしいんです」

「そんなことはできないの」カロリーヌが口をはさんだ。「あなたはウェストマークの女王たるべく生まれたんです。今もそうだし、これからもそうなの」

「それは違《ちが》います」フロリアンは言った。「彼女は、ウェストマークの女王たるべく生まれたのではありません。われわれみんなと同様に、人間として生まれたのです。たまたまある家に生まれたがゆえに特権があたえられる、などというのは、おかしなことです」

「わたしの言葉を誤解していらっしゃるわ」カロリーヌは切り返した。「わたしは、貴族制度についてではなく、王族というものについて話しているんです。トレンス博士とわたしは、この問題について、この数ヵ月間、長い時間をかけて語り合ってきました。たしかに、あなたの言われるとおり、たまたま貴族の家に生まれたからといって、なぜ貴族の子には、平民の子どもにあたえられない特権があたえられるのか、理屈《りくつ》に合わないことです。それは、わたしもわかります。でも、王族の問題は、単に生まれの問題だけではなくて、神からあたえられた特別の美徳の問題でもあります。亡《な》くなった王、わたしの夫は善人でした。王としては、たぶん弱い国王だったでしょう。でも、それにもかかわらず国王であり、彼なりの美徳を持っていました。美徳は、神から君主に授けられている――いや、むしろ君主の人格の中に本来備わっているものと言えるでしょう。ですから、君主たるものは、その身分から逃《のが》れることもできないし、それを放棄《ほうき》することもできない。退位することなどできないのです」

「それはお母さまのご意見よね。わたし、そのことについてとやかく言うつもりはない」ミックルは言い返した。「ただ、わたしが言いたかったのは、政府をひきいるのは、わたしではなくて、だれかほかの人がいいだろうと思っていたということ。ざっくばらんに言って、ここにいるだれもが、フロリアンもふくめて、新しい政府を台無しにしてしまう可能性があると思う。もちろん、悪意からではなく、善意の努力の結果としてね。そう、ジャスティン、あなたなんか、とくにそういう可能性がある。だから、わたし、王座を返上することについてはもう心を決めたの。わたし、退位はしない」

　ジャスティンは怒《いか》りで真っ赤になった。「そんなことはあなたの決めることではない。おれの部下はまだ武器を捨てていない。おれたちはあなたに、退位を強制することだってできるんだ」

「あなた、ほんとにできるの？」ミックルは正面からジャスティンを見すえた。「やってみる？」

「陛下」ウィッツが口をはさんだ。せっせと紙に数字を書きながら、「申しあげます。わたしの計算によれば、ジャスティン大佐《たいさ》がそれをくわだてることは、まったく得策ではありません。くわだてた側に多大の損害をもたらすことは明らかです。フロリアン将軍にとっても、まったく同じことが言えます」

「わたしは、そんなことをするつもりはない」フロリアンは言った。「当分そういう意志はない。それは、将来、いつの日にか起きるかもしれないこと。現在の緊急《きんきゅう》な課題ではない。いまは、君主の存在うんぬんよりも、新しい政府を樹立することのほうが重要だ。暫定的《ざんていてき》なものであるにしても、まずは政府をつくらなければならない」

「その政府では、わたしはお役ごめんに願いたいね」いままでのやり取りを黙《だま》って聞いていたトレンスが言った。「アウグスタ女王にわたしを解任するよう要請《ようせい》いたします。解任してくださらない場合は、いまここで辞任します」

「あなたは二人の君主に仕《つか》えたわ」カロリーヌは、やさしくトレンスに言った。「医師として宰《さい》相《しょう》として、ほんとによく仕えてくださった」自分の手を彼の手に載《の》せて、「これからは、親しい友だちとして、わたしを支えてくれませんか？」

トレンスは頭を下げた。「もちろんです。わたしはずっとそれを願っておりました」

「わたしは君主の存在に同意する」フロリアンはつづけた。「ただし、君主の権力が、憲法によって制限された場合にのみだ。君主も、すべての国民と同様、憲法によって規制を受けなければならない」

「ああ、それなら彼女が王位に就《つ》いていてもいい。意味のない存在だからね」ジャスティンが言った。「真の権力を持つのは宰相《さいしょう》ということになる。宰相は、われわれのうちの一人でなければならない。フロリアン、きみか、そうでなければ、おれだ」

「かならずしもそういうことにはならない」フロリアンはテオに向き直り、「覚えているかい、われわれ二人で、ヤコブスの本の話をしたときのことを？　ヤコブスは、三人の執政官《しっせいかん》による政治を提唱していて、きみはそれにひどく共感していた。わたしはあのときはきみに同意しなかったが、このところ、それを試みてみてはどうかと考えるようになっている。三人で分けた権力は、一人の人間の手ににぎられている権力より危険の度合いが少ないからね」

「それは事情によりけりだ」ジャスティンがするどく口をはさんだ。「だれだれを想定しているんだい？」

「一人はわたし自身」フロリアンは言った。「もう一人は、きみだ」

「あと一人は？」

「三人目は、わたしはテオにやってもらいたいと思う」

テオが口を開く前に、ジャスティンがさっと立ちあがった。「反対だ！　彼を三人のうちの一人とするなんて、受け入れられない」

「彼は最良の選択《せんたく》だよ」フロリアンは言った。「もしきみが彼にたいしてわだかまりを持っているなら、そんなものはわきにどけてもらいたい」

「そんなことは関係ないんだ」ジャスティンは言い返した。「三人の執政官という案に同意するとしても、その場合、執政官は全員、平民でなければならない」

フロリアンはうなずいた。「まったくそのとおり。そしてテオは平民だ」

「そうじゃない！」ジャスティンはさけんだ。「彼は女王の夫になる人間だ。そうなれば、王室の大黒柱になってしまう。彼は、われわれ民衆の利害でなくて、王室の利害を代表することになってしまう。おれの部下たちは、そんなことには我慢《がまん》できないだろう。きみの部下だってその点は同じはずだ」

「彼はまだ女王の夫ではない」フロリアンは答えた。「彼とアウグスタが結婚《けっこん》するまでは、そうはならない」

「そうそう、その結婚のことを我輩《わがはい》はずっと思案しておるんです」ラス・ボンバスがうれしそうに口をはさんだ。「だれもがあっとおどろくようなすばらしい結婚式にしようと思ってね」

「きっとそうだろうね」フロリアンは言った。「しかし、それは延期することになるんじゃないかな」

「いや、延期することはない」テオは言った。「ミックルとぼくは、もうじゅうぶんに長く待った。ぼくたちは、自分たちが幸せになる権利を持っているんだ」

「しかし、きみは借りも持っている」フロリアンが言った。「コップルの水車小屋でのあの日のことを忘れてはいないだろう？」

「そう、あの日、ぼくは、きみの大義を支援《しえん》すると約束した。約束を守り、第一線で戦った――」

「それはきみが選んでやったことだ。わたしがたのんだことではない。わたしの立場から言えば、まだきみの借りは残っているんだ。もし、きみがそれを返済しようと思うのなら、執政官《しっせいかん》になってほしい。そうしてくれて初めて、きみは約束を守ってくれたことになるんだ。もちろん、きみの気持ちしだいだ。わたしはきみに強制はできない」

フロリアンはつづけた。「水車小屋で、わたしはきみに、政治技術の第一の奥義《おうぎ》を教えたよね。もしかするとあのとき、わたしは第二の奥義も教えたのかな。つまり、政治家は、しばしば約束を忘れてケロリとしていることが大事であるってことを」

「ちょっと待って」ミックルが口をはさんだ。「わたしもそれについては発言権がある。テオの言うとおり、わたしたち、あまりにも長く待ったわ。ラス・ボンバスにはどんどん計画を進めてもらいたいと思う。わたしは一刻も早く結婚したいの」

それからテオに向かって、「いまのは、ミックルとして話した言葉。トレンスが教えてくれたように女王として話すなら、わたし、あなたが、フロリアンとジャスティンといっしょに執政官になってほしい」

「しかし――なぜだい？」テオは、当惑《とうわく》顔でしゃべり出した。「ぼくは何の助けにもなりゃあしない。フロリアンとジャスティンはもう争っている。戦争は終わってなんかいない。いままさに始まっている。この会議室でね」

「戦場で戦争するよりは、ここで戦争するほうがましよ」ミックルは言った。「あなたなら、彼らの意見の違《ちが》いを理性的に解決することができると思う。それに、何と言っても、あなた、フロリアンに約束したんですもの」

テオはしばらく黙《だま》りこんでいたが、やがて、ミックルに向かって物悲しそうにほほえんだ。

「そうだね、約束を守ろう。二人といっしょにやるよ。でも、ぼくは政治家ではない」

「知ってるわ」ミックルは言った。「それが、あなたのよさのひとつなのよ」

（『ウェストマーク戦記③　マリアンシュタットの嵐』につづく）

ロイド・アリグザンダー Lloyd Alexander
1924〜2007年。アメリカのフィラデルフィア生まれ。高校卒業と同時に銀行のメッセンジャー・ボーイとなるが、1年ほどで辞め、地元の教員養成大学に入る。19歳で陸軍に入隊。第二次世界大戦に従軍し、除隊後、フランスのソルボンヌ大学で学ぶ。1955年、31歳のときに最初の単行本を出版。当初は大人向けの小説を書いていたが、児童ものを手がけるようになって作家としての評価が高まった。主な作品に、「プリデイン物語」全5巻（第5巻『タラン・新しき王者』でニューベリー賞）、『セバスチァンの大失敗』（全米図書賞）、『人間になりたがった猫』『怪物ガーゴンと、ぼく』（以上、評論社）などがある。

宮下嶺夫（みやした・みねお）
1934年、京都市生まれ。慶應義塾大学文学部卒業。主な訳書に、L・アリグザンダー『怪物ガーゴンと、ぼく』、R・ダール『マチルダは小さな大天才』『魔法のゆび』（以上、評論社）、H・ファースト『市民トム・ペイン』、N・フエンテス『ヘミングウェイ キューバの日々』（以上、晶文社）、R・マックネス『オラドゥール』（小学館）、J・G・ナイハルト『ブラック・エルクは語る』（めるくまーる）などがある。

ウェストマーク戦記② ケストレルの戦争

2008年11月30日 初版発行 2013年3月20日 2刷発行

●———著 者 ロイド・アリグザンダー

●———訳 者 宮下嶺夫

●———発行者 竹下晴信

●———発行所 株式会社評論社
〒162-0815 東京都新宿区筑土八幡町2-21
電話 営業 03-3260-9409／編集 03-3260-9403
URL http://www.hyoronsha.co.jp

●———印刷所 凸版印刷株式会社

●———製本所 凸版印刷株式会社

ISBN978-4-566-02407-6 NDC933 341p. 188㎜×128㎜